塞罕劲风

张树珊　著

中国言实出版社

图书在版编目（CIP）数据

赛罕劲风 / 张树珊著 . –– 北京 : 中国言实出版社，2021.1

ISBN 978-7-5171-3726-9

Ⅰ . ①赛… Ⅱ . ①张… Ⅲ . ①长篇小说–中国–当代 Ⅳ . ①I247.5

中国版本图书馆 CIP 数据核字 (2020) 第 272582 号

出 版 人 王昕朋
责任编辑 王蕙子
责任校对 史会美

出版发行 中国言实出版社
　　　地　址：北京市朝阳区北苑路 180 号加利大厦 5 号楼 105 室
　　　邮　编：100101
　　　编辑部：北京市海淀区花园路 6 号院 B 座 6 层
　　　邮　编：100088
　　　电　话：64924853（总编室）　64924716（发行部）
　　　网　址：www.zgyscbs.cn
　　　E-mail：zgyscbs@263.net
经　　销 新华书店
印　　刷 徐州绪权印刷有限公司
版　　次 2021 年 1 月第 1 版　　2021 年 1 月第 1 次印刷
规　　格 710 毫米 ×1000 毫米　1/32　9.125 印张
字　　数 182 千字　**插图** 40 幅
定　　价 58.00 元　ISBN978-7-5171-3726-9

塞罕坝今昔绿化缩影

（以下照片均为作者提供）

创业者曾经住过的房屋

生产时的工棚

建场初期草房子

3

创业阶段生活取水

融雪饮水

创业阶段的办公室

4

机械造林现场

工前学习《毛主席语录》

弥漫的荒原

造林旧貌一角

机械投苗员

护林员巡山

7

缺口重耙

水车取代喷壶

第二代望火楼

8

风沙前沿

大雪盖没公路

机犁沟造林

沙荒造林

石质山造林

2010 年后效果

人工防治害虫

樟子松苗

茁壮的落叶松苗

11

沙丘绿化

飞机防虫

抚育后的人工林

茁壮的白桦

生态效果

抚育后的次生林

针阔混交效果

攻坚造林成效

16

2000年后县城职工住宅

林海接天

生态效果

樟子松白桦混交林

18

扑火探路落冰河（范凌霞女士画作，下页同）

下河摸鱼

意气风发

前　言

　　河北省塞罕坝机械林场从1962年建场，到2017年已经走过55年的光辉历程。55个春夏秋冬，55年砥砺奋进，塞罕坝人坚持牢记使命、艰苦创业、绿色发展，把颓废的木兰围场（其中林场约占17个狩猎围场）建设成京津水源卫士，风沙屏障；120万亩森林瞩目于世，效益是多方面的，塞罕坝精神更是宝贵的精神财富。塞罕坝的成长和建设，始终受到党和国家的关注、支持。2017年7月，习近平总书记对林场建设者感人的事迹作出重要指示指出，55年来，河北塞罕坝机械林的建设者们听从党的召唤，在"黄沙遮天日，飞鸟无栖树"的荒漠沙地上艰苦奋斗，甘于奉献，创造了荒原变林海的人间奇迹，用实际诠释了绿水青山就是金山银山的理念，铸就了牢记使命、艰苦创业、绿色发展的塞罕坝精神。此后，中央新闻采访团来场采访后，形成了宣传学习塞罕坝精神的活动高潮。

　　我为啥要自己写点东西？

　　第一，我作为一个亲历塞罕坝建设的已经退休的建设者，不止一次受到记者采访，之后产生一个想法：所有的建设者都有值得学习宣传之处，而且关于林场建设，我了解得比较多，积累的素材也比较多，应该能写点东西。自参加工作后，我一直有做笔记的习惯，曾经也因为这事挨了整，那是1975年冬天的事情了，当时被罗列问题达200条之多，但我只牢记"就是不交本子"！现在想来这不只是留下了一份工作笔记，更是保存了一笔历史的财富。

第二，宣传塞罕坝是我义不容辞的义务。作为一个亲历者、见证者、建设者，更应当主动宣传塞罕坝精神，让这种精神在新时代发扬光大，激励更多人。从2017年7月16日开始，20天左右完成了育苗、机械造林、人工造林、经营、防火、除虫系列报道，同年的11月《中国林业》刊登了我关于机械植苗造林的报道。我知道自己的文学水平有限，但还是想写一写创业小故事，断断续续到今年8月完成。附上其他塞罕坝建设者的追忆故事，这些东西都应该是塞罕坝的精神财富，不应随着时间的逝去而消失。2018年4月，《中国林业》杂志又分两次连续登载；共计刊登了近20个真实故事，66岁的范凌霞女士在深圳绘的插图。特别令人感动的是，她平日里忙于绘画创作，百忙中又帮我画了几张故事插图。她是塞罕坝第一代创业者的后代，上世纪七十年代就参加创业了。这是对塞罕坝事业的深厚情感。

第三，趁脑筋还好使，继续挖掘精神财富。今年5月初，俩事一起干，一个《新木都忆昔》，试着写诗、填词，有时自己读还激动了。1974年就到林场工作的我，深深知道沙荒绿化的艰难，因此写了中篇小说《锁沙》。也找人征求了意见。一个人怕麻烦就进步不了。知己的人提了建议，让我把所写的文字整成一个东西。我想就定名《塞罕劲风》吧。现在回想起来，真像是在碟子里扎猛子，不知深浅。

书稿可以作为历史性的资料，教育和启迪后代。让他们知晓第一代人是如何创业的，塞罕坝是如何发展的。

创作的原则。实事求是也是塞罕坝的一种精神，我想写的东西一定要实。在写之前，定了三条原则：力戒杜撰故事，甚至为塑造"诸葛亮"形象移来"草船借箭";力求以真实的故事和情节显示出塞罕坝精神;力图映现本来的历史画面。作品来源于生活和实践,不能高得够不着边。

总场党委副书记、副场长安长明同志、副场长崔同祥同志明确给予支持,在此致谢。原河北省林业厅厅长李兴源同志两次给予历史性技术事件(林场如何研制的植苗锹等)内容提示;夏均奎、刘文仕就有关史实给予提示,在此深深致谢。尤其总场机关党总支书记林树国同志,在本书的策划和相关方面付出了很多心血,也在此致以真诚的感谢。还要向冯小君、刘毅军、王雪峰、王龙等同志致谢。

在写作的过程中,我爱人宣云霜给了我非常大的支持,我们也会一起回忆当年塞罕坝工作和生活的许多场景和故事。从家人到领导、同志们都给予了有力的支持,真是"一个老头众人帮",在此一并诚挚感谢。

张树珊

2018 年 12 月

目 录

锁 沙

1

锁沙

    这是一部纪实性中篇小说。作者通过书写主人公赵雨庶造林育苗治理荒沙的艰难历程，抒发了一种大无畏的创业情怀和延续使命的责任担当。因为治理沙荒比荒山荒原更艰难，如果没有志向、没有坚持和较真的劲头，不深入调查和潜心研究，主人公就不会脚踏"沙"地数十年。几代人，梦在沙关，真正实现了樟子松苗展青翠，沙关劲锁换新颜。

引 子

2018年夏季，沙勒当林场的场长、副场长和工程师陪同一个人，在蔡木山顶轮转各个方向，眺望早已郁闭的樟子松人工林。

这个人个子不超过一米六五，穿的衣服不时髦，脚上蹬着一双几天没擦油的黑皮鞋。头发看上去已经稀疏了，没几根银发，跟年轻时一样还是有些卷，脑门上的皱纹深了，眼睛还算炯炯有神，眼袋比较大，面相还算白净，五官还算端正，可以看出年轻时的清秀。说话时露出还全的牙，不白，是吸烟熏的，白胡子茬能看出来多一些。说话清楚，看来记忆力还可以。虽然腰有病，还不弯，上坡时多少有点儿费劲。他曾在沙勒当林场绿化沙荒10年，如今转眼过去19年了，几乎再没到曾奋战过的地方看看。

他看到沙勒当林场樟子松的滚滚波涛，是林场43年坚持不懈努力绿化换来的，是激情燃烧岁月的回荡和优美绿意的回声。看到当年种植的希望，他很欣慰，这也是他和建设者们的期许。而环境的巨大改变，则是对他和建设者们的回馈与慰藉。

他叫赵雨庶。今天，他不止一次地环周眺望郁郁葱葱的樟子松林，内心的一阵阵欣喜，兴奋地勾起了他长长的回忆。

西 进

1977 年春末，河北省塞罕坝机械林场总场政工科发给千松柏林场一纸调令，将技术员赵雨庶调出；两纸发给了调入地沙勒当林场和木材加工厂。赵雨庶和妻子也同时接到通知。因由之一，他之前和林场靠在"文化大革命"中造反出身、学历低、工人身份出身的副场长吵了一次。因由之二，他和总场领导因对林场全面进行农业学大寨中的一些提法见解不同，也是不知天高地厚，从争论到顶撞，还是在会议上。他没有多想，去就去，不就往西七十里地吗？生活条件和工作条件是更差，但技术上多动点脑子，大不了多吃点苦。人也应该到更艰难的地方去历练一下。

此时，两个林场春季造林都已经快结束了，他主动联系调入林场，孟书记告诉他，后天林场的"东方红—54"从机械修配厂修理出厂，挂着拖车呢，正好搬家有车。今天就安排住房，派人进行清理。他心想，早报到能多几天参加造林。顺便又告诉了千松柏林场的董书记。

早晨，赵技术员的妻子做饭时连带灌了两小暖瓶锅烧的开水，顺便多烙些几乎没有油的普通面粉饼，烙饼时轻微的沙沙响声很温暖。她用一个深一点儿的小盆装了腌的咸菜，又多找出两双筷子，两个碗。除了必用的被褥和用品，其他的都已打好包。已经烤干的准备做家具用的落叶松板子不用捆，按锯口摞着，就等装好了车，再把必用的物品装入箱子，卷起炕席。按习惯，搬家要把墙上的年画撕掉或者撕坏，也有人告诉他，这样不给别人留"话"。

　　八点多，链轨车由远至近，隆隆声越来越响，绕个半圈儿，停在一茬儿山丁子杖子的大门外，驾驶员没灭车，心想着让它原地磨合一会儿吧。这是一台在"文化大革命"中，林场还是一个作业区的时候，在大面积落叶松机械植苗造林中常年用于整地、中耕除草，立下战功的机车，大修后还显得壮志不已。帮忙装车的人和赵雨庶已在门外等候和相迎。

　　驾驶员陈建国师傅下车了，后面跟着的是副驾驶，两人个子都在一米七以上，体型矫健。前者走过来热情地对赵雨庶说："赵技术员，孟书记让我们给你搬家来了。"赵雨庶说："谢谢，谢谢。"二人握了握手。副驾驶也微笑着说："欢迎你。车不能走快，咱们装车吧。"回头乐呵地对来装车的人说："大伙动手吧，刚修的车走不快，好赶道儿。"大约一个半小时，装完了车。赵雨庶在车下向帮忙的人一一握手致谢，驾驶员也向他们挥手告别："再见！"技术员的妻子在车上抱着小被子包裹着的、才六七个月大的儿子，腾出一只手向他们致谢，道别。因为春季风天多，驾驶楼子机车的响动大，装车的人特意在书橱后面放了一个箱子，让他们能够背风坐着。技术员坐在妻子旁边，直到机车拐弯儿才放下扬起好长时间告别的手。

　　链轨车驾驶员按赵雨庶出发前告诉的，在供销社门前停下了车。赵雨庶下车拿着两个瓶口拧着玉米瓤的空瓶子走进去，一会儿就出来了。只见他一只手提着个马灯，一只手抱着四个瓶子，两瓶子煤油、两瓶酒，兜里鼓鼓囊囊。妻子把提灯、酒、煤油一个一个地拿上去后，赵雨庶到驾驶楼子前，从兜里掏出两盒香烟和一把糖递上去。在装车时，赵雨庶留意到副驾驶吸烟。

机车由此继续向西行进。起步不到二十米车停下了。赵雨庶看见千松柏林场党支部书记、场长董林和几个人，在林场大门外等着。赵雨庶一个高儿跳下拖车，急忙走向他们，紧紧地握住董林的手，此时他的眼睛已经模糊了。他不会忘记领导和同事们对他在技术工作上的支持和生活上的关怀，思想进步方面的鼓励。董书记说："他们说是工作需要，我这不需要？大脑袋山要压过来了。去那儿好好干。"赵雨庶说："谢谢您，在大门口等着送我，我一定好好干，干出成绩来。"从始至终两人握着的手也没松开，赵雨庶接着说，"外边还冷，董书记和几位回办公室吧，再见。"

目送董书记他们进院，又进了办公室的外屋，机车才前行。向西看，车不动就能看见大脑袋山，实际上就是个高大的沙丘。赵技术员后来在上个世纪八十年代中期，通过《沙荒造林学》才知道，塞罕坝机械林场的沙荒地带，在地理上属于浑善达克沙地的东南边缘的延伸地带。浑善达克沙地在中国十三个沙漠、沙地总排序中，列第十位之后。它只是部分地段延伸到沿坝地带。严格地说塞罕坝机械林场的沙荒地带不是浑善达克沙地。大脑袋山可算是驱伸到塞罕坝的侦察排长了，它在缓慢地东移；海拔高近 1600 米，有向东压移之势；千松柏林场也是总场所在地，海拔 1540 米，和泰山的海拔差不多高。那时还不知道，沙胡同至对山口，南北两条河之间的广袤沙丘地带，原是清廷木兰围场的沙勒当围。按塞罕岭的河口向西排序，吐力根河向西流，沙勒当林场有二道河口、三道河口、四道河口。

眼前的大脑袋山凸裸的沙坡横亘南北，南端又弯向西，向西面延伸，有半里长，后背是个常年风蚀的偌大的深沙坑。

冗长的沙坡朝向西，沙子就是从这个坡由大风带上去的，年年落在前坡。坡面上的植被有如秃头上仅存的为数有限的稀发，无风可见阳光照耀下刺眼的白沙子溜坡，沿顶可见屈指可数的白桦和一两棵油松。常年的风切和推拥，白桦弯曲无头，油松粗壮低矮且冠圆如硕大的黑绿色的球，树荫下可容二三十人乘凉。不知多少年代了，大脑袋山好像对世人诉说，谁给我治疗秃疮，谁给我穿上绿衣裳！链轨车过时，赵雨庶像自言自语地说："会有的。"妻子问："啥会有的？"他笑了，看着光秃的大脑袋山。车后，沙土道上因车过后腾起的土尘，像拖长的白色长云，车速慢，已经呼吸到悬尘了。

他和妻子是自由恋爱结婚的。妻子只有初小的文化，劳动是把好手。结婚后，妊娠期间断断续续地上班，工厂的领导关照，没扣工资，一个月工资 29 元钱，扣了就剩下 10 多元钱了。辽宁省海城地震那天晚上，妻子受了惊吓。他赶紧穿了皮大衣，抱了条被子去找接生婆，先到了厂里推上车轱辘天天没气儿的上料小推车，费劲地走了近一里地，还不知是哪家。喊吧："贾姨！房叔！"一喊不要紧，几栋土房的人大多从窗户跳出来，有的问："又地震了？这才多大会儿？"他回答说："不是，我找贾姨，去接生！"问话的人说："在后院东数第三家。"到了门口，跟还在院里的人一说，忙把贾姨搀扶到已经铺垫好棉被的小推车上，拉着上了已经踩压成冰的雪道。到学校前边的小桥前，有个十几度的长坡，冲刺了三次才上了坡。到家把贾姨搀进屋时，卫生所徐医生已经在炕上了。还算挺快，生个胖小子。产假后，雇了一位六七十岁的老太太哄着，就在贾姨家的大后边，天天送接，一程二里半地。

25 年后，儿子与老太太的二孙子成了连襟，真是好缘分。

短短的时间之内，机车过了大脑袋山。总场片三个方向人工林郁郁葱葱，当然不是片片衔接。西向，南侧被牧场占为牧地，还有草甸也叫涝塔子，进不去人，稀疏的矮柳树高不过两米；北向，只有比较适地适树的落叶松机械植苗造林呈块状坐落，长势还算喜人，除此，沙坡连连，沙地荒荒，更有平地白沙坑。到两场交界处的界牌，还有 30 里长。

过大脑袋山五六里地，沙土道的坡下是二龙泉，泉子是活水，冬天不冻。东西两侧各有一排举架不算矮的土房子，上世纪 60 年代建的，曾是落叶松机械造林的驻地。"文化大革命"时有一排房子是小烧锅。是个酒地，没有花天。再向西一二里地是一处开阔的丘间黑沙地，较平，土壤是风积沙土。一个硕大的水坑截断道路，是两侧和高处积雪融化汇集的，链轨车驾驶员夫修配厂修车，机车路过时冬雪还未融化，东西直径有 100 米长。机车在坑东边停下，两位驾驶员来到拖车下，陈建国与赵雨庶商量："赵技术员，我们从坑北边绕吧，稍稍平一点儿，只是有小坑颠人，怕对小孩儿有影响。"赵雨庶说："绕吧，多不了多少时间，不会影响小孩儿。主要是别把车误在坑里，车还在磨合期。"机车后面的拖车没因为车速慢免去颠颠簸簸，终于绕到水坑西面的土道上。不长时间又过了垫了砾石的草甸道，看见近交界处有几只狼，"饿"视着对面的机车，没有一点胆怯的架势，等机车临近时，才转身消失在有荒草的灌木从里。顺着狼消失的西北方向，看见十里地以外的蔡木山更清晰了，还能看见山顶上的房子，时至 21 世纪，此处还没建楼式瞭望台，山顶上有个人在动，看不太清晰。大概是林场的瞭望员吧。瞭望员要到六月中旬才能下山，九月中旬再上山。

等赵雨庶把眼光收回来的时候，机车到了交界。他在拖车上扶着栏杆站起来，面向总场方向喘了一口气，像与人对话一样，说："西出松柏亦锁沙，沙荒披绿堵沙勒。"心里想，得干出点成绩。以前，建设者们干出成绩不知多么艰难，从中吸收经验，继之从不尽人意之处受到启发，这是第一位的。他的思绪还未收回来，机车已经到了一龙泉，车停下了，两位驾驶员来到车下。陈师傅说："上边泉子有水，喝口泉子水，歇一会儿吧。"赵雨庶停住思绪说："也晌午了，吃点东西吧。"妻子放下睡熟的孩子，找出面饼、咸菜、筷子、碗和酒，递到车下。赵雨庶递下暖瓶，和几块短板子当座，又递下两瓶昨天买的水果罐头，把饭桌也递下去，最后再把孩子递下车，孩子还睡着。

桌子放平后，四个人围上。赵雨庶说："你们俩挺辛苦，吃点饭，就是没肉，咸菜、水果罐头凑合吧。今天真走时气，没刮风。咱们也别着急，吃完喝点开水，歇歇。"

副驾驶说："这就不错了，你想得挺周到。"

驾驶员陈师傅说："真没想到还预备了白面饼。""已经进入沙勒当林场，路正好对半，祝贺你们进阳关！喝口水代酒吧，吃完还得赶路。"仨人慢慢地吃饭，就着咸菜和罐头。期间探讨了一些沙勒当林场的造林和场俗情况。因为边吃边说话，等吃完饭，喝点热水，一个多小时过去了。

荒 景

　　收拾完桌子上的东西，再收了桌子，副驾驶发动着机车，孩子也睡醒了，没哭。几个人各自就位。机车还是磨合车的车速，到了水泥桩子，拐向了近几里但更难行的道，要走沙梁子。这是发动车前说好了的，可以省几里路。水泥桩子是"文化大革命"时，落叶松机械植苗造林后竖起的钢筋水泥标志。停下车，赵雨庶下来看水泥桩子上凹下去的红油漆字，上面有造林年度、树种、面积和第几机组等。大概在 1980 年前后，水泥桩子被打猎的打了一枪，留下一个子弹坑儿和好几条炸纹，桩子歪歪着。再后来桩子消失了。他上了车，站着对林子左看右看，远看近看，喜忧参半，发现沙地瘠薄、低平处的成活保留得极少，长势太不尽人意了；长得好的地段的落叶松和蔡木山南侧底端及东侧的落叶松长势一样喜人。偌大的地在荒芜着。顺道向南，西侧好大的一片平地竟无一棵树。他脱下一只鞋，扔到车前。车停下，俩人来到拖车旁，赵雨庶也下了拖车，捡回了鞋子穿上，问："这么平的地造过林吗？西边的那条白沙坡就甭说了。"

　　陈师傅说："机械造林、人工造林都造过，当年活得很好，两三年就没了，造了三四遍了。"

　　赵雨庶说："应该化验土壤，再看看水位，这土比白眼沙好多了。"

　　副驾驶说："这块儿叫大坑地，也有二坑地三坑地，还有没排号的，有的年景种油料连种子都收不回来，就是苦茉菜又高又密，得用镰刀割。"

　　机车到了地的尽头拐向上坡的陡沙土梁子，环顾四个方向，看到四个方向沙丘林立，高矮错落，成活的树稀稀落落的。身后即东向，两个沙坡的夹槽有一片机械造林已经郁闭成林。左侧沙坡很高，原有的天然杨、桦树像小补丁一样补在阴坡上，山杨树超出坡顶没有正头，是风切的。还有像锅一样的坑，大小各异，坑底杂草丛丛，颜色发黑。稍有坡度的沙坡和平地草被茂盛，高的超过 50 厘米，倒是已经干了的干枝梅好像杂毛羊群里的羊驼，还牢牢护着宿根。小地形变化复杂。

眼看来到沙梁子了。一荏儿的白眼沙还是坡陡，加大了油门儿，20 来分钟才上去。平沙道了，南侧沙丘映进眼帘，南侧陡坡，满坡的白桦和山杨树。后来知道，这是沙勒当林场第二块好次生林子，几十亩。第一块是大阴背，600 多亩，"文化大革命"时被拔过桦木檩子。往前是一个小沙梁子，机车按磨合车的车速过来了。道两侧是一块南北向的大平地，比较开阔。再往北瞭望，是内蒙古的克什克腾旗，常年过度放牧，沙化甚超林场，隔着吐力根河，靠林场一侧，遍布着涝塔子，阳光照射的水面折射着光，稀稀拉拉地长着低矮的柳树或柳丛。道儿南侧有一小片椽子粗的白桦山杨林，坡陡的上不去人。前面就看见沙勒当林场场部了，比此地低 20 米还多，大概有个三四里地，不长时间就到场部。

机车吃力地爬着沙梁子。后来看全了，见到头两排房子，东一栋土墙房上苫着草，西一栋砖瓦石结构的，是办公室。土房后两座窝铺，窝铺内一尺半深的地下式，足能住四十个农民工。中间两栋砖瓦式结构房子，分别是宿舍和住房各一栋，两栋中间坐落一座大圆仓。后一排，东一栋土草房子是住房，西一栋是机房、小学校、仓库，砖瓦房。一年两季的大风，刮来的沙子和土，才几年已埋过了地基和部分墙体。东一栋靠东部的房后，有两小间土房，是土石结构的井房。错后15米有三间上世纪六十年代盖的土石瓦房，举架不低，曾是食堂。住房东侧是四间比较矮的土房，苫的大瓦，现在的职工食堂。场部西、北面是不算开阔的河岸台地，风来无挡；三里外、西稍偏南，移动的高大沙山光亮刺眼。场部前是台地，近一里有一片落叶松机械造林林分，几百亩，已经成林，靠近的早成草荒。北面隔着吐力根河，白晃晃的沙丘不知连绵多少里，东北侧的半环沙山，怀抱着赤峰市二龙山牧场的三道河口分（牧）场，一茬儿的类似干打垒、低矮的草房，墙体黑色，给人一种稍带肃穆的感觉。屋里大概也是黑的，个别糊的报纸。

赵技术员的住房安排在中间栋的两间砖瓦房，从西数第二家。机车在门前停下，时间已是下午四五点钟。他下车后，自我介绍说："谢谢大家帮忙，我叫赵雨庶。"几名家属清理房子刚刚结束，又来了几个人帮忙卸车，把家具搬到屋里。进屋要向下迈一个台阶似的，还往里溜土，他赶紧在门口处挖挖土，钉上一块20厘米宽的木板，添上土又踩踩才与地平。外屋门原来就改成向里开了。后墙有一个一尺二见方上着玻璃条子的小窗户。时间不长家具就算摆布好了，锅安好了。他和妻子深深地感谢那些家属和帮忙的人。有的家属还在亲昵小孩儿，说长得俊又白净，还轮流抱抱。送走人后，天就快黑了，孩子醒了，哭不两声就不哭了，赶紧点燃提灯。当初在买提灯时顺便装满了煤油，又买了几包火柴，怕没用的。之前曾有家属说，天天只发两个多小时电，有个提灯方便多了。他去挑了水，做好饭。吃完了饭，林场发电了，正好把家具再调理一下，有的物品还要找出来备用。

报 到

第二天，赵雨庶去办公室向孟书记报到，争取早点工作。先感谢领导安排住房和安排搬家，还给预备了一些干柴禾。孟书记并没有马上安排他工作和下作业区熟悉情况，而是说："你先休息几天吧，人工造林几天就结束了。办公室很紧，你先和任副场长一个办公室将就一阵子。"

他赶紧说："孟书记，这不合适吧？"

孟书记说："没事儿，实在不行可以回避一下。过个四五天再上班。"说着把钥匙给了他，还告诉他勤快一点儿。他拿起钥匙出去了。

赵雨庶看任副场长办公室门锁着，没进。先到任副场长家里，首先向任副场长问候，然后说："您从机械林场建场就来了，经验丰富，今后在您的领导下，请您不吝赐教，多多指教提醒。另外，孟书记让我暂时在您的办公室将就一段时间，请您不要在意，必要时我就回避。"

任副场长却开口问："你见了刘副场长了吗？"

他回答说："没有，我先到您这儿来的。"有点庆幸问候他时没用"副"字。

任副场长接着说："你年轻要勤快一点儿，林场技术上归我管，得绝对服从领导。"并没有说上班后工作的事。

他说："一定。"

他临走时，任副场长又说了一句："所有技术上的事，你照量着办。"

他对这句话有所回味。任副场长 1962 年毕业于承德农专，

"文化大革命"中挨过狠整，曾和总场一位主要领导在一起受过难，现在还是总场革命委员会委员。1975年成立沙勒当林场，被任命副场长兼主管技术员，不是党员。分配来场时定为工人，属于以工代干。

刘副场长，1962年毕业于东北林学院，曾任棋盘山苗圃主任和联营苗圃主任，直属总场；大觉河林场党支部委员、副场长。沙勒当建林场，任党支部委员、副场长兼苗圃主任。

赵雨庶听说刘副场长天天在苗圃。中午，他去了刘副场长家。刘副场长见来人赶忙招呼进屋，让他的妻子倒水。互相问候后，刘副场长说："坐炕上吧，热乎。"技术员说了来意，刘副场长说："沙勒当林场成立晚，条件除了苗圃机械化外，抵不住别的林场，尤其造林最困难。要好好干，多学习多实践才能出成绩。咱们商量着来，育苗工作要参与进来，要进入状态。听千松柏林场董书记说过，说你很务正事的。"

从刘副场长家里出来，已知道侯副书记出差未回来，等他回来再拜会吧。侯副书记是塞罕坝机械林场建立时，中共围场县委员会来支援的区委书记、区长和部长中的区委书记之一，是个老革命。曾任们都阿鲁林场场长，"文化大革命"一开始被夺权，辗转到沙勒当林场成立时任党支部副书记，原则性强，憨厚。

又想到孟书记，原来是们都阿鲁林场北岔作业区主任，"文化大革命"中紧跟政治形势，很"左"，后任党支部书记兼场长，成立沙勒当林场任党支部书记兼场长。

赵雨庶稍把四位领导的朦胧脉络大致联系一下，想起在千松柏林场听说，沙勒当林场四个人三套马车。想到干工作要先躲开上级之间不协调的相互关系，可能这方面动脑子比干本职工作动脑子还要多，他心里有些打鼓。更别说外行领导专业内行，技术上是中专生管本科生，而且表面上看就有积怨，不和谐，这样往往导致下面小心翼翼，甚至无所适从。

第二天，赵技术员看任副场长进了办公室，才进去，擦了桌椅，打了一壶开水。向任副场长请求："我想学习您编写的造林方案，明年的就我写您把关。"任副场长的脸色严肃和深沉，说"到时候再说"。

正好作业区来人，赵雨庶瞅瞅忙搭讪一句，借机出来了。

第三天，刘副场长在办公室外叫住赵雨庶，说："小赵，你把今年的育苗方案写写，两天后交给我。"说着，递给一份上年写的方案。他站在那儿稍一思虑，写写也是学习，回家写吧。他连夜赶，第二天傍晚誊写完毕。电灯亮了后，送到刘副场长家。刘副场长放下筷子和饭碗说："没想到这么快，我先不吃了，看完再吃饭。"说着话就看上了，大约30分钟全看了，说："挺好，你提出新育不再盖草，适当加大小水控制地表温度，还省工。一年生苗间下来，不扔掉直接换床，第二年至少出一亩半的造林苗，省了新育面积，涉及计划，得等等。"对他妻子说："友兰，倒壶酒来，再炒几个鸡蛋，就是没肉呀！我们俩喝两盅。"那就恭敬不如听命吧。其实赵雨庶也明白，今年的方案，总场生产科在年初已经批复。刘副场长这是在鼓励他。后来，有人说："任（副）场长说了，小赵是刘副场长的人。""文化大革命"刚结束，以人划派不能说不正常。乐观点儿吧，以新的精神状态投入工作是形势的要求。

不知道作业区的情况，又不能主动去。赵雨庶只好走着去了两次苗圃。正是新育出苗阶段，防鸟啄食幼苗很让人分心。

锣声鼓声吆喝声，浇水牵引拖车和水罐的胶轮拖拉机轰隆声，隔区的落叶松三等苗换床（移植）的人说话声，使他心情舒畅一些。后来的一段时间，轰鸟把大鼓捶个窟窿。此时，刘副场长问赵技术员："听说你在千松柏林场苗圃用那玩意儿粘鸟？"

赵技术员说："把它熬了趁热往防风杖上甩，鸟一落就粘住啦，后来卫生所不给了，说影响计划生育。"

刘副场长说："是得想想法儿，现在，人嗓子发哑了，鼓要锤破了，胳膊也疼了，用火枪怕伤人。"那时只知道保苗子要紧，看鸟的人几乎疲于奔命，一天十几个小时。

这天，孟书记通知赵雨庶参加落叶松机械植苗造林。

上山之前，即5月上旬的一天，赵技术员又进了一次办公室，看看已经停止生炉子快一个月了，他把炉膛和炉子底下的炉灰清理出去，轻轻地扫扫地，又往砖地上均匀地擩了些水。炉子和铁皮烟囱该撤了，心想不是一个人的活计。就擦擦桌椅橱子，打一壶水，拉上门走啦。顺便上了前台地，查看不知是前几年哪一年的白榆机械植苗造林，成活不错，只是干尖干杈，如此下去前景难说。因为榆树的幼树一般喜群生，大概主干和侧枝需要有点技术措施。《中国林业》刊登过论文，有冬打头夏控侧的技术措施，看来也不用琢磨这事了。

机械造林

　　赵雨庶是在河北林业专科学校上学时的 1973 年秋季，来塞罕坝机械林场实习。学校安排从大梨树沟到总场见识落叶松机械植苗造林，那是九月，蔚蓝色的天空接连着幼林，没有一丝白云，天却已冷了。大敞车跑了近俩小时，到了总场所在地的千松柏林场。千松柏林场技术员张乐云，在大脑袋山东边的菜园子地给讲解技术和操作。实地演练时他和张乐云技术员同一台植树机，另两台植树机也各配一名学生。机车开动了，学生跟着投苗，没多长时间就基本掌握了要领。因为那是平地。他眼瞅着张乐云把一株苗的苗根朝上头了，植树机下一个林场的人喊道："投反了哎！"半小时停机换学生时，从植树机下来，张乐云笑着说："我投反了苗了。"赵雨庶才看见对方眼镜片上有三四圈儿。

　　1976 年正月，赵技术员到千松柏林场报到时，正好接第八任技术员张乐云的班，这时张乐云已经去总场办公室报到了，没有见到他。董书记微笑着把办公室钥匙递给赵技术员，开门后屋里给人一种呼吸通畅的感觉，见垃圾搓子很干净，就去了西房山，看见一小堆垃圾，蹲下去就扒拉，拣出近 10 张黑白照片，一看是机械造林的镜头，用嘴吹吹土，抬起胳膊用袖子擦擦，拿进了办公室收藏起来。1983 年总场借调时，应前来采访的林业部林业图片社记者李某某请求，把照片借给了他。照片被刊登在《中国林业画报》上，按赵雨庶意见署名为河北省塞罕坝机械林场提供。后来总场办展览馆，关于机械造林的图片底片，是赵雨庶于 1991 年末去林业部时，找了刘副部长，第二年才邮回来的，还有一本刊登照片的《中国林业画报》。再后来照片借给了摄影爱好者。那幅大的彩色的是 1976 年夏季，《华北民兵》杂志记者来采访，在马蹄坑作业老办公室房东拍的，现场外就有他。现在还收存几幅。

赵雨庶开始抓紧时间翻看千松柏林场技术档案，含人工造林、落叶松机械植苗造林，又系统地学习了之前的造林知识，较全面地掌握了造林技术，记了笔记。因为落叶松机械植苗造林在当时是国内首创，在教科书上是见不到的；没想到这还为 1983 年受总场指派撰写《河北省塞罕坝机械林场落叶松机械植苗造林史》奠定了基础，入选了《当代河北林业史》。年末他又受指派，为林业部三北防护林造林局写了华北落叶松机械植苗造林技术流程和技术及相关操作资料，以后有了《三北机械造林技术》一书，他在石家庄的一个书店买了一本。

机械造林的头一天，任副场长也通知赵雨庶明天参加机械造林，说他自己去不了。他没给设计方案就走了，技术员也没要。心想，你不给方案也难不倒我。还有工人呢。

林场机务队房前，唧唧嚷嚷，互相招呼着，提醒着，机车轰隆着，机车后面挂着拖车，拖车上装着打着包的落叶松一级苗，苗子上盖了好几层干草帘，利于人坐上防潮湿。几个大油桶，只一个是装的柴油，其余装了水，预备造林用。还有一些造林施工中备用的工具、配件和物品。拖车后面挂着一组镇压器。

机务队长招呼 20 几人上了拖车，还不到七点就出发了，车速二档还多，挺快，卷起的尘土形成一溜白烟，不长时间就爬上了在场部就能看见的陡沙坡。一路沙道，不停地上坡下坡拐弯。到了七百亩和八百亩的北沙梁前，眼前的路既拐弯又是陡沙坡。机车停下，摘下镇压器，机车和拖车才上了梁，又稍往前走走。停下车摘了拖车，调头后，再下梁挂上镇压器，拖上梁。再按先前顺序挂好，下了长达一百多米的沙坡。顺道眼儿向西南行进，十分钟功夫，又上一个不算大的沙梁。奔宜林地，瞄着机车送植树机和轻重耙的荒印儿前行，到地点已九点多了。另一台链轨车已从四道河口作业区赶来等着，挂上镇压器镇压宜林地，这样既保墒又有利于对栽植深浅度的辅助控制。

机务队长把人召集在一起，说："孟书记让我传达总场指示，这块地是机械林场最后一块机械造林，一定要保质保量完成，一共678.3亩。书记还说，机械运作以我为主，造林技术以赵技术员为主，造四天也行，造林时互相看着点儿，质量第一。植苗箱装足水上苗子！"说着顺手递给技术员一面红色三角旗，他手里还有一把红色小方旗。

赵雨庶赶紧说："都以你为主就行，我没参加过机械造林生产。"

队长说："咱们商量着来。"

镇压宜林地还在进行着。按时间说已经失掉了最佳墒情时间，造林时间已经偏晚了。机务队长小方旗向前一指，机车前行，副驾驶不时地向后面瞭望；投苗开始，投苗员熟练地取一株投一株，投时紧对标准线。下坡时，赵雨庶发现苗子稍有倾斜，三角旗向下一落，机务队长小方旗紧接着一落，机车停下。赵雨庶告诫投苗员："下坡苗子根向上扬点儿，上坡苗子稍向上翘一点儿。"

机务队长问："记住了吗？"

投苗员齐声回答："记住了。"

机务队长提醒驾驶员："保持住车速和方向，确保垅直。"

"放心。"驾驶员回答道。

中午，凉饭就咸菜，喝些油桶里的凉水，有一股柴油味儿，稍事休息就又开始了。按垅长和行数，上午造了90多亩。运作不到半小时，技术员落旗，机务队长随之落旗，机车停下后，技术员提示机械工人："由于墒情差，土暄，把镇压轮与地面距离稍往小调一点儿。这样就不偏深了，否则会日灼环切径皮。"又提醒各段扶踩人员："扶正苗木，调整深浅度，补植漏投点，第二项最重要。"六点收工，回到场部七点半。机务队长宣布，明天早晨六点半准时出发！结果植苗任务三天半就结束了。赵雨庶很庆幸参加了一次落叶松机械植苗造林。

按以往好一点的年景，这块地成活没问题。机械造林的宜林地经过两年半的休闲管理，造林当年冒出来的灰灰菜一两米高，晚一晚要用镰刀割，再行间机械中耕除草和株间人工除草。今年，从造林后至七月滴雨未降，这块地连灰灰菜都没出多少，机械和人工除草全免了。人工造林同样受到干旱的遏制，成活率之低几乎达到都重造的程度。

塞罕坝机械林场当年轰轰烈烈的林业建设，以机械植苗造林成功，对于平息林场已经产生的项目下马风至关重要；但历时16年的机械植苗造林又以不可抗拒的旱灾结束，实在令人痛惜。赵雨庶在1983年撰写《河北省塞罕坝机械造林史》时，确认16年共机械植苗造林10.5万亩。其中由于抗争，机械林场"文化大革命"晚开展了一年，"文化大革命"期间造林6.9万亩。后由于政治运动的干扰、自然和树种影响，机械造林总计保存6万余亩；建场总体设计机械造林22.3万亩，涉及当时的五个林场，令人喜悦的是人工造林技术的攻克，使11万余亩机械造林宜林地被人工造林先入为主。这两种方式的造林比肩而列，同是轰轰烈烈，成为改造大自然的生态绿化的范例。

1973年时，机务队撤销，造林机械都归属了千松柏林场。而沙勒当林场当时是一个作业区，是机械造林主战场之一，1975年建林场时一部分造林机械就划归了沙勒当林场。机械造林结束后，除了东方红—54链轨车和耙具、镇压器使役，植树机和中耕除草机荒废了。先是植树机逐渐部件缺失，之后中耕除草机被弃置在场部东侧的荒地上。到上世纪80年代初，中国人民解放军成都军区进行航空测绘，所拍摄的照片在当时分析以为是一门轻型炮，后由北京军区派人陪同来现场勘查，才明白是造林机械——中耕锄草机。当时正是赵雨庶领看、介绍。再后来时兴做买卖了，中耕锄草机被当废铁卖钱了。

逛 游

还是在参加机械造林之前几天，赵技术员正在宿舍前与几个人说话，任副场长从他家那面拐过来，来到技术员面前说："我忘了带办公室钥匙了，把你的钥匙给我使使。"在场的都听出了意思。赵技术员说："等我回家给你拿去。别跟我来啊。"钥匙拿来递给了他，他接了钥匙却没往办公室去。赵技术员想，钥匙给他也好。这时一起说话的人逗趣道："任场长，方向错了，办公室在南边呢。"

这几天赵雨庶顺便转悠了场部和家属院，发现了一个现象：家家门框连点儿贴楹联的痕迹都没有。虽然"文化大革命"结束了，人们的精神状态可见一斑。连垃圾堆也逛了。对，捡砖头，搬回去连刮嚓带刷，晾干摞好。再去用过的黄土包上铲黄土。然后接着逛游。

来沙勒当林场时，他带了两三种杨树条子，是去年从千松柏林场联营作业区弄的。一种毛赤杨，一种苦杨，另一种记不清了，因为比较适应坝上气候才带的。来的第三天下午就在院子里插条了，接长不短地浇些水，居然放叶了。

没有允许，作业区不能去，更甭说骑马，赵雨庶就在以场部为中心二里地的扇子面范围里转悠，背面即房后不远以吐力根河为界是内蒙古自治区的二龙山牧场。看看以往的整地、造林成活、高生长，抠查抠查办公室前面剖面的玄武岩，瞅瞅剖面沙土厚度、腐殖质层厚度、根系密度；到前边的落叶松机械植苗造林的林分里，看看边缘地段落叶松有没有因潜育层导致树顶部畸形生长等，比坐办公室快活多了，还有收获。

这一天，赵技术员正在琢磨场部西边不到二百米远的小山包，连一棵树也没有，地皮上的矮草稀疏的就是有羊也不会留恋。

孟书记到跟前了。问道："你就这么逛游呀？"

赵雨庶苦笑着说："他怕丢了主管技术员职务？方案、档案不让看，作业区不让去，苗圃去不去还得照量着办，把办公室钥匙要走了，我不逛游咋办呢？实际上这些天，我踏查、琢磨好几个造林技术的事呢。可他这么几天，跟职工甚至家属干了好几仗，都不用三套马车。"

孟书记说："甭理他，作业区得去，指望你在造林上出点成绩呢！过些天给你配匹马。办公室再等等，实在没房子。"

赵雨庶说："不着急？只着急不了解生产技术上的过去、现在和各作业区的情况，尤其是山上的情况。说低一点儿，不能空对工资呀。"

很快就到11月了。赵雨庶在当知青之前干过近三年瓦工，用捡的砖搭了一个火墙，一天只烧两三次，还是湿山丁子剁开的棒棒儿，热乎了就不烧了。不到一周岁的儿子难免还是感冒了，喘得呼呼响，已经有生命危险。林场的"医生"说是支气管炎，"留守治疗"。技术员去给妻子请假，想去总场卫生所抢救孩子，不允许。正赶上铁牛—55要去总场，他就让妻子带着病重的儿子跟着走了。他没去，因为清理与"四人帮"（当时政治定性）的人和事，"三讲一评"要开始了。那时技术员是行政最末一级，毕业时有文件规定。还得有点纪律性。电话从卫生所打回来，诊断是大叶肺炎，晚一晚孩子就完了，正在治疗，好在小孩子好恢复。消息传开，"医生"

又改口说是支气管肺炎。

在家里，赵技术员当着好多人的面儿问"医生"："怎么又成了支气管肺炎了呢？"

"医生"说："气管连着肺呢。"

一个职工说："我原来以为气管连着屁股眼儿呢。"

一位家属说："你真二，你把赵技术员胳膊打针打得现在还提不了一壶水呢。"

"三讲一评"开始了，人人过关。上面当然规定了一些条条，赵雨庶理解，说自己"文革"中没事不行，事儿说小了不行，不给自己上纲上线不行。记不清一共讲了多少条了。

林场按总场通知：孟书记因为造反、打人严重等问题，不在林场讲。副书记属于被夺权、挨整的，两名副场长以及全体职工都在林场讲。本人讲完，别人要视不同情况发言。讲不全、评不透，不结束"三讲一评"。

侯副书记讲完很快就过关了。

刘副场长也很快过关了。因为没事儿，评不出个啥。

任副场长坐在桌子后面的椅子上，像往常一样，严肃的国字脸显得很自威，帽子下的眼睛里让人看不见眼珠儿，面相让人敬而远之，让人摸不透、有点害怕。他讲得多一些，重点之一是自己在"文化大革命"时候是挨整的，之二讲自己的问题。对于导致新来赵技术员的"逛游"，他说："他太懒，不生炉子，只听刘副场长指挥。我把办公室的钥匙要回来了。"这句话倒多少实在一点儿。连其他方面，讲的时间比较长，不少人不满意，不断地有喊喊喳喳声，评的时候发言的多了。

赵技术员是被点名才发言的。他说："我是尊重老同志的，前提是有思想意识，有职业操守，有领导水平。哪能不实事求是呢？说的是亏心话。我只提以下几点，不评。我调来时取暖期已过，再生炉子，把人烤死呀？恐怕不符合规定。溜须得溜到点上，本来我担心在你办公室会影响你工作。你竟然封锁技术，让人参加机械造林不给方案，幸亏我在千松柏林场时了解一些；人工造林总的情况到现在不知道。刘副场长让我写育苗设计，你就说我是刘副场长的人。'文化大革命'已经结束，应该自觉地从派性中跳出来。团结才能稳定大局，工作才好开展。作为领导应该加强涵养和道德的修养，提高领导水平；动不动和下边打起来，就成了与群众'打成一片'了，工作谁都不好开展。我们之间的关系如何搞好主要在你。"

又过了两天，轮到赵雨庶讲了。塞罕坝最后一次机械造林没成功，不是个事儿，天灾不可抗拒。讲了孩子病重，硬让妻子走，不管咋说是违反纪律。任副场长评时说："你这么讲不行，是破坏'三讲一评'，是阶级斗争，得高度认识。"

赵雨庶反问："前些日子搞'三讲一评'了吗？我看你这个领导是不是想打击报复呀？看来很难与你沟通了。"气氛紧张了。书记那时不批假，他当时在场没吭声，刘副场长也不便于说话。

侯副书记说话了："要是我，也是救孩子要紧，老任算了吧。干啥呀？"

谁也没想到第二年，任副场长出了个在林场采农业社"野花"的事，反而诬陷孟书记采林场院里的花。总场来人解决，在他家喝一顿。孟书记调走了，67里地走着走的，知情的人没几个。当时塞罕坝机械林场与孟滦国营林场管理局合为塞罕坝国营林场管理局不长时间，把任副场长调往燕格柏林场，还是林场副场长，又兼派出所所长，后来不知啥时间就剩下个所长的职务了；再后来，他调回了契丹发源地——平泉。

另一个热点是有个作业区主任。因为"文革"时犯有严重错误，已于几个月前被清除出党。他人高马大，眼睛大，眼珠儿很活，没有文化却脑筋活，主意来得快。他讲完后，评他事的不算少，最激烈的场面是会计声泪俱下的控诉和任副场长的控诉，听着挺残酷的。他们那时同在英金河林场，当然在场的原单位的还有别人。还有人指控他，在二道河口作业区菜园子里，下钉子板，偷菜的社员跳下去五寸钉子扎透双脚。是他亲身试验跳，定选的点。第二年他成了施工员。对于这个人，赵技术员没参评，算了吧，又是挨着住。赵技术员与他住隔壁，一车山丁子是司机卸在他院子大前边的，腊月二十九早上，他问赵雨庶："你柴禾啥时候腾地方？"说完眼珠子还瞪着，比过去的凶悍劲儿看上去少点儿了。赵雨庶问："你啥时候占啊？"他抬腿就回屋了。

他翻不起浪来了。那个年代过去了。只能使坏。他把辣椒面装进莛子管儿，顺进狗的嘴里，从另一头一吹，把狗辣得不吃不喝，嗷叫两天两宿还多。在林场种地的解放军因此两宿没睡觉，白天还得下地。

生 活

　　沙勒当林场在上世纪 70 年代中期建场时，职工生活比前十几年稍有改善，但与其他林场相比，生活条件还是差远了。只场部晚上有两个多小时电灯，再就是煤油灯。粮食由林场负责，买物品至少得到总场。进出林场只能两头等拖拉机，等候时吃住犯难，钱不够花。建房用石头最近 30 里，房屋修理用黄土到坝下运，一斤黄土折合一毛多钱一斤，比玉米面还贵。运木材最近一个单程 140 里，其他物料到围场至少一程 200 里还多。

　　家家的粮食和副食结构简单。粮食供应普通面粉（三成）、小米和玉米面，不够吃，吃供应的每人每月二两食油。家属和孩子吃通销粮或农村户口的就降等了。蔬菜以土豆和酸菜为主，有的抠一小块地种几垄菜，多数吃小葱蘸酱。场部院里，小山包的东侧蒲公英遍地，都叫婆婆丁，遍地都是。一会儿就挖不少，洗净蘸酱。留几个疙瘩白（甘蓝）和几颗白菜，不是冻透就是窜苔、干巴层。两个传统节日林场会想办法解决点肉，按人售给斤八两，给大伙打打牙祭。冬前按每人羊肉或牛肉 5 斤，过年自己想法儿。一般养猪在腊月宰杀。

　　端午节刚过，赵雨庶听见"铁牛—55"的司机喊他，赶忙从"办公室"出来。司机说："你们老爷子捎来个猪仔，不到八斤，说是才花五块钱，岷江猪。"接猪时既高兴又担忧，在大门外夹了个猪圈。只能下班后采猪食，好在猪小。7 月的一个星期天，夫妻俩找人给带孩子，他们去大坑地割苦荬菜，被一个过路问道儿的农民赶的小牛车给拉回来的，管了一顿饭。这种猪不吃稀食，气人不。只能让它吃咸了，再喝水，把猪食里拌上盐，过一小段时间猪"哼哼"地回来了，站在槽子边不动肯定渴了。赵技术员倒上一盆水，猪就很快喝净了。有人说，赵技术员家的猪喝凉水都上膘，真不挑食。岂不知多少也给一点玉米面，尽管粮食不够吃。晚秋，二小姨子给了100斤粮食指标，从林场买了黑豆，破碎后分次炼熟，每顿加上一点。

还没进腊月，妻子病了，不能上班，也不能做饭，孩子刚会爬，时处长冬寒冷和深雪季节，因检查贮存的落叶松苗木最重要，赵雨庶每天忙于检查工作，就把那口岷江猪杀了，90斤肉10斤油，饭锅的"麻子"不见了。煮熟的肉膘胀胀着，肥肉比肉皮大一圈儿。杀猪时，杀猪的人让讲笑话，一乐把快褪完毛的猪掉地上了，他一只胳膊还不敢使劲。后来都弄利索了，想找几个人乐呵乐呵，跑了一个多小时，还是一个人回来了。大家一是体谅他妻子有病，二嫌弃屋里冷，里屋脸盆子里的水一宿冻成冰坨，盆底都能鼓掉瓷，又没个圆桌。炕上放了桌子坐不开人。等明年吧。

后来养了两只鸡，冬天总上窗台，还啄窗上的纸，抓住一摸体温低。喂点儿大蒜、辣椒面掺玉米面体温升高了，也不上窗台了，可院子里撒欢。刚进腊月，小鸡"咯咯嗒"地叫，下蛋了。邻居说，没见过小鸡儿腊月下蛋，问问他喂的啥。孩子慢声地说，我要吃。从会吃饭这还是头一回吃鸡蛋。

这一年，他和妻子没回围场县城过年。腊月三十包饺子，还有10多颗酸菜舍不得吃了，再说缸还冻着，抠不出来。冻白菜只能留着熬大菜，干脆用喂猪剩下的干苦荬菜。他先用开水烫菜，还烫多了，就用凉水投几遍分坨冻上。剁了些菜尝尝不苦，放在煞好的肉馅里。三十那一天没少来人，只说有苦荬菜味道。

赵技术员在"逛游"时就已经觉察出林场没有过年的气氛。他早就买下了红、粉、绿的纸，又从修理间捡了几段折了的钢锯条，装在油桦的柄上，再用细铁丝拧上，做了几把刻刀。毛笔和墨汁早就有，没到千松柏林场时，没事他就在宿舍坐着方凳，腿顶炕沿垴写毛笔字。腊月二十几就把挂钱儿刻好了，二十九晚上电灯亮了，他写了三副楹联。大门的最宽，白天就捆钉好了木板。猪圈空了也写了"肥猪满圈"，鸡窝来个"鸡鸭成群"，水缸天天冻天天早上烧水烫，升格为"玉液满缸"。

腊月三十早上，赵技术员趁糨糊滚热从里屋往外贴楹联。粘挂钱儿，贴外屋立时手冻得不行，手指尖儿如针扎，手上沾了糨糊不能捂手，强忍着贴完赶紧进屋，在灶门前烤烤，出去接着贴大门的，横批下粘了七张挂钱儿。退几步一看，哎呀，太有过年的样了，赵技术员打心里高兴。

上任几个月的作业区主任张梦树问："还有挂钱儿吗？"赵雨庶会意地笑了，领他进屋拿出余存的，给了20张，还剩下六七张。又问："还有红纸吗？就事儿给我对付两副对联。"还真对付了三副联，说啥也要条"肥猪满圈"、"抬头见喜"，出门顺便还把糨糊勺子端上了，来了句："家伙一会儿送回来。"送回来时干干净净，里边多了只煮好的野兔。

这下不要紧，引来近30余家都要写，大家手里拿着红纸在屋里排队，大有速来速去的架势，有的不等干了就卷走，想早点儿红火起来；有的要在灶门子上烤，一想一烤就变色了，便作罢。有个人说："我来沙勒当二年没贴过对子。"另一个人接着说："你二年没贴过对子，我来六七年没贴过对子，比你年岁长不？"之前，任副场长进来问还有挂钱儿吗，就把那六七张给他了，很高兴。任副场长说："留一张样子吧。"他回答："没事儿，再画。"写了一天，晚饭胡捯点儿，酒没敢沾，觉得牙有点儿不得劲儿了。又加上写一个晚上，累得胳膊疼，牙疼发作了，吃了三四片去痛片不管事儿。小儿子过来给他用小手揉："爸爸乖啊，不哭。爸爸乖，揉揉。"

年夜饭，苦荬菜猪肉馅饺子夹开就咽下去了，对付着吞了四五个饺子，酒更不敢喝了，入啥屠苏呀！午夜，来人拜年了，应好，还拜年话，借着吸凉气能缓解牙疼，不足十个字分几段说。但牙再疼，与他们一样掩不住喜气；送拜年的人出大门，也不那么冷了。初一早晨七点钟了，除夕夜里熬夜的和早起的，相互问候拜年，大家心情好，大声地问候，喜气从内心涌到脸上。看见大门上贴的楹联红得还挺耀眼，三种颜色的挂钱儿随着微风飘着，仿佛和春风一起轻抚着微笑的面容。真是春天来了，整个沙勒当林场红了，等待着沙勒当林场泛绿。

隔了两三年的夏季，孩子见小朋友吃炸蚕豆，也要。赵雨庶一想，平常也没啥零食给孩子吃，去哪弄蚕豆呢？一打听林场的料粮里有蚕豆，就用指标换了三斤蚕豆，用水泡上一半。隔一天上山回来得早，正好给孩子炸蚕豆。听说过得用刀割两下，割哪呢？想想割两侧吧，一面三刀儿，还觉得多了，干脆就这样吧。仅有半斤多油全倒锅里了，灶里的柴禾点着了，他把两个孩子哄到屋里去，还不放心，又把门鼻子挂上。油热了，放进四分之一蚕豆，立时见一个"嘭"的一声，他见事不好转身往外跑。锅里响得像快燃的鞭炮一样，尽管腿快，也落进脖领子里好几个蚕豆，赶紧往外抠热蚕豆，已经烫起了泡。还没等抠完热蚕豆，锅里已经不响了，进屋一看，靠锅的墙上闪着油光，还往下淌着油，锅台和地上是崩碎的蚕豆渣和油，没有帘儿的碗架里也是碎蚕豆，锅里的油剩下不到一两。没碎的捡起半碗，捏上一点盐拌一下。嘣爆锅时孩子在里屋吓得直叫。把孩子放出来吃吧，孩子出来转涕为笑。儿子说："头发里还有几个呢。"抠出来六七个，一会儿洗头吧。邻里听到响声来了，一看乐了。告诉他在豆子的屁股上割个十字就行。会是会了，可油没了，等下月再炸吧。

　　妻子从苗圃下班回来，一看来了邻里便问："炸蚕豆来吧？就那半斤油了。看这 20 天没油吃咋办。"

　　儿子说："爸爸的脖颈儿烫包了。"

　　妻子问："你割的哪呀？"

　　赵雨庶说："割的肋巴，六刀呢。"

　　"笨蛋，割屁股！还剩多少？就锅熬了吧。"妻子说。

　　赵雨庶打趣地说："孩子还没吃够呢。再说屁股割六刀咋缝线呀？"邻里听了那个笑呀。

　　妻子说："下月我炸！"

　　一个邻里说："我们家孩子要是吃炸蚕豆，得攒仨月才够六两油。"

　　另一个邻里问："你还嫌你们家锅里的'麻子'浅呀？"

转窝子

春天，人们的精神状态显得比去年精神多了。没进入大风期就已经忙碌了。林场对于今年的各项安排紧锣密鼓。在乍暖还寒的日子里，大家开始为今年的工作和生产做准备了。各个作业区主任和施工员下围场，转农村雇佣劳力，要抢先。留在作业区的，抓紧各方面的准备工作，第一位的是抢修和建新的窝铺，确保造林时劳力有安身之处；观察造林苗子的化冻情况、山上土层化冻情况；修理工具。

一部分家属们在为生活倾力。挖土豆芽子，要不冬天到明年夏季没土豆子吃。加固猪圈，再添只猪崽，托司机从外边买回来。种点菜，不种没处去买。这儿气候不好，一年就俩月的无霜期，下霜早，院子里种豆角摘两次就不结了。只能种点比较适合的蔬菜：角瓜、小葱儿、生菜、菠菜、水萝卜、黄瓜等。种韭菜容易，挖些山韭菜根栽上就是一池子，当季见效。尽量少种喜油腥的。

一名家属在撒粪，一个护林员故意问："攘土玩儿呢？"

家属回答："没粪，劲儿小，撒上点粪。"

护林员说："你把它种肛门里呀，粪大劲儿也大。"

家属笑着骂道："你个要死的！过涝塔子头朝下掉下去！"

一名家属去场部后的小台地种菜，路过宿舍的东房山。一个好逗趣儿的职工问："嗨！干啥去？"

家属回答："种角瓜。"

问的说："别种出黑瓜芽来啊！"

家属反驳道："你们职工才出黑瓜芽呢！"旁边的人全

乐了。一个姑娘扭身钻宿舍里去了。

说起"黑瓜芽"，是去年的一个典故。进入雨季不那么忙了，可以集中学习和批判"四人帮"一段时间，党支部孟书记主持。这天是学习《毛泽东选集》第五卷的某一篇文章，由总场调来的团委委员念，书就一本，由她保管。不巧书找不着了，书记说："干啥吃的！念报纸！"拿来一张报纸，一个团支部委员就念上了。当念到"我们一定要把'四人帮'的黑爪牙驱除出党"时，把黑爪牙念成了"黑瓜牙"，顿时一阵笑声，还有"嘿嘿嘿"的嘲笑声。她被笑得发毛，起身出去了。孟书记没笑，严肃地说："小田儿接着念！"小田儿是团支部书记，她接着念，大概也有点发毛了，念到"把他们开除党籍"时，又把党籍念成了"党箱"。"哈哈哈哈！"的笑声接续不断，她也红着脸走出去了。孟书记制止住笑声，说："这也值得笑呀？！下午接着学，赵技术员念。"

手哆嗦的医生颤颤巍巍地说："他扁桃体发炎了，打着针呢！"

孟书记说："再说！"

就是这次，医生把针扎入赵雨庶的左胳膊，因为手哆嗦，没等注射就把针哆嗦出来了，哆哆嗦嗦又把针投了原眼儿，还挺准，那也白瞎了一半药。这一回坐下了左胳膊疼的病根儿，犯时不敢用劲儿。其后持续了30多年，厉害时就耷拉着左胳膊。

1978年即将过去，过了腊月初六，该杀猪了，一天只能一家杀，差不多场里每一家来一个人吃猪肉，成了场俗。谁家要同一天杀，第一家可就省多了。早晨，寒风呼号，一头猪尖声嚎叫，要杀猪啦。看杀猪的大人和孩子就急着去围看，孩子的棉袄棉裤没在灶门子上烤就穿上了，冷得不行也挺着。

赵雨庶的小儿子已经三虚岁了，从会走起就锁在屋里，两口子上班走锁外屋门时，孩子在屋里就哭着叫"爸爸，妈妈"，一直到大门外听不见哭声。有一次等下班回来，打开里屋门傻眼了。孩子哪去了！妻子立时哭了。赵雨庶往右一看，孩子站在书厨子和箱子拐角，头顶着书厨子角睡觉呢，小手冰凉。几乎从正月上班锁到腊月放假。有时星期天也是如此。过了年继续锁，直到后来女儿会走，哥哥领着玩儿才不锁了。经常嘱咐他们不玩火、不下河边、不打架。此时，孩子也要去看杀猪，赵雨庶只好抱着他去，多穿一些，还把他裹在皮大衣里。一直看到人们都回家了，才肯回家。

被捆紧实的猪已搭在破旧却很结实的矮桌子上。

杀猪的穿一身黑，是一个60多岁的农民。旧棉袄两个扣鼻儿豁了，因为连个围裙也没有，免裆棉裤上部小半尺的已经发黑的白裤腰露着，更露着肉，脚上穿着带有差色补丁的旧水靴，里边套着毡袜，右手攥着一把锋利的尖刀，玻璃花（白内障）明显的左眼也随着右眼蓄发着狠劲。他见接血的盆放在猪前的雪地上，里面有荞面，发令了："准备好杠子。开始！"几个人按住猪，几乎同时，只听"啪嚓"一声，砸在猪的右耳朵根子上，猪立时惜过去。趁猪挺脖子，杀猪的利落地把尖刀"哼嗤"一下，从猪的前脖子根儿直捅到心脏，猪惨叫一声，还未往出拔刀子，就窜出一股子血。杀猪的猫着腰，差不多正对着那股子窜出的血，血喷到他的右袖筒子里，袖子外也是，更巧的是喷到不白的裤腰里，肯定很热乎。此时，他冻得流下清鼻涕，眼看滴进正在搅拌的血盆里，他利索地用拿刀子那只手的袖子擦鼻涕，结果下半拉脸涂上了还不太凉的猪血。他说："这事儿的!"从猪血窜出到袖筒开始，看眼儿的就有乐的了；窜到裤腰里时，差不多全乐了；等他擦完鼻涕就没有不乐的了。有的乐得蹲坐到地上。他看围观的乐他，来火了："这活没法干了! 都流到裤裆里啦! 还乐呢。"要不干了。

一个家属说："别来气，我去给你找毛头纸去。"她跑到大崔家把他媳妇前几天生孩子用剩下的毛头纸拿来了，十几张呢。他接过来回到屋里连擦带垫，可流到裤筒里的没法垫，剩这几张备换吧。出里屋时看见褪毛锅里的水快开了，看眼儿的又乐了，他脸上的猪血没擦，还是半拉关公脸。

按说用嘴从猪脚上边已经割开的口儿吹气，两气才吹起来捆紧，他第二次发令："赶紧往屋里抬，水要开了。"实际水已经开了，又兑了些凉水。褪了猪毛，挂在杠上开膛、摘五脏、掏肠子再摘了油、翻肠子清洗，把猪劈成两扇、砍下猪头，再都弄回主人家。稍后把肠子再打码打码，在猪血里放好了佐料，又把剁碎的猪油搅进去，放了不少剁碎的大蒜灌肠子。一边灌一边煮，专门看锅的手里攥把锥子，不时地给快熟的肠子扎眼儿放气儿，扎过的眼儿窜出来的是油，有时会窜到锅外。还吓唬小孩子。同时，杀猪的和几个人连同女主人都在忙乎各自手里的活。

从褪猪毛开始，看眼儿的人和孩子就陆续回家暖和去了，等到煮肠子时，大多孩子和看孩子的家属就等候在外屋门边了，等着吃血肠。第一锅的熟了，几乎一人一块儿，趁热吃，一边走一边吃，一张嘴满口通红。要是猪小，喝酒吃饭时血肠就没了。第二锅时，女主人赶紧存起两根来，用盆扣上。

一年中生活最好的月份开始了，顿顿有肉的日子咋也俩月，天一暖和肉就放不住了。除了过年那几天，起码腊月这几乎天天有杀猪的。养猪的还算不少，为生活计，也为林场减了负担。小生产不是资本主义尾巴。它有比集体优越的地方，不用整个过程计算投资，不用达到一定规模，却又形成了规模，缓解了林场在这方面的尴尬。

来吃杀猪的陆续到了，菜饭已经预备好了，酒也烫热了，那时瓶酒和散酒价格差个几毛钱，都喝散酒。没圆桌，炕桌一围盘腿坐，没点打坐功夫坐不了俩仨小时。凉菜已经端上来了：腌咸韭菜、拌土豆丝、猪肝、猪心眼，还有个腌咸辣椒，不算数。接着上热菜：溜里脊、炒金针肉丝、炒土豆肉片、炒芥菜丝肉丝、炒酸菜肉丝、煎血肠。最海量的是熬脖子肉干白菜，用盔子或盆盛，随吃随添。

几个人把杀猪的推让到靠窗户的正位，原来的领导先后调走三人，炕头的位置坐了新来的何书记和程副场长。技术员推辞了里边位置，坐在炕尾靠外边。炕桌四周紧紧地围满了人。酒斟上了，一人一个蓝边碗当碟子用。主人是作业区主任，致酒词了："感谢大家来庆贺，先来仨。第一个敬杀猪的，闹一裤兜子血不下杀猪线。"还真有人敢跟杀猪的逗话的，三钱一盅，不用仰脖儿下去了。"第二盅敬新来的领导和老副书记。"喝了。"第三盅敬同事。"又喝下去了。主人说："大伙共同再干一个，再一人打一圈儿，也叫锅儿，接下来自找对象。多吃菜多喝酒，我才高兴。"第四盅喝了。打圈儿时一圈儿十几盅酒，圈主划拳上见功夫，否则至少自喝一半儿。可惯例都是三盅，一圈就近40盅。自找对象气氛活奋多了。

已经打了几圈了。轮到赵雨庶打圈了，他说："我也喝不多，不会划拳，商量一下，我喝仨，大伙一端。"别人划拳划到他时俩人平端一个，谁也不输。有人划拳到他了，非要打杠子。他说："杠子显得粗鲁，老虎忒吓人，虫子恶应，小鸡留着吧。换换词儿：'酒、我喝，水（辣椒水）、你喝。'"二比一赢了。新来的领导划拳划到技术员了。赵雨庶说："1973年，我在大梨树沟作业区实习时，就听说您造林经验丰富，大觉河林场造林您和程副场长都立下汗马功劳。你们得多指导，我一定多向你们请教，肯定不玩儿闹。这盅酒先敬你们，喝俩。"打圈的与他平喝。

何书记的圈往下接着打，不影响别人碰盅，喝酒，吃菜。自找对象提前开始了。

主人任二道河口作业区主任才几个月，端起盅对赵雨庶说："赵技术员干一个。"俩人干了。接着说："去年，你来林场后，只到过两次二道河口。第一次林场半年生产检查，那次检查到羊肠河过梁的落叶松造林成活率时，你检查得细致。在你的左坡上，任副场长'妈呀'一声，一扎翅胳膊马跑了，原来小道上盘着一条蛇。1978年呢没少下作业区，技术上有辙。"

赵雨庶说："1977年一来他不让去。再说当时我进了地，只有他走在小道上。明年三个作业区的情况，我就掌握得差不多了，生产和技术拧在一起，生产才进步。"

一个施工员逗趣儿说："怨不得你5月份不给他生炉子。"

赵技术员说："话说回来，要以新的精神状态投入到沙荒绿化中，至于本人一定在党支部领导下，与作业区的同志紧密配合。"

侯副书记说："这回你放开手脚干吧，何书记和程场长会支持你的，我也不例外。"

圈还打着，还有三四个人没轮到。

苗圃队长端起酒盅，说："刘副场长也走了，苗圃你得勤去，我知道那时老任不让去，'三讲一评'之前就知道，来，干了。"又倒上一盅，说："今年的育苗方案还没写呢。是你的事了。来，干了。"

赵雨庶说："写完了，等场里领导审查后，开春上报。"

这时，程副场长端起酒盅，说："成了生产酒了，咱们共同努力。"

那两位书记一个说："可得包括我们俩，干！"

程副场长最后打圈。他说："何书记知道，我喝不了多少酒，按赵技术员的法吧。"都同意，打圈结束了。

可是，主人不干，他又打了一圈，他的施工员又打了一圈。按理打圈结束了。果园作业区主任舌头有点不好使了，眼睛放光儿还发直，说："我加一圈儿零点儿，还得调过来。"他先给何书记倒上酒，说："咱们哥俩原来是上下级，现在更如此，干仨。"原来他俩还逗着玩儿。

何书记说："这仨是你爸爸'牛'大哥的，再来仨才是你的。"一气儿六个酒。他打圈儿划拳，输拳又喝了一半多。

自找对象继续着，大约一个小时还多。两个多小时过去了，还未到发电时间，大家也喝得差不多了，吃饭。端上来的是小米饭，不是供应的，农村家里送来的，吃着香，有一种肉头感。吃饭时，杀猪就排了七八家子队，一天一家。赵技术员家又喂了一口猪，抓得早，比去年那头岷江猪大多了，排到第十家之后。有20几家子杀猪，最晚的排到腊月二十八。所变化的，是正月上班后的晚上的酒，由几家增加到20几家，是新一年的问候。

从这一年起，"转窝子"成了习俗。孩子们没进腊月就想血肠子了，大人们就着手准备酒水。只是青菜样数没有变化。今年，总场为全场联络并运回来了议价大米，还有点儿面粉，是标准面，这成了塞罕坝职工生活的一个标志性转变。

一天一家杀猪，已经好几天了，人们已经进入饱口福、其乐融融的时间段，仍然在酒桌上谈些春节后一年的生产和工作。孩子们仍然坚持围观，吃猪血肠子，在家里或院子里欢天喜地，竟然要比谁家的血肠子粗、香。

已经开始杀猪好几天了，今年赵雨庶排到了前八名。头一两天就琢磨菜了。夏天种了两池子茼蒿，长得小拇指粗，拌了几回凉菜，又送人一些，剩下不少，就用坛子腌上了。头一天用凉水拔上。还有茄子干儿，开水一烫即可用。今年屋里稍暖点儿，疙瘩白没冻，还没蔫苔，炝点辣椒拌凉菜。秋季从围场买的大萝卜，为防止糠，埋在炕边底下。这几个菜是独有的了。没有干白菜，放粉条。去总场开会时，中午就是一盆子猪肉炖粉条，一个人俩馒头，不足就吃玉米面窝头，10人一桌。

两顿饭，下午四点下班，人来得比较快，还是炕上围桌，连地上站着的也是十三四个人。菜还没上齐，有人说了："哎呀！今年屋里挺暖和哎。"

另一个说："啥眼罩儿，没看里屋门框右边火墙头朝西吗？两面放热。"前年三十写对子时靠着墙。"再说你来啦，能不把火墙掰过来，再多少烧一阵儿柴禾？"

屋里是暖和了，不单单火墙的事。头一年来的时候，用灶膛灰灌老鼠洞，又出新的洞，还是透风。第二年，用普通面粉掺石灰面烙饼，涂点油，旁边大浅铁碟子放水，老鼠的肚子大了，腿够不着地，抓活的，可烙不起饼，闹不净。第三年，把钢丝两头儿锉成凸尖，两头儿分别弯不到1厘米，再弯成90度的角，再通长弯成类似8型，使俩尖儿能对上，两尖夹个玉米粒或干肉皮，另一面拴绳，绳子另一端拴个棍子。老鼠一咬诱饵，钢丝弹开勾住两腮，捉住后往屁眼儿里塞上3粒黑豆，把屁眼儿缝上，再撒开，老鼠回窝。黑豆吸水膨胀疼还拉不出来，疼得不行，引起内讧，老鼠就互相咬，不论大小一窝没，除非再来。

主人开场白："领导、同事今年第一次来我这儿坐坐，条件差，将就点儿，多喝酒多吃菜是我的本意。"已经有人盯菜了：猪肝，拌大萝卜丝，拌苦荬菜，拌疙瘩白丝；炒茼蒿肉丝，一下锅清香味儿就进屋了；炒茄子干肉片；都是前几家没有的，味道闻着还挺香，其余的与别人家雷同。再加上猪肉炖粉条。因为饭桌稍大，12个菜，还有两三个没上。

老规矩，先共同干三个，之后一个人打一圈儿，再自找对象。酒盅是六钱的，比别人加大一倍。开始就有人说够呛。一个装十斤酒的塑料桶，内里底层颜色重一些，还有四瓶白酒。按一人一斤预备的。两个拳头大的瓷茶壶代替酒壶，图案是一对儿鸳鸯戏水。已经在火墙上温上酒了，是桶里的散酒，代称"135"，1.35元一斤。

酒斟上了，没等喝就有人问："这酒这么香，是散酒吗？"

赵雨庶回答："是。"

又问："在哪买的？"

"总场供销社。"赵雨庶口气也确定。

问的人又说："不对。"

赵雨庶说："等打完圈儿告诉你，条件，得多喝仨酒。"

喝了第一盅，拿起筷子夹菜，就有称赞不已的了，还自己来一盅。第二三盅还是称赞那几个菜。赵雨庶说："加一个吧，两位领导头一次来坐坐，敬一个酒。然后开始打圈儿。"三人干了。打圈儿还算不慢，那也一个多小时。东家没打圈儿。因为盅子大，没有加圈儿的。

问酒香的开口了："赵技术员该说酒的卖处了吧。"

"你喝仨吧。"有人附和："对。"他守约了。

赵技术员也守约："这酒在出正月前后，里头兑了发了的玉米面粥，'咣当咣当'就放到水缸跟儿了，过一段时间就再'咣当咣当'，就成玉米香了。"他往散酒里兑玉米面粥是第二回了。还是那年调来时，水缸里放着五斤散酒在塑料桶里，有一天剩下些玉米面粥有酒曲味了，倒了可惜，就把桶里的酒倒出近一斤，把粥兑进酒里，时不时地摇晃一下。喝两小壶比原来香，再也没动。七八月时，总场来人，孟书记到个人家借酒，没有。一个人说你到技术员家看看。一问还真有，就是有掺乎。那也行，已经不足五斤了，将就吧。场子还你瓶装酒。赵技术员告诉孟书记："别直接往酒壶倒，不看混了，露馅下不来台。最好在厨房鼓捣。"

过后孟书记说："挺香，差点儿不够，他们还问啥酒。回头再闹上点儿。"后来，林场还给了五瓶瓶装酒。还赚一瓶酒。

时下，好几个人说，今天还学了一手。"来！自找对象。"

自找对象，酒的进度似乎比打圈儿慢些，主人催促。办公室主任说："你的酒盅比别人家大一倍，悠着点喝吧！"说着夹了口拌疙瘩白丝，一嚼，马上招呼说："快尝尝！既香又辣乎乎儿。"说着端起碗，往里夹了将近一碗。桌上的人纷纷下筷子，都说好吃。

何书记没夹着。问："还有吗？"

"有。"赵雨庶出去了。

从外屋端来大半盆。他端着，10多人各夹了近一碗，还有没得着的。有人说："得着的每人加俩酒，何书记带头。"20多个酒下去了。书记说："这么多年就知道熬着吃，腌咸菜。"肉下得不多，差不多都挑那几样菜吃。又端上一碟子拌大萝卜丝。自找对象继续着。时间上，离发电还得一小时，点着了提灯。有人提议，酒喝了不少，瓶酒还开了两瓶，吃饭。因为有大米了，端上来的是大米饭，到现在没有一家做小米饭的了。电灯亮了，屋里已经收拾干净。

腊月的天气，虽然不下雪了，却一天一层将不将盖地皮的小清雪，风总刮着，天冷是正常的，电话线几乎昼夜不停地在风和寒冷的低温催促下，嗡嗡地响。不到挨杀和还小一些的猪，尤其是比较瘦的猪骟着墙根或杖子根不停地跑着叫着，好像为过不去今天的伙伴送行，为没有安乐窝而嚎叫，还怕自己熬不过去冬而愁嚎。

这一天，是一个机械工人家杀猪。还是在那个时间围桌。在喜气中喝着吃着，划拳声和扯话交织着，几乎天天喝酒的进度不慢。赵雨庶总坐在炕稍外那个位置，看到被垛靠外边有一件新发的蓝色迪卡面皮大衣。大家喝着喝着就听见也看见，因为总想让别人多喝一盅酒，或盯着喝干净而僵持不下的局面。实际上，赵技术员就少喝酒，除了在他家外，他都会在酒盅里放了一个透明的小玻璃球，始终没被发现。有的人还没从那个年代的阴影中走出来，再加上工作中有点儿摩擦，发生口角，这一借题发挥不要紧，菜碟子飞，碗转，菜攘，汤洒，屋里一阵混乱。赵技术员在对方互相往脸上泼酒时，迅速地往后一挪窝，蜷在了皮大衣下，安全了。女主人哭着说："叫你们来喝酒，打起来了，哪都是油。"打架的傻眼了。

一个人说："你们把赵技术员打没了。"

这时，赵雨庶掀开皮大衣说："在这呢，这酒还能喝吗？"

女主人说："可毁了这新大衣了。"何止皮大衣呀，何止苦着被子的线毯，何止三两个人的棉衣。没糊旧报纸的墙上的油迹过几天就糊上了，还得多糊几层，怕也渗出猪油来。

赵雨庶说："这是在个人家，领导知道了多不好，磕破了更不好，喝酒说点不刺激的，陈年的事别说了。"

一个人趁机借典故，说："喝多了进猪圈睡去，也不能玩飞碟呀。"

另一个回嘴了："兔崽子，你他妈敢刺痒我。你明天再闹一桌儿，我能飞桌子。"收拾收拾接着喝，到结束和往天的时间差不多。

明天是程副场长家。因为有接着杀的，酒菜饭剩多了，只大米饭一样，二尺直径的大铝盆将下去个尖儿。再有几天轮着杀猪就结束，接着就红红火火地过年了。

大概进入了八十年代，有一个工人在冬前买了一张折叠圆桌，直径一米，在那会儿算标新立异了。腊月杀猪轮到他家时，喝酒就围圆桌了，坐在凳子上，凳子不够，想法也坐着，最大好处不麻腿。喝到一定份儿上了，他的一个邻居从认酒到喝醉来觉儿，俩胳膊往桌上一枕，正好在折下的一面。说时迟那时快，只见桌子面儿立起来了，他趴在黄土地上的同时，桌子上的菜顺势下滑，满身肉菜酒。血脖子肉熬干白菜和汤把他烫得够呛，他立马醒酒。两边的，也沾了光。

钻 研

　　赵雨庶调来那年，来的道上和报到后的"逛游"，已经大概地了解了沙勒当林场的立地条件。虽然心里不顺，还是琢磨着造林的技术问题。回想起在河北林业专科学校读书时，没接触到沙荒绿化，育苗课见到过几平方米华北落叶松苗。老师视为宝贝，更多的是阔叶树种。再说那时在七十年代初期，不到三年学业，每年三个月劳动，一个月林业专业劳动，体育课有时还是劳动；前两年有时还"停课闹革命"，搞批判，不跟着哄哄要有个理由才能躲开；再去了30天左右的星期天、假日，暑假20天、寒假10天，每年实际学习也就六个月。那个年代上大学有一句口号，现在还能记起来："工农兵上大学、管大学，用毛泽东思想改造大学。"啥也不懂，怎么管？只会背诵《语录》，就能改造大学？学点政治吧，批评你只红不专；多学点专业课吧，批你只专不红，批判教师时不把你捎上就够幸运的了。快毕业了，已经谈了留校，那时还有点自知之明，只考虑初中念了二年，底子太薄，就同意分配到塞罕坝。现在，只叹读书少。

　　年末，赵雨庶去了围场县邮电局设在总场的邮电所，订了中国林业科学院发行的《国内林业动态》和《国外林业动态》，两样花了9块钱，连续订了几年，按月来。有时还赠阅相关的单行本，是治沙方面的，黄封皮；又给陕西省榆林地区治沙研究所邮了适沙灌木种子花棒、踏郎的钱10块。两项花去了正好半月工资。

　　第二年，能去作业区了。给配了一匹马，这马因为没押过，还走得慢，一跑起来颠得厉害，颠得肚子、胸部和整个后背、腰都疼。有人说省了一双鞋，颠破了一顶帽子。对付着骑。备鞍子时，出乎意外地就备上了，这匹马从一开始就骑不出场部，饲养员说真窝囊。他骑上了打也不走，叫人拿长杆子狠搋，马挨了一杆子，却猛地往后倒退好几米，马屁股下搋到马槽上，饲养员摔在马槽里。他只好次次牵到场部外再骑上。

赵雨庶第一次接触脚力，是插队那年秋季，后三个月的粮食由棋盘山粮食所供应。干了一阵子活儿后，队长给了一头叫驴，把口袋一垫骑上走了，沙土道左面的东河滩上，各生产队的驴成百上千，吸引着异性。叫驴去不了，尤其男人骑，不是被刮墙头就是蹭电杆，把赵雨庶脑袋摔个包。他发现驴一望见驴群，先翘起尾巴后龇牙，再猛奔过去，便使劲拽住后拴上。他是找了一块中间细的石块用口袋绳拴上的，另一头紧一些拴在驴尾巴根子上，驴老实了。30多里地一气儿骑到棋盘山，到了才知道是星期天，粮食所不营业，没买上粮食。返回时费老劲才骑上，到三义号遇见同学下来后，赵雨庶再也骑不上了。好不容易骑上时，驴一转个一炕蹶子，把他扔下来，一只蹄子踩在他脖子左侧，往回跑了。他喊正在垫道的人截住，求他们把口袋灌上沙子扎好，给驴搭上，他再骑。驴尾巴没坠儿了，也不刮墙头蹭电线杆子了；但回到生产队后，驴几天不吃草。这事队里不知道，只是公社书记跟大队书记说："你们大队的小青年骑驴，在驴尾巴根子上坠块石头，奇怪。"

第二次，是在去千松柏林场之前，上山看木材，赵雨庶骑过总场革委会第一副主任的小红马，这马仁义，不挑男女；骑着稳当，跑起来快，一点儿也不颠。眼下，赵雨庶骑上马出发了。马逛游着走，给它两鞭子，它跑起来颠得赵雨庶直吭吭。当下结合春季造林，赵雨庶一天去一个作业区，三个作业区的立地条件了解稍有深入，都作了记录。看来，二道河口地带立地条件好一些，果园和四道河口立地条件更次或等同。他每天回来都很晚。

造林的日子里，把花棒和踏郎播种在果园作业区——场部前山的一个阳坡弯上。赵雨庶去观察了几次，长得还不矮，一米三四。早霜一来，夹角就冻了。几年中，年年如此，就这样观察记录了好几年。

针对了解和调查的情况，赵雨庶觉得应该采取由东向西绿化的策略，更应该从东开始进行更细致的调查研究，他把大部分时间用在了二道河口作业区。其实，二道河口一些地段的次立地条件不亚于那两个作业区。调查时拉着荒走，发现有山杏分布。有的地段还算开阔，人工造林都是人工穴状整地，栽植的落叶松主要受立地条件影响，成活和保存很不尽人意。他还发现一个有利条件，南北都距河较近，小台地的土质较好。于是有了增大二道河口造林面积的想法。但是，改变三分区下的格局，不能太急，首先应削减四道河口作业区的任务。

不下作业区时和在家的晚上，赵雨庶就重点看那两样杂志动态，随时记录，停电后点上提灯学点马列经典著作，也看点儿别的书。技术上的对现实有用的知识虽然很少，但是哪怕一点有用也行。有的后来用上了，自己明白是拿来的，没白学。

第三年，赵雨庶把调查的眼光顺移到果园作业区。他琢磨过，如此荒次的地带，怎么还有果园呢？大概因为农业学大寨还是别的缘由？沙勒当林场还是作业区时，总场在这儿建了一个果园，专人管理的同时，从围场农村请了一个懂点果树的农民，不知道老先生上了多少粪肥，还是掺了啥，果树几乎全死了。后来知道，他每棵挖一个坑，上一桶没发酵的羊粪浇一桶水，把果树烧死了。事过留下个地名。到八几年，当年的窝铺已经不能住人，靠河边还有两棵小苹果树栅子，不足一米高，年年窜芽，年年干巴条子。作业区内，调来时在链轨车上已见到的沙丘连绵只是局部。风蚀的沙坑在三个作业区中果园作业区的风蚀沙坑最深，20米还多。七百亩（地名）靠近涝塔甸子，地下水位高，机械造林后又人工造林，为数极少的落叶松像小老头站不起来一样，在那屈曲着，杂草一二尺高，没过腿裆。北沙坡直至两头地段活着很稀疏的人工栽的油松或者黑松，也没在春季高生长放叶时鉴别过。不管怎么说，是站住脚了。七百亩西梁的北段下有几亩人工栽植的云杉，生长茂盛，约有60厘米高，后来成了打草的骟刀之"草"。因为罚了钱从工资中扣除，得罪了人，多少年后，见面也不搭理赵雨庶。

碾盘梁还有个碾盘斜卧着，不知何年何人扔下的。盘坡道两侧、北侧以及南侧的樟子松长势良好，年高生长超过20厘米，充其量10亩地，稀疏得很，是上世纪六十年代末期栽的。脚下全是沙子。赵雨庶赶紧记录在笔记本上，脸上也显出发自内心的欣慰。顺右侧偌大的流沙坡向南过去，就是小地名的六百二十亩，长长的一条子落叶松机械植苗造林，是六十年代造的。宽向有几十行，垄是东西走向，就是来时副驾驶员说的那块地，一垄6里多长。他骑着马边走边看，有时还下马记录下。从西头到东头，一片儿一片儿的，长势比较喜人。但是多数片不相连，有的树长得没个精神样，像个小老头儿，树干佝偻着，树皮发黑。可见立地条件和小地形变化的复杂。

第四年，也就是 1980 年。这一年的春季造林后，已经调查了一部分四道河口的情况，比果园造林的难度还大。春季，林场给赵技术员换了一匹稍有点黑的马，是个颠儿，出门走不快，从山上回来不落后，跑起来很平稳。

7 月的一天，赵技术员骑着新换的小青马慢悠悠地沿着沙土道向西走，不到二里地，左拖马缰绳上坡进了沙荒地。眼下就是春季造林，下马查了查成活率，接近 70%，已有继续下降的趋势。顺着坡向上走着看，到了大沙梁子根，赵雨庶眼神一愣。一株春季栽的落叶松，连高生长的几厘米，幼树才高 26 厘米，竟然结了两个球果，向阳一面正从浅绿向暗紫色转色，往左侧看还有一株结了一个球果。心想，她要完了，还知道留后呢。想揪下一个拿给领导看，就得返回去，不揪了，记到本子上。上了马，沿着坡根向西南方向逛游。走了几十米，看见眼前的平地植被盖度挺高，草密，山丁子也多了。赵雨庶眼前一亮，细看有稀疏的落叶松探出头来，平均 1 米多高。他下了马，一脚好像踩在坑里，拨开草一看，是一条沟儿，20 厘米左右宽，深 15 厘米上下，沟里和沟墙沙子可见。往前走还是沟。拴上马，再用卷尺挨着量了十多条沟距，行与行之间分别是 1.8 米、2.2 米。此时，他联想到几个因素：机犁沟、樟子松、绿苗、躲开大风天、不锄草；记了一页还多。

赵雨庶骑上马继续向西南方向去了。他也没注意走了多远，连续几个坡，坡上有山杏树分布，回想到场部前梁左面一带也有山杏，在二道河口最早发现山杏，三处一连正好东北至西南的分布走向，基本一条分布线。回来后了解到，在沙勒当林场，即使天再旱，山杏也丰收，而且是十年九收。又记上。山杏分布得多的地带是吐力根河以北的双敖包牧场和撅尾巴河以南的御道口牧场。这一年七月，经领导同意，收购了几万斤青山杏，处理出一万多斤杏核，没处放，占了一间不带走廊面积的新办公室，怕关不上门，就从窗户往里倒。

1981 年，三北防护造林局来考察的两位工程师，在赵雨庶的办公室一个纸箱子里见到了杏核，说："这是西伯利亚山杏变种，哪来的？很缺见。这种杏核子个小皮儿薄仁儿大，双仁率较高。"

赵雨庶回答："本场的。您说得全对。"

一个工程师问："太好了。卖给我 2 斤行不？"

赵雨庶回答："不卖，送你一兜子行。"立即听见谢声，俩人即时倒出一个黄书包，装满了。

赵技术员叫人找来针线缝上兜子盖儿。来人说："我要叫它在三北安家。"

赵技术员说："你们需要时来信，同是治沙单位。"

就是这山杏，让赵雨庶有了直播和育苗的想法。这天，他的五十年代毕业的校友、总场的副场长，进了二道河口办公室就躺在炕上休息。赵雨庶觉得他在没当领导时，称呼自己小师弟，就站着对他说了沙勒当林场山杏分布、丰收等情况，请求搞点直播试验。老师兄躺着回答得挺硬："那要不结果咋闹！"躺着的还有跟来的人。

赵雨庶有点儿来气，反问："你见过多少女人结婚不生孩子？"

领导"呼"地坐了起来，随行的人也随之坐起来。他要拕人时先擦擦三四个圈儿的眼镜子，扑哧又乐了。他说："没有敢这么呛我的，也就是你。你们可以少搞一点儿直播，我跟你们头头儿说一声。"外屋，作业区主任、施工员好几个人，正在为赵雨庶要挨一顿爆拕而担心。

赵雨庶赶紧说："谢谢场长，老师兄，给我开了一扇门。"

他们走后，施工员说："你真胆大，我们在外屋直害怕。"

赵雨庶说："他不叫小师弟也行。哪有大模死样躺着问人的？上不礼敬下，在古代坏多少事？他答应了，挨一顿拕也值过。"

作业区主任张梦树问："啥时候播？"

赵雨庶说："秋天播，我也来。"

第二年秋季，三个人进行根部调查。挖根看，根幅宽将近 2 尺，深超过 2 尺半，根的条数最少 20 多条。

拿苗子

　　沙勒当苗圃位于场部西约三里地的比较开阔的河岸台地上，北端紧靠图力根河，岸比河面大约高出 6 米。苗床南北走向，南北总长超过 240 米，东西总长大于 250 米，划分六个小区。周围夹制了七道比苗床长的桦树防风杖，高度达 6 米以上。每个小区宽 30 米，面积约 18 亩。床长 200 米，床宽 1.1 米，机步道宽 0.4 米。两床总面积 1 亩，纯育苗面积 444 平方米，辅助面积 222 平方米。

　　赵雨庶曾站在南边 1 里的大沙山上鸟瞰苗圃，宛如园林化的壮观的图幅。苗圃设计的机械化程度相当高，是塞罕坝机械林场机械化程度最高的新型苗圃。翻地、掺粪肥、耙碎、坐床、播种、水车加水、浇水、施药、掘苗等工序都实现了机械化，只有种子处理、催芽、除草、松土、苗木修枝、选苗是人工操作。每个小区都给人以心胸开阔之感。它的规模，比机械林场建场初由原承德地区行署专员批准并签字、在围场县棋盘山租农用地建立的大阁苗圃面积还大。当时，除了播种器和喷雾器，其余工序都需要人工完成。

　　这个苗圃的建立，是与沙勒当林场建立同步的。它宣告了塞罕坝机械林场以总场为中心点，北、南、东方向的荒原和荒山基本绿化结束，进入"啃骨头"阶段，这一步的迈出，是向沙荒绿化挺进的一大举措。上级对于造林的重要物质基础建设和施业区安排，在管理和技术上尤为重视，又选派育苗生产技术经历长、资质深的干部，调大觉河林场刘副场长出任沙勒当林场党支部委员、副场长兼任苗圃主任，还配备了一名育苗工作比较稳重的苗圃工人任队长。

苗圃到第二年即 1976 年还在建立中，并开始部分面积育苗。但受机械林场建场《设计任务书》和计划部署限制，树种仍然是华北落叶松。施业人员职工最少，家属也有限，更多的是来自围场县的农民和少量外县的农民。林场为此建了两个容纳几十人的窝铺。办公室和库房四间，仍具有草创性。

第三年，还没有全部育上苗。育苗有新育苗、留床苗、换床苗（移植苗）三种。新育受气温和土壤 5 厘米深度地温限制，5 月上旬才能播种。沙勒当林场虽然比总场地势低，暖和一些，草仍然未冒芽，不遵从自然规律会出麻烦的，至少影响效果。

赵技术员调来那年，只是属于私人性的行为到过苗圃两三次。并试探性地写了一次《育苗方案》，获得了刘副场长的肯定和热情的款待，也算得到了技术上的认可。第二年，大概是"三讲一评"的结果，可以合法地去了。他第一次看到用坐床机做床；"铁牛—55"后面的拖车载着 4 吨水罐，后面喷水管长 4 米多，一次润浇 3 床，1.5 亩；总场机械修配厂自行研制的三不覆播种机效率更高，实现了三步一体：自动播种、自动覆土、自动镇压苗床；为了防止风刮，风干表土层内的种子，12 马力拖拉机载着小水罐用细水眼儿及时喷水。出于避开上午八九点钟起风的考虑，大多时间选在早晨 5~8 时进行播种。赵雨庶在 1975 年春季，来沙勒当作业区参加总场马列主义理论学习班时，参加过早晨的小苗圃的落叶松播种，使用的是滚筒播种器、大方筛子，播种一系列程序、技术要求刻记在心。

第一次见到"铁牛—55"用油压切根犁对进入二年生留

床苗切根。上年每亩保存量 30 多万株，按每亩产成苗 12 万株，至少间出 10 万株矮苗。当他知道圃内已无余地，有想法也就没说。新育出苗时，他来过两次，见到正在人工打开密撒子。内心又一个想法也不便于说。

夏季的松土除草、追肥、修枝，他都不止一次来。秋季起苗时，来了几次，学习刘副场长的技术和管理经验，回去进行文字整理。秋季看见凉棚里选苗的人很辛苦，手湿涝涝的，一丝不苟数数，打捆，顾不得到炉子边上烤烤。临时假植地的人忙碌着，也有作业区的小牛车装车或等着。

赵雨庶每次来，刘副场长都笑容满面，谈些技术体会。作为技术员他都虚心听取，做记录。等起完苗了，在苗圃的总结会议上，刘副场长表扬了赵技术员。他说："小赵今年多次来苗圃，发挥了应有的技术作用，大家也看到了。接触是个开始，大家要支持他的工作。顺便说一下，1979 年的《育苗设计方案》可能由小赵做，技术工作全面介入，希望大家支持。"过后才知道，刘副场长要调入总场在四合永建立的贮木场主持工作了。他心里很不是个滋味，自己尊敬的老师要调走了。

在林场的会议上，赵技术员提议苗圃队长主持工作，再配一个队长。后来配了个副队长，队长还是队长。技术由他全面负责，他深感责任不轻。

要做明年的设计方案了。他没忙于动笔，而是把 3 年的设计方案细细地看了两三遍，结合数次去苗圃，每次回来之后整理的文字材料，动笔了。沙勒当林场是机械林场今后林场绿化的主战场，育苗首先立足本场，同时考虑全场，又增加了樟子松引种育苗。赵雨庶从趟路角度考虑，设计樟子松新育 10 亩；连同落叶松新育，由原来的半遮阴盖草改为全光育苗。这在当时算是胆子不小，其他措施也要跟上；再适当压缩落叶松新育面积几亩，利用留床苗切根剔下来的苗换床，可实现一亩留床出至少一亩半的成苗，因为换床苗额定亩产 8 万株。另外，对新育出苗后的补稀进行芽苗移栽，可以基本淘汰小移苗器。此项技术来源于《国外林业动态》。

他把设计方案提交了林场专门会议后，当然有点争论。赵技术员做了认真的解释，说服了新的领导。上报到总场生产科，主管种苗的是黄村林校毕业的一位大师姐，上世纪五十年代末期分配到围场县林业局大觉河林场的。她很赞成和支持，帮助做了领导的工作。出于对事业的责任和对小师弟的关心爱护，批复达到九点意见，足足一页。赵技术员对批复的意见和建议，如获至宝，抄在了笔记本上。当时，他曾在生产科说："我这条小鱼儿又有人给添水了。"

春季育苗生产开始了。新育，一年内要时时操心，一点疏漏不能出。第一次樟子松新育，更得细心，幼苗和落叶松一样出得很齐，高生长来得早，及时施肥，严格其后的各项管理。高生长结束后严格控制给水，防止顶芽突破二次生长，并适时追施磷钾肥，亩存苗竟然超过 30 万株。上冻前浇足底水，在土壤结冻前盖土，防止生理干旱导致失败。落叶松新育亩存苗量也有所提高。

新育没有在播种后盖草，一亩新育额定 140 个工，省去了至少 1 个工。干活的说："今年新育不捏草，手没抽筋。"切根提出的苗换床没实施多少，床紧；芽苗移栽时，赵技术员做了示范，也见到了效果，虽然有阻力，技术员心里基本坦然，因为由半遮阴育苗迈到了全光育苗和樟子松引种育苗成功,林场领导和生产科给予了肯定。剩下的慢慢来吧。除了针叶树育苗的芽苗移栽,还有两项技术。用蓖麻驱除苗圃地下害虫,具体办法不说了,因为没用上;另一个也是生物治理办法,落叶松圃地害虫使用农药效果低微,反复性强,把树种改换为樟子松,地下害虫就没了,换床比新育效果更明显。这些知识和启发都是来自《国外林业动态》,赵雨庶到总场工作后,已经是工程师,他对其他林场的苗圃提出的指导性建议,先后被们都阿鲁林场和大觉河林场采纳,收到良好的效果。

秋季,落叶松留床亩产成苗 11 万余株,苗高超过 25 厘米。全场生产检查时,千松柏林场书记硬是用大汽车带走了四包两万株。并当场跟生产科管种苗的说,多给我们分配点儿啊!大家都知道,管种苗的是他的妻子。换床苗挑出了一部分窝根严重的苗子,亩产接近 8 万株。

说话到了 1980 年春季。《育苗设计方案》已经在总场计划会议之前批复了。赵雨庶直接参与完成了两个树种的新育,又增加了数量很少的云杉育苗。对于樟子松留床管理,他在千松柏林场时,知道樟子松高生长来得早,而且只生长一个月左右。于是顶芽发绿就追肥,把追肥的间隔期缩短到 5~7 天,苗高平均 6.4 厘米,秋季出圃额定 6 厘米高的成苗,亩产 7.3 万株。他和领导以及苗圃职工都喜出望外!

大概是乐大劲了准来事儿。秋季苗木出圃时,何书记不让 2 年生樟子松出圃,赵雨庶和何书记由疏通到争论,育苗生产的第一个冲突产生了。一大半面积 2 年生樟子松进行留床管理。何书记的想法是 3 年生造林符合壮苗要求,赵技术员当时还不知道 3 年生苗子出山只有主根和几根侧根,须根极少，在干旱地带裸根造林很难成活；只是强调造林关键之一抓住墒情，还得从外场调苗。第二年春季眼见苗子"蹭蹭"高生长，移来栽防风杖边上几十棵，浇水和不浇水的各半，没一两天，高生长部分全萎蔫，弯下来全干了。赵雨庶这才确认无须根是关键。后来的会上，有人提起这两件事，程副场长说："3年生樟子松裸根苗造林全死了，与赵雨庶试验的结果一样，原因是无须根和造林时间晚。"

5月末，在张家口固原牧场工作的一个同年毕业的同学，带着大汽车来买樟子松3年生苗子，何书记答应卖给，定了价钱。在苗圃里，赵技术员对他说："你不能买，活不了。"

同学说："我这还背着处分呢，来时吩咐有了高生长也得买回来。买不回去更糟了。"问了才知道他是因为超计划生育，间隔期不够。

赵雨庶说："卖给你，劳民伤财，有碍于你今后在技术上的影响，小心人嘴两唇一碰，舌头滚个儿。我给你头儿写封信，明年早点儿来。"何书记当即也知道没卖苗子。

落叶松换床的工具，他和队长交流两三次，才同意放弃原来的小移苗铲，使用造林用的植苗锹。一锹并排植5株，一行植25~30株，1平方米10~11行，一亩植11~13万株。两组7人：开缝和挤苗、投苗、弥缝与浇水各3人，运苗的1人。效率提高一倍半，亩产成苗8.2万株。队长和副队长服了。关于亩产量，是他从林业部干部学校学习回来后知道的。

1981年正月，总场按上级文件要求，通知他回母校补习知识半年。他知道，补习学不到新知识，重要程度比生产差远了，但不去不行。

接下来，说不清啥缘故，机械化作业开始大倒退，当时育苗面积好几十亩。坐床机不用了，人工拉线做床；三不覆播种机停用了，重新使用滚筒播种器，俩人推，覆土再使大方筛子，筛土、填土、刮床面的人一大帮；镇籽复使木辊。作业方式倒退这一点上，他也只能无奈地颓丧于先进作业方式的搁置。但他没有去找何书记去谈，因为已经有两三件生产和技术上的事情，何书记对自己印象转变，有看法了。其实，樟子松3年留床和没卖成的事，已经是整个生产技术中的后两件。

再后来，坐床机风吹日晒雨淋，锈成废铁；三不覆播种机在库房里锁着，不知啥时候被偷走了。听说是做样机，据说某月某一天从东边来一辆汽车，往苗圃方向去了，过了1个多小时返回去了。在赵雨庶印象里，好像7月的一天有过一辆汽车往西行驶，不太长的时间。三不覆播种机被偷走那年，花巨资建起来的苗圃已经离荒废不远了。转年，开始成为职工的自留地，又有防风杖，足以丰收了。好像没几个人掉眼泪。而造林用苗，复靠坝下的林场供嘴了。

又要建苗圃了。

那是1984年，机械林场机构改革，全新的领导班子。

一名党支部副书记，在那个年代中遭受迫害，饱尝皮肉和精神迫害；他和场长同是承德农专1962年毕业，进入八十年代恢复为干部待遇，二人都快人快语，处理事情果断。石场长从1964年戴上"反革命"帽子十几年，基本在苗圃"改造"。恢复干部待遇、获平反后好几年才成家。机构改革时，被提拔为场长。贺副场长1982年毕业于河北林学院，曾任调查队员、前生产科科员，与场长一样高度近视，不爱说话，一看很像个稳重的知识分子，有时候稳重得类似发呆。初冬，草原子28万斤饲草发生火灾，他站在扑火现场旁，一句话也不说，俩腿一叉，一个劲地擦眼镜子。场长首先鉴于造林从外调入樟子松苗木增加成本；二是由于职业习惯，极力主张恢复苗圃生产。

征得总场同意后，真是马快急枪，把苗圃建在场部西北侧的河滩地上，未平整全是沙子的土地，当春客土平整后播上了樟子松，十多亩地。这一年，赵雨庶从春季造林一结束，就被借调到省林业厅参加河北省建国 35 周年建设成就展览的筹备工作。他中秋节后通过总场领导疏通回场，还在休息期间，看见场长安排人，为过冬的樟子松当年生苗埋土，赶紧当场向场长建议，埋土至少还得推迟 20 天。否则，昼夜温差大会焐苗子。当时的天气很冷，刮着风，有穿棉袄的了。场长没采纳。他当时想，古代的谋士最大的悲剧就是计策不被采纳，甚至丧命。今天的建议不被采纳，责任尽到了，也有别人在场。第 2 年春季的清明节还没过，技术员拨开雪再扒开防旱土一看，傻眼了，连续很多处，都是白色的霉毛，苗的针叶发黑，透风处的发白，他急了。贺副场长的"副"字去了，石场长变成石书记了。赵雨庶和妻子承包了苗圃，合同已签了两个月。之前的招标竞选场长，赵雨庶考虑不具备资格，还会影响干专业技术，迟迟不投标；后来还是被原书记逼着投了标，演讲时就讲得严厉些。贺副场长中选，总场让他当场长助理，赵雨庶说啥也没干，又举荐了别人。此时，标底得以调整。夏季，苗床千疮百孔。没两年，苗圃消亡了。

当时，赵雨庶·来气，在空苗床上种了些白菜。不这样，就得总薅草，不知道要花多少钱。秋季，苗子本来可以高价卖给场外，却平价卖给了沙勒当林场。石书记说："你解了林场的难了。"

调运苗木

沙勒当林场从建场起，一同建了苗圃，因为造林任务大，未间断过从其他林场调运苗木，到塞罕坝机械林场完成总体设计规划任务之前，调运的大量苗木是华北落叶松，余下部分是樟子松苗，云杉苗木极少。

赵雨庶调来的第二年秋季没有参加苗木调运，其时他正在参加总场组织的全场总体规划设计的外业工作，文件是林业部下发的。春季造林结束通知他时，他不愿意去，因为机械林场建场的总体规划设计还有好几年才到期。他也知道，之前出了个林区开发的事，又出了个雨凇灾害。另外，妻子已经怀孕。

一个林场一个技术员，各林场单独设计规划再由专人汇总。他是在妻子生了女儿两天后才回来，在家不到10天，来了3次电话催着走，妻子就下地了。赵雨庶从大汽车下来，从东坝梁（那时候叫五间房作业区）步行70多里，在已经停工的道荒上，一步一陷脚赶到大觉河林场，已是下午六点钟了，所幸一道儿没遇见狼。这一走，至新一年的1月才回沙勒当林场。

第三年秋季开始调运苗木，按生产科通知，提供给沙勒当林场苗木的是大觉河林场的大梨树沟苗圃和五十六号苗圃，数量近300万株，一车的落叶松苗载量40万株。他听作业区的人说，以往调运苗木，有时等级跟调拨表不一样，低一等。心想，关键是苗木质量，各项指标要达到。他抓紧检查了冬春季贮苗的露天窖和大窖的准备情况，就出发了。因为供苗和调苗要提前电话联络，车到当然想早装车。可赵雨庶不忙于让打包装车，而是先带人查看苗木质量和规格，这是他在千松柏林场苗圃苗木出圃选苗及调苗的做法。落叶松苗不管哪个等级，要验收苗木高度、地迹直径粗度、侧根够不够12条、须根够不够28条、顶芽饱满程度、苗木木质化程度如何，加上总量、包数都一一记录在笔记本上。

苗圃发苗子的等得着急，直催促。"这么细致干啥？我说你要了一桶水呢！"原来苗子捆儿的根系沾了泥浆，涮涮才能数清侧根和须根，还能看出有没有硬伤。

"嗨，不细致干啥来了？心中有数才行，直接涉及造林质量。"他回答。

"这么多年头一回见你这样调苗子，负责到家了。"发苗子的说。

"这样对于造林出问题可以少找一个原因，也促进你们的责任心。"他说。

"你这家伙真不是个揍儿，出圃的施工员和检查是得跟他们学。"发苗子的回头对来到跟前的主任说。

赵雨庶对跟着来调苗木的人说："以后调苗就这么调。"又对他们说："还要先看苗床掘了多少，有没有当时没临时假植的。选后验收的苗捆儿有没有成堆晾着的。到选苗棚里看待选的和选后的苗木湿润程度和沾水与否。"回头对发苗木的说："装车吧。"他签了单，上了拖拉机后向苗圃发苗木的人和主任道别："谢谢！再见！"

对方回答："可别再见了！"说完笑了，他也笑了。

大约走了100里路，到了二龙泉停下了车，赵雨庶也提着水桶下坡，到泉子里提水，基本逐层洇苗。又走了至少50

里道，到了二道河口作业区。赵雨庶强调露天假植根迹对齐，不能窝着根，否则造林时就是窝根苗；注意没打开包的苗木要防止失水，隔一小段时间淋水。他特意给他们讲了在千松柏林场亲耳听的事儿：五几年围场县北部的某林场，一个姓邹的技术员，焐了几万株苗子，判了三年徒刑，老婆领着孩子走了。冬贮苗子千万不能忽视，否则，就会出大事。

一个星期的紧张调苗和假植苗木结束了，领导很满意。

第二年调苗时赵雨庶仍然参加造林的苗木调运，还是先去的大梨树沟苗圃，苗圃主任后来出任了沙勒当林场场长。赵雨庶一下车就瞄见选苗棚（专门盖的棚子）一个窗口外堆了一堆还未运到假植地的樟子松苗捆，签单赶紧提醒及时临时假植。这一车要运的还有落叶松苗。他领着人进了选苗棚子，苗圃的施工员大声打招呼。阴冷的苗棚子里，为苗木沾水的小水渠的"哗哗"流水声、验收员的报数声、还有女工小声的说话声交织在一起，似乎驱逐着棚内的寒气。

石主任说："老赵，我们验苗子去吧。"老赵？他才31岁。

赵技术员对着眼前一大片按等级已经假植的落叶松问："落叶松70万株，给哪片？"

主任说："就这片，72万株，留床二等苗。"

"不要，我要那边那片换床三等苗，少点也行，不足的给樟子松吧。"赵技术员说。

石主任说："那不行，已经有主了。"回头对一个施工员说："快给他妈小梨树沟打电话，孙久忠咋还不来？"

赵技术员对跟着来的主任和施工员说："去跟他们验收樟子松苗，抽样内容按去年的，记清楚了，回头给我。记住，樟子松重点加苗高、株数、根系，不能低于6厘米，须根最少不能少于 25 条，揪揪根儿看皮儿裂缝合不合上，有没有弹性。裂口不合的没有弹性的就失水了，一星半点儿的可以。"

主任说："老赵，你要我们命了！"他对赵雨庶的细致和挑选很不高兴，急眼了。

"细致一点，咱俩就都保住命了。"赵技术员接着说："我渴了，给口水喝吧。"意思靠一会儿，孙久忠不来就要那 40 万株换床落叶松三等苗，再装 30 万株二等苗。

进了主任的破办公室，他从炉子上提过破蓝瓷铁壶给倒了一碗水。俩人对面坐下。主任说："这些年调苗子唯独你细致负责加个'更'字儿，你才几年呀！"

技术员说："只要想干好，就能负责，就能长经验，起码得对得起工资。就怕官儿给倒灶。再说，我不是'蝎子拉屎——独（毒）一份儿'啊！不严哪行呀！"

"你趄上好时候了。"主任有所思虑地说。

赵雨庶说："你现在不也来了好时候了吗？你在这待不了几年，你现在就是育苗权威。"

主任说："别臊我了，还权威呢！我和他们真有点怕呢！"

赵雨庶和他探讨了落叶松新育"蹲苗"的技术问题和种子冬季冷水处理的看法，又以同情的口气探询他成家与否，知道他恢复干部待遇，法院平反摘了"反革命"帽子，还尚未成家。正聊着，外面人喊："石主任！孙主任来了！"俩人出了屋，来到假植地。

孙主任是搭着梁过来的，马车套里的马淌着汗。孙主任满脑袋汗，叫着苗圃主任的绰号问："回子，给我哪个苗儿？"

主任回答："那片落叶松换床三等苗。"

孙久忠说："不要！要那片的苗。"他手指的正是给沙勒当林场的留床二等苗。

石主任说："你他妈的不知好歹，老赵正等着要给你留的那片三等苗呢！"

孙久忠说："他要就给他，反正我不要。"

赵雨庶赶紧说："谢谢！"回头对跟着来的人说："打包，细致些。"因为来时已经抽查过各项指标。他又对主任说了一声："谢谢对沙勒当林场的支持。"

"给你兔崽子白留了！"石主任却转头骂了孙久忠一句。

也缘于交谈了一会儿，感情有所疏通。主任骂完了，才说笑着对赵雨庶说："谢他吧，人情让他卖了，那就给你吧。我要是头儿，也希望你这么认真执着。"后一句话后来还真应验了。

返回林场的路上，二道河口作业区主任张梦树问赵技术员："咋不要那二等苗呀？多顺条呀！"

赵技术员乐了，点着一支烟。吸烟，是前年总场搞总体规划设计内业时，和大觉河林场技术员李开原一个办公桌带会的，不要就给点着了，一起嘴就是大前门、春城。现在，嘴上叼的是张家口的大境门，挺有劲的。说："我不能苛求你们，你们文化低点儿，比我辛苦，事业心可不比我低。我告诉你，留床苗虽然高，但相对于换床苗顶芽小、木质化程度轻、侧根须根都少、抗性差。换床苗矮，多培育了一年呢，皮质厚而且发红，成活和生长的蓄势强，生长后劲大。"

二道河口作业区主任说："跟着你调苗子学了好几手儿了，下一回还跟着。"

尹施工员随和着说："明天我给你买盒烟。"

赵雨庶说："别买。你们俩月工资都29块钱，一盒烟两毛八，3斤小米全家吃一天。"

车到二龙泉，该给苗子浇水了，不能图省事。洇完苗子了，赵雨庶上来一股唆劲^①。原来二龙泉里的蛤蟆多了，黑不黢儿的，个不太大，不深的泉子底部黑黑一层。赵雨庶用上午捡的新筛子一下就捞了大半筛子蛤蟆，端着攮在苗子车上。等拖拉机到作业区苗子窖时，那个曾受过控诉的人，第一个上了拖车，一看蛤蟆在乱蹦，转身一个高儿跳到露天苗子窖里，脸青着窜回办公室说，我不干了！问他咋了，只是比画蛤蟆跳，好像后来电视剧里的蛤蟆功，就差后腿弯着弹跳了。原来他最怕蛤蟆，死的也怕。有的小孩子想吃糖，拿块纸包一只小蛤蟆，在他面前一举，他赶紧去买糖。

其实，赵技术员前一年调苗子就出了名了。各林场起苗前的布置提出了更严的要求。苗圃在施业中倍加严格。也有的人不听邪，甚至严重违反操作规程。

1984年秋季，沙勒当林场的樟子松造林苗木基本由英金河林场三道沟苗圃提供。沙勒当林场场长正是原来的大梨树沟苗圃的石主任，他一方面征求过作业区的意见，一方面主要是自己拿定主意，想让赵技术员负责调苗。他把赵技术员请到他的办公室。

"老赵，调苗子关系造林质量，还得辛苦你。"场长说。

赵技术员说："作业区的人调苗子都是熟手了。我不想去了。但是我觉得3辆汽车，应该多去人。我调苗子时严一点儿，你都不高兴。"

石场长说："那不是各为其主吗？"

---

① 方言，出馊主意、干坏事的意思。

　　赵雨庶说："现在你是我主了。再说你的老同学程场长在沙勒当林场工作过好几年，石场长不顺便去看看？那儿有好几个同学，毕业后再也没见面吧。"说完抿嘴一笑。这句话也带出了石场长的遭遇。

　　场长说："行！那我也去。"

　　贺副场长坐在场长的对面，表情如一，说不清是发呆还是倾听，始终连一个字也没吐。看来这种事，他不想干，20多岁，就是成天坐在办公室，习惯了。他大概明白，不干工作不出错儿，不暴露缺点，不得罪人。赵雨庶和场长对话时，几次瞥视他，觉得他的血没凝固，因为他有时眨眨眼。

　　赵雨庶说："万一苗子有问题，不是少数。也好向你请示、商量，你好给我打气儿。黑脸白脸你定。"

　　汽车没直接到场部，赵雨庶还没下车就看见苗圃地里有十几个偌大的"莜麦垛"，像农村苦房的莜麦秸的垛法，樟子松苗子没假植在地里。汽车还是进了苗圃，队长和几个人迎了出来。赵雨庶严肃地问："这'莜麦垛'几天了？！"

　　石场长也问："这樟子松怎么这样假植？！"

　　没人能回答这个质问。一个人已经去给程场长或管育苗生产的打电话。不一会儿，程场长骑着自行车从3里外的场部赶到。他还不知道，此时副场长、生产股长和技术员几人已经骑着自行车向塞罕岭林场躲瘪子①去了，40多里地，真快。

　　两名老同学寒暄几句后，赵雨庶向程场长问候。程场长调到英金河林场时，他回母校补习还没回来。此时，虽然问候，因为"莜麦垛"，笑容里掺杂了一大半焦虑。

---

①　方言，"躲事儿"。

技术员抽查了几垛，看了苗木的各项指标还可以，可留床苗如此"假植"，有相当部分的苗子根系不干也不湿，不敢确定多大程度失水，真是犯难了。他们没等和石场长商量，已经浇水打包而不是沾泥浆。又没听石场长说不装车。因为樟子松苗冠大，一包最多包3000株，装了足足3车，还上了绞绳。要不装车，事情就大了。

苗圃的核算员拿来出库单。石场长和赵雨庶对了一眼。赵雨庶说："场长来了，场长签字吧。"

场长说："你不签字谁签？"

赵雨庶说："签了将来造林出问题就揍了。"二人正在为签字"僵持"，有人来请，中断了签不签字的对仗。

原来，英金河林场的厨师曾是沙勒当林场的厨师，场部让他准备来调苗子人的饭菜，他一听是沙勒当林场的，还好几个人，就说："我管了，连自己人两桌，上我们家。"车和人到了场部家属院，大家连午饭一起吃，好几年没见面了，老侯能饶了他们？也没饶了自己人，喝了近3个小时。两位场长不怎么喝酒，赵雨庶为苗子签字犯心思，当然少喝为妙。借上厕所机会，他告诉作业区张梦树主任："字没签，我俩不能走，设法把我们扔下。到家让副场长给林业科打电话，明天来车接我们。隔一天，英金河林场会到沙勒当林场商议。我不是倒霉就是不顺，得亏把场长给靠来了。"

第三天，英金河林场场长、副场长、生产股长，起早骑自行车70里路到了总场林业科，说明了情况。林业科给调了北京吉普，一名副科长随着，上午到了沙勒当林场进行洽谈。沙勒当林场先付40万株苗款，如果造林成活在75%的幅度上，沙勒当林场再酌情给英金河林场一些苗子款。程场长表示，苗圃责任人要处理，起码严重违反技术要求。随行人表示事情自己也有责任。程场长还说："赵技术员在我手下时，就这么认真负责。这样的技术员干工作放心。"

赵技术员赶紧说："给程场长添麻烦了。谢谢你的鼓励。"

这是赵技术员在沙勒当林场最后一次调苗子了。

1999年，赵雨庶任林业科副科长时，负责全场国家级工程造林，他是接王默实的班。秋季，棋盘山某苗圃来总场推销落叶松苗木。主管的冷副场长一口答应要，让赵雨庶带英金河林场和塞罕岭林场的人去接收。他说完就找地点打麻将去了。

赵雨庶打电话给英金河林场，一小时后，场长、书记、副场长到了总场。赵雨庶他们一个多小时到了棋盘山，之后直奔该苗圃苗木假植地。苗圃的人跟着，他看苗木60多厘米高，搜出成把苗子一看，心里有底了。回头对英金河林场的人说："你们如果要，就和他们签预订单。"

英金河林场田副场长说："苗根全是12厘米长，咋要？"

场长、书记同意副场长意见。苗圃已经在街里备了饭，赵雨庶几人谢绝，上了车。在车上，副场长问赵雨庶龙头山苗圃咋样。赵雨庶也知道王默实主管时有苗木供应关系，很快到了龙头山苗圃，一看苗木，当即由场长、副场长与苗圃签了预订单，单株由6分5降到6分钱。还有几十万株4年生云杉苗，40厘米高，造林就成林。

监督苗木质量，买好苗木成了罪过。过不几天主管副场长责成科长找赵雨庶要退掉龙头山苗圃的苗木。赵雨庶说："预订单是林场领导签的，我没权代退。再说棋盘山的苗子根12厘米长，买了无异于买柴禾。真要，我打电话？"他当时不知道，冷副场长在总场会上栽赃说他吃了"回扣"。接下来，赵雨庶连参加科务会议的资格也没有了。

年末赵雨庶还提了半格，离开了干了 24 年的专业岗位，负责林业气象。他打趣地说："我因为调苗子负责，得罪领导，靠边站；又因为调苗子提半格儿，不是从八品了。给老天爷记账去喽。"后来，和英金河林场的领导一起坐的时候，又听说造林见林的云杉苗子被逼着卖了，赵雨庶说："别惹他，他还得几年才能'官终正寝'。"

效果低微的造林

1978 年春季，赵雨庶在党支部的支持下，郑重其事地参加造林的技术管理了，骑着几乎颠死人的马，对于上山来回30 多里来说，腿脚还是轻松多了。因为还年轻，一天的腰酸背痛，往热炕头一躺很快缓解了，第二天早晨还是一身轻快，接着颠。赵雨庶胃不好，每次上山前，上衣兜里不是装两片去痛片，就是装几瓣蒜，这是他预备胃疼时吃的。

苗木越冬贮藏管理一天也不放松。三个作业区，差不多一天去一个作业区。露天的苗子窖和作业区要注意防止蒙古兔的啃食，他们能不时地套住一两只，在中午打打牙祭。大窖贮存的苗木，因为苗子释放特有的芳香味儿，为防止老鼠噬害，下了夹子、下药；如果用手背划拉苗子顶部，感觉有点儿麻煞感，就增加镇冰，给苗子淋水，这样还可以减轻苗干的生理干旱。

造林前的 4 月中下旬，要陆续撤掉露天窖的遮护枝柴，清除融化后的雪水，弥堵根迹处的裂缝。大窖揭开窖盖时，安排专人，待苗捆能拽动，就倍加小心地、一层一层地撤除根部解冻的土，攘到窖外。要杜绝未完全解冻，生撕硬拽，导致撕皮断根。苗木及时临时假植，切不可失水。一般情况下少淋水，防止顶芽膨胀。

沙勒当林场开始造林时间比千松柏林场早一个星期多一点儿，比坝下林场晚半个月。多以东北鼢鼠活动即拱起土包两三天开始造林，在 20 天内结束造林，可以抢到好的墒情。

每年造林，赵雨庶都提前到造林地块查看几次。这次造林前，他在作业区主任和施工员的陪同下，看了 3 天宜林地。这一天 10 点多钟又胃疼了，他从兜里掏出两瓣蒜送到嘴里，嚼几下赶紧往下咽，要么辣腮帮子。他右侧的尹施工员问："吃糖呢？给我一块儿。"

赵技术员说："张嘴。"同时把两瓣捏碎的蒜马上给他塞嘴里，又说："嚼！要不噎着。"

施工员一嚼，马上说："蒜！好辣！"右手捂到腮帮子时，已经嚼咽下去了。又说："技术员还装蒜呢。"

赵技术员说："有时候不装蒜还不行呢。"

去年的人工整地是一茬儿穴状整地。有的立地条件就算提格说是好的面积，充其量也不足四分之一，眼下不用剖看，墒情很好，只怕造林后少雨或不降雨。部分地块就是重造地，旱死的、半死不活的落叶松小幼树在穴里崴崴着。林场去年报的造林方案，已经成了总场的生产指标，林场的任务还是落叶松。赵雨庶一边看一边喘长气，看来还得延续几年，得赶紧考虑这事，一定要扭转他们总结的一句话"一年活、二年黄、三年见阎王"的局面，莫使岗位空对期望和工资。他每月工资 43 元，加上妻子工资才 72 元，眼下是 3 口人，钱就紧了。

4 月末，造林开始了，林场造林的格局"三分天下"。基本上一个作业区技术检查指导一天，检查时他很少直接进入工地，遇坡地绕到坡上向下看，平处就绕到树或灌丛后看，去发现问题，盯准了行数或人，再绕下去。赵雨庶每每和主任或施工员转悠一下，来到"目标"点，问候问候社员以体谅其辛苦，便切入质量检查。

赵雨庶问："你栽的咋样呀？很累吧？"

对方回答："还行。"

赵技术员就微笑着说："说还行不中，得保证质量才行。你自己解剖一下看看。"

栽树的人自己挖出一个立斗式的苗子坨，掰开第一锹，见到了窝根。干活的人都看见了。

赵技术员说："你投苗深送了，脚驱土时没向上提苗吧？挤苗子你还缺一锹半呢。你大概都这么干的吧？"回头问作业区的人咋办。

施工员对领队的说："返工吧。"

看着技术员好像要走的样子。

施工员说："再给检查检查。"

技术员点头后，向前走了 5 行站下了。其实他在坡上已经盯准了。说："来看看这行质量如何。"

施工员挖出了苗子坨，一掰开，因为投苗前揪了根，侧根须根少了一部分。他火了，领队也瞪起了眼珠子。

赵技术员说："别这么干呀，这跟锄地锄深了没区别。这行再补栽一遍吧，你造几行补几行。"他又向前走了几行站住，对一个梳辫子的说："你少别一锹半，第二锹点是鞋跟跺的坑，都补上。"

他对施工员说："你这拨人不少，盯紧点儿，盯准点儿。社员弄个三级介绍信不容易。记住，看栽植深度、解剖面有没有干土、根子、别得紧不紧、锹数够不够，要解剖。"回头问主任："你看行不？"

主任说："按技术员说的来！"

赵技术员和主任骑马奔另一块地了，一匹走马和一匹颠马拉开了距离，技术员在马背上一窜一窜的，想必颠得直吭吭，似乎是在催促着马追上去。

中午赵技术员和主任、施工员吃在山上，都是自己带的。他从马鞍子上摘下黄书包，拿出了妻子头一天蒸的不白的馒头、咸菜疙瘩，还有俩快颠碎的煮鸡蛋。他养的两只母鸡腊月就下蛋了，唯独一家。他又摘下还是在千松柏林场当技术员时，岳父给的旧背水壶。造林头一天没啥风，围在一起野餐。他把两个鸡蛋给了主任和施工员，又和主任换了一个玉米面饼子，推让了一会儿换成了。

这一天，赵雨庶骑马从果园与四道河口交界直接奔工地去了，拉着荒走可以多看到一些情况，走了几里地，到了工地。看到在工地边上的苗木假植点，已经按他的要求，在苗子处放了水罐（大油桶）。他和施工员检查纠正了一段时间，对造林质量比较放心。正值苗子待补充时，送苗子的马车到了。车夫和跟车的使劲地挖窄沟假植苗，赵技术员说："去下边空白沙子地上假植，那儿沙子湿！"

跟车的下去一挖，立即喊车夫："快把车赶过来！真是沙子湿，还少浇水。"

四道河口和果园两个作业区，根本就找不到可做泥浆的土。赵雨庶向施工员说："尤其有风时投苗尽量缩短曝光时间，从桶中提出来到投入缝隙5秒时间足够，还要勤看看植苗桶里的水足不足。"说完就翻梁去另一个工地了。

在去果园作业区一块工地的途中，快到时，孟书记的马追上了。书记说："作业区的人说你比往年管的不一样，还严，还有法儿。"

赵技术员说："一是党支部重视，你们领导到位，二是作业区认真负责，能与技术工作配合，技术只是钻个空隙。

技术不能脱离实际。再说，与肝胆相照的人一起干事儿，那是啥心情。"他又与作业区的主任和施工员检查了将要完工的地，发现质量还不错但是挪地了，施工员让去植被盖度较高的平地造林。

赵技术员说："不行。下午或明天才开始化冻，土化得不够深。造半阴坡行。"

正说着，一个社员喊道："少半锹深还有冻土盖子呢，有锹边那么厚！"社员都上了半阴坡。

这一天，还是在果园作业区。3个班一百几十个初中学生在700亩的阳坡地段造林。出工时就有点儿阴天，到八点半时起风了。随之降温，已经很冻手了，植苗桶里的水冻了，风的级别骤升，达到七八级，冻成一体的苗子桶被风刮得顺坡顺风骨碌，学生在后面追。主任说："找个地方背背风，哪年都遇几回，鼻子眼睛都是土，牙一咬'嘎吱嘎吱'响。"

赵技术员说："风三儿①来了，背个啥，赶紧提上植苗桶下山！先把地里的苗子用草帘子盖上压住。"

不两天七八级的大风又刮起来了。那天，在果园与二道河口交界的大坑地的西南造林。不到十点钟起风，有四五级，到中午升到七八级，送饭的车也到了，小米饭、清熬土豆楔子②，大家硬是在沙坎子下吃午饭，风刮得沙子往回卷，只好连沙子也吃了。孟书记说："今天的饭禁饿，啥破天！"下午两点半左右，风基本消了。

赵技术员说："就这破天，误了一两个小时的活，干吧！"
主任对造林的说："还是细致点儿啊，别就想着把大风

---

① 方言俗语，"风三儿，风三儿，一刮三天儿。"
② 指一种地方美食，土豆挖了芽子块剩下的部分。

浪费的时间赶回来啊！"

自从造林开始，一滴雨都未降，最先造的落叶松已经扎新根了，芽苞开始膨大放叶在即。再有三两天造林就结束了。第一遍的幼抚，即调整深浅度、扶正和踏实，也将随后结束。

造林快结束时，技术员与各作业区主任通了气，总结会时，不要说技术员与往年管的不一样，只是说共同努力。更要加上是在"任副场长的具体领导下"，这句话别忘了，有利于会议气氛的融洽。

又一年的春季造林，主要树种仍然是落叶松，可也得尽心尽力，尽职尽责。那天，赵雨庶骑着马到了羊肠河，绕道上坡了，在又弯又矮的白桦树后，按行看，一边看一边记录在本子上。绕下去后进了造林地，和施工员转悠一会儿，开始抽查。抽查两三个栽得好的后，给予鼓励，接着来真格的了。施工员知道赵技术员站到哪行不动了，准有问题，就让栽树的自己挖苗子坨，掰开一看根子只有 12 厘米长，技术员早在坡上看见他剁苗子根了。说："这行苗子全拔出来！"拔出来全是那么长。十几个社员都目瞪口呆了。主任也到了，质问领队。

赵雨庶说："你咋这么胆大，挨棵的剁，要是在'文化大革命'，不挨专也挨揍，别这么干了啊！改错容易。出来干活都不容易。你们自己互相检查吧，明天来看。"

3 个人往作业区方向骑马走了，赵技术员回头看不见造林的人了，叫他俩跟过来，又绕上了他蹲过的坡顶，告诉说别出声，没等蹲在桦树后就听见那边气愤的喊声了。原来造林的社员喊着口号，挥动着拳头在批判刚刚剁苗子根的人。一个社员领喊，大家跟着喊。

"打倒×××！"

"千万不要阶级斗争！"

"抓革命，促生产！"

"绝不允许破坏林场造林生产！"

"绝不允许给生产队丢人现眼！"

口号和痛斥声不断。那个人低着头，双手垂下，也不知道啥时候结束批判。

几个人里，只有赵技术员看过批判人，还见过肢体碰撞。他小声说："看了20多分钟了，走吧。"

第二天早晨，几拨人陆续上山了，唯独没见开批判会这拨人出来。进工房一看，空空荡荡，他们的做饭锅拔了，地上的粮食口袋没了，草铺上的铺盖没了。赶来的车也没了，原来他们半夜回家了，好像集体逃跑，连账也没结算。

天公不抖擞，幼树如火烤。"没雨季节"又来了。眼瞅着放出的针叶灰呛呛的，还发蓝，真让人叹息不已。尽管如此，还得雷同往年的方案。

赵雨庶摊开各年度、季节造林数字后，直叹气。成活率低得让人咂舌头，直摇头；林场有林面积与林场经营面积对照，接近一毛对九牛！自己看着数字苦笑。干旱和土质瘠薄是"孪生兄弟"，真是要命啊！必须换树种！他知道，大的方面在总场，技术方面在林场。再不调整，只能继续攘钱。要撼动以落叶松为主的局面，必须创出新路子！

旮旯疙瘩

从造林开始到雨季结束，只有一两次降雨，一次湿了地皮，一次连地皮也没湿。赵雨庶知道副热带高压一来，就一两个月不见雨。后来，他学点《中国气象全书》知道，副热带高压有 3 次北跳，中国的北部一般情况下就旱天难逃了。

造林后的踏实早已完成。第 2 次的松土锄草，得和作业区的人查一遍。草出来了，旱得卷着叶子。树放叶了，瞎眼蠓却到了好时候，追着马跑，不绕着人和马寻点儿血喝，不罢休，飞得比马跑得还快。叮人一下，马上起一个乒乓球直径大小的大包。它专叮马的屁股和腿裆，被叮过的马屁股上流下的血，像一道道红漆；儿马子更惨，几个瞎眼蠓叮在腿裆上，马尾巴抽到也还来叮，疼得疯跑，几乎勒不住缰绳。马拴在树上或马桩子上，疼的那狠劲让马通通地跺后蹄子，不一会儿地出个坑，蚊子苍蝇还增兵。叮得人直胡撸，要么啥也干不成。

第 2 次的幼树抚育基本不用进行了。雨季之前的人工整地必须完成，质量必须保证。在瞎眼蠓、蚊子和苍蝇骚扰和光顾下检查也完了。但凡老天爷发点儿慈悲，龙王爷打一两个喷嚏，造上的幼树逢上点儿甘露，瞎眼蠓部队叮上几个包也心甘情愿。冬季的雪肯定下，可不起作用了。

有些休息时间了，大家能轻松几天。转窝子时说的"喝多了上猪圈里睡去"，正是这个时间段的事。可娱乐的只有侃大叉①和打扑克。高音喇叭在"三讲一评"时放几天，总场的"三讲一评"，几个人物分别讲，全场听，还有揭发批判的。只赵雨庶有一部红星牌半导体收音机，掉地上摔过，只能对付着听。职工宿舍有两拨玩扑克打五十k的。这拨屋里，也是黑黑的墙，有两张几年前的宣传画。窗户上镶的玻璃摸摸刺手，窗户到门口拉着一根铁丝，上边搭着黑了吧唧的毛巾，人在毛巾边儿都能闻到一股味儿，一条新白毛巾还是擦脚的。攮洞子炕的灶门，坏的能钻进人，烧炕时添柴禾方便。

炕上挤着五六个人在看热闹，地上还有几个站着看热闹的。四个人玩着扑克，已经有两个人头顶了枕头，其中一个人顶着俩枕头，上边有个瓷茶碗，碗里有水，洒了不行，抓牌时挺直腰够牌，时不时地咧嘴。旁边的看着乐。坐在炕沿边脸向炕里的是任副场长，牌打得不错，肩膀轻松。炕上和地上看热闹的比玩儿的还多。看眼儿的和玩儿的都看到，任副场长见有人出牌了，他挺着，别人也不出，过了几分钟有人要出牌，说："没人管，我出。"说着出了牌。

他在牌落下时，大喊一声："慢！"因为看到是啥牌了，然后再打出他的牌。就靠这么赢。先出牌的人来气也不敢言声，怕他酸脸。头顶上就又多了一茶碗水。

外面，从家属院过来一个人，气冲冲的脸色难看，手里拿着一个笤帚疙瘩，快步走着拐进宿舍的走廊，又拐进了宿舍，到了任副场长的背后。任副场长这时正举起右手，又要高喊"慢！"时，只听见"啪啪啪啪"四下脆响声，楔在任副场长的肩上，大骂："上班时间打扑克。你他妈的回去挑

① 相当于"侃大山"，聊大天之意。

水去！"顺手把笤帚疙瘩扔在了炕上，俩手�</br>腰，怒气没出净。他反应过来，一看是他妻子没吭声，下地穿上鞋回去挑水去了。他俩走后，人们会意地笑了。那个顶着枕头和两茶碗水的一高兴，把水洒了自己一身加一炕。一看，笤帚疙瘩拉下了，他说："我得赶紧给送回去，好留着下回用。"

他到了任副场长家的大门外，有人站在那正纳闷，告诉他说："任副场长压水呢。压满了桶就倒，不知咋回事。"井屋子就在房后。他已经压了七八桶了，还是水浑。他没想起来，早上看见人们挑水都去了吐力根河。

送笤帚疙瘩的人说："挨媳妇揍了，我把笤帚疙瘩给送回来，好再用。"他们都不知道井水里有猪粪。

原来，昨天下午，赵雨庶在马圈拴马后过来，看见任副场长的二儿子正在往井头里塞猪粪，不知从啥时候开始的。回到家一看水缸该添水了，挑起水桶直接下了吐力根河，挑到马圈上边时，有人问他："咋上河套挑水？"

他回答："河套水没猪粪。"

问："谁干的？"

他回答："作业区主任的孩子不敢。"这人一传，挑水全下河套了。

此时，房山被任副场长倒水倒得不能过人了。一个人问："任场长淘井呢？"

他回答："今天水咋这么浑？"

那个人说："塞进猪粪了。"

他一立愣眼珠子，问："谁干的？！"

那人说："好几个人说是当官的孩子干的。"就走了。他一想，孟书记家在总场，刘副场长的孩子在外念书，侯副书记的孩子开拖拉机没回来，作业区主任的孩子还小。啊！他明白了。心里骂了一声："兔崽子，你等着。"先挨了老婆一顿笤帚疙瘩，现在还疼。又替儿子淘了一气井，火冒三丈，去学校把二儿子叫回来一顿暴打。

后来，侃大叉时有人说，因为打孩子，任副场长又挨了好几笤帚疙瘩。赵雨庶说："你肯定没看见，别当笑话说。传出去不好。一个领导，本来就够丢面子的。有的事看见也不能说。我当工人时，经着过一件事儿，连着看三遍也没说，把师傅夏天还穿的棉裤烧个大窟窿，车间主任会议上成了典故。你们说点儿正面的吧。"

听的人说："细说说哎。"

赵技术员说："等转窝子时说吧，谁要听，喝6钱盅子酒3个。不喝叫你听猪打呼噜。"

孟书记也知道了，很来气。安排会计找人淘井。得掀起三四厘米厚的铁井盖子，还得先拆井屋子，折腾了好长时间。好在不是冬天。

职工们都关心唯一的吃水井，在拆井屋子的时候差不多都去看，赵技术员也去看了。看的人里，有的人眼睛向人群扫了几眼。说："这一塞猪粪还好了，破棚子更新了。啥时候再塞一回，挡不住能吃自来水呢。"有的说："再塞一回，让你上后边河套挑水吃，天天刨个冰窟窿。"

赵技术员没吭声，心想秦桧还有三个相好的呢。只是看到从屋顶上拆下来的高粱秆儿，想到等造林进入5月中上旬时，穴坑内的水分不多了，把高粱秆儿或玉米秸剁成18至20厘米长，提前用水泡了，植苗时苗子根儿边靠上一节，不露头儿，对苗木成活有好处；以后降雨还可以贮存水分，烂了时是养分。他正寻思着明年可以试一下时，不知道是谁"啪"的拍了他肩膀一下，吓了他一跳。回头一看是个施工员，他问赵技术员："想啥呢？"

赵雨庶说："想井屋子盖好，一按电钮，水桶接水就行了，省得带引水，省得抓住井把子嘎吱了，再也不用担心了。"

闯 路

来林场的第二年秋季，赵雨庶在总场借调时，向在生产科管种苗的老师姐提出给点儿樟子松苗做试验，生产科分配苗木时，给了20亩的樟子松苗。

春季来临了。领导也换了，侯副书记又调回来了。人们的精神状态焕然一新。造林之前，赵雨庶到二道河口作业区，同张梦树主任选了一块樟子松造林地，适地适树没问题，还便于去观察。问题是，没栽过。问大师姐，她说她也没栽过。打电话到大觉河林场找李开原老技术员，没人理，又一次觉得知识分子还是不吃香。去一次吧？出不去不说还怕回不来，交通太不方便。一想，机械林场建场初，他们不也是第一次"吃螃蟹"吗？只知道抢墒情早栽植。

坏事了。本来4月进入了春季大风期。这天还不到4月20日，大风从早晨刮起，昏天黑地，几乎站不住人。二道河口作业区来电话，好像捏着嗓子说的："赵技术员！你快来吧！单硕丑领着人造樟子松去了！"赵技术员放下电话，跑到马圈，抓住马备上马鞍子，找上作业区张梦树主任，到了作业区问问情况，顺风奔到作业地。见十几个人正冒着风栽苗，苗子剩的不多了。核算员单硕丑迎过来说："快造完了。"表情挺得意。

主任问："谁让你造樟子松的？你是核算员你不知道呀？我都不知道咋栽。"

赵技术员说："今年的试验计划你给破坏了，苗子死了你负责！这事得跟场部和生产科打招呼。你先写检查。你这人咋这欠儿登^①？"

单硕丑破口大骂，至少骂了三代，大有动手架势。赵雨庶虽说也在气头上，却并不和他一般见识，心想在骂声中成长吧。就以他在总场会议上发刊物显示自己的事儿，反驳他。他蔫了。赵雨庶也大概知道一点儿背景。

单硕丑是通过门子调到塞罕坝机械林场总场的，他给人的感觉：揽权，善于在人多的场合下展示自己，说大话没边儿。从围场买了500只鸡仔，让大师傅（社员）无偿喂养林场的料粮，还挑刺儿。大师傅就来个借黄鼬报复。他把房山南侧石坡的一窝小黄鼠狼弄死两只，再放上两只半大死鸡。母黄鼠狼一宿咬死几十只鸡，在房前整齐地排两行，嘴和肚子一茬朝北；单硕丑急忙把鸡弄回在总场的家，料粮没忘，还砍伐了作业区的桦树几车，拉回去夹了鸡杖子。

赵技术员心想，真是秀才又遇到兵痞子。

回到办公室，想苗子没啦，向千松柏林场董书记求援吧，他会支持的。电话打通后，董书记说："你哪天来都行，白给。"到程副场长屋里一说，正好后天拖拉机去总场，当天回来。两大包二年生留床苗，20亩足够。赵雨庶甭提多高兴。

冰冷的初心，又暖过来了。到了那块地，尹施工员指着死苗子说："单硕丑领人栽的那天，苗子叶当天就全白了，没两天苗杆也干了。"他们去看了两三回。

赵技术员把人叫在一起说："我先做示范，学会了再栽。就在原坑栽，躲开死苗。"他和主任、施工员每人亲手栽了一亩，还互相检查了栽植质量，栽树的看在眼里。其实栽前他一直

---

① 形容人爱凑热闹，搅事儿。东北方言。

在寻思，栽多深呢？他想：落叶松怕深栽，樟子松苗冠大，风天多必然苗冠摇晃，导致根子上部风干。又想到自己领人在场部小山包移植的樟子松树就深埋了半尺，是为了防止风刮歪了树。干脆深栽 1 厘米吧。恰好，风级不高，二级风。十个人细细致致地栽了将近一天。他跟主任说："这是栽下的希望，多给两毛钱行不？"

主任说："加两毛钱吧，一亩一块。后天踏实，多给一毛，四毛钱。验收了一起给。以后可没这个价儿。"栽树的答应也挺痛快。

第 6 天，赵技术员来了，没进办公室，直奔樟子松地。张梦树主任拿着植苗锹也到了。俩人一看针叶还绿着，顶芽彭大了，浅绿色，看看冠下根处的土没有喇叭口儿，会意地乐了。"解剖。"张梦树主任挖出苗坨，掰开一看，不但根系舒展而且扎新根了。赵雨庶拿起苗子，映到眼帘的是长出的根尖儿，微白还有点儿透明，根尖里一个鲜艳的粉红的点。俩人对了一下满是笑容的脸，都说："活了，成功了！"赵技术员接着说："肯定还有没扎根的。估计没问题了。"又解剖了几株，只有一株根尖刚有一点点透明迹象。记上。

在半年总结会上，单核算员大风天栽樟子松的事情，谁也没说。只是为了秋季向生产科要 150 亩的樟子松苗，给生产科写了试验报告。秋季，赵雨庶和张梦树主任盯着把苗木假植。越冬埋了土，盖过苗梢超过 10 厘米。

整地施工上，赵雨庶和主任选定作业区前台子左侧，南北两块落叶松机械植苗造林的林分中间地段上，进行机犁沟整地。之前，技术员找到机务队队长，说要翻几十亩造林的机犁沟，把中间的三个犁铧子摘掉，按全翻地给钱。机务队长当时答应。雨季过了，"东方红—54"拖着大犁来了。赵技术员告诉驾驶员："这块地不考虑等高线问题。这两垅与另两垅的沟距 2.2 米，沟宽就是二档大油门拉出的宽度，沟深 15 厘米，最深不超过 20 厘米，坡度大过 15 度的土向下翻。"一共整地 150 余亩，一亩地给了 2.8 元。

林场的年终总结，上年就是赵技术员写。总结里他没写樟子松造林试验，也没写机犁沟整地。

这 150 亩樟子松机犁沟整地造林，成活率超过 95%，每行都是一条鲜艳的绿线。还按赵技术员的意愿，栽了一小片落叶松，与穴状整地的落叶松对照。这是 1980 年春季，作业区张梦树主任亲自督造的，他看到成活的樟子松，在作业区一扬脖儿周了一瓶白酒，另一瓶锁到作业区的柜里，留给在外地学习的赵技术员。张梦树小学文化还不到，他托人给赵技术员写了信，还问机犁沟整地人工造林的第二遍松土锄草如何搞，交给赵技术员的妻子一块儿寄走。赵技术员及时回了信。

张梦树，围场县棋盘山甘沟子人，一米七还多的个子，脸红扑扑的。小学只念了三年，家里穷就跟着大人干活了。据后来他在酒桌上说，上学时，因为离家不远，下课时还回家吃一会儿奶，一天吃两回。他十七八岁就到林场打工，沙勒当没建林场时就来了。干活认真，技术活儿上心，记性也好，大概与念书时吃奶有关系，不两年就干施工员的工作了。七几年转工到当作业区主任，才几年的事。别看他文化低，工作的事儿都记录，别人还看不明白。他跟周围的人合得来。

7 月末，赵雨庶回来的第 3 天就来到樟子松机犁沟整地的那块幼林地，张梦树主任陪着走上去的。看到成活率，他心情比过年吃苦菜馅儿饺子还高兴，自言自语地说："这几年我是没白干呀，对得起技术员这个技术职称，还得继续努力。"回头又对张梦树主任说："改变'一年活、二年黄、三年见阎王'的状态有希望了！这第一年是绿点连成线。你和施工员比我有功劳。程副场长体谅我们，整地钱，他若不签字也是麻烦。总场下达人工整地投资才2块多钱，去了管理费，也就一块几毛钱，也有他的功劳。说有过失，是我的，属于超计划，提前没敢跟他说，可链轨车一动他能不知道？"

主任说："一有功劳，别的就不是事儿了。来喝口酒，这是专门给你留的，锁到现在。"说着用牙一咬，磕掉了瓶子盖儿。技术员接过瓶子一口喝下足有二两，递给主任，主任一口也喝了二两，掏出两个小咸菜疙瘩，一人啃了一口；又一人二两，啃了口咸菜疙瘩。

那二两正在推让，尹施工员来了，说："好家伙，喝酒还偷着喝，还有吗？"

主任说："你忘了，这是给赵技术员留的那瓶酒。还有二两呢，扬扬脖儿。"递给了他。

他们下山时，赵技术员问："人工整地整多少了？"

张梦树主任说："场部催着呢，就怕你回来得晚。"

赵技术员说："机犁沟整地争取连片。我逛游了两三年，从全面看，二道河口作业区比较适合机犁沟整地，还能将就几年。我得想事儿了，老停留在机犁沟上就没路了。上不去机车的先人工搞着，明天我们去机务队，价钱不能涨。我还有一个想法，一说钱如翻天，十年之后许着能实现，那时候，我们会不会还在这儿？别人干吧。"

尹施工员说："你有法儿，现在三个作业区谁敢不服？"

赵雨庶说："也有不服的，不到时候呢；不能把自己看得太高，咱们配合挺关键。我不会来事儿，容易吃亏。你们讲话了，别净想金梁盘玉柱。我最怕自己说话不管用，以后咱们一起努力接着干，这一年一年的不就绿起来了。马点对过那110亩云杉成活得多好呀！生翻了种上油料了，真是给鸡蛋磕头——败家（鸡）子儿。春季新技术员来后，何书记在会上宣布他是主管技术员，有这事吧？任命主管技术员，得总场下文件。"接着若有所思地说："起风了。往回走吧。"

主管技术员一职，是党委在建场初期创立的措施，又是1976年开始重视知识分子和发挥知识分子作用的一个举措，在当时难能可贵。但刚走出校门，第一年参加绿化工作的，首先要见习一年，才能受任这样的技术职务。

官不在"家"

  赵雨庶怕技术工作不顺利，就不用说了。还有一怕，就是怕领导不在家。不管领导是出差或者有事不在，至少有四五次碰上了事儿，他不出面不行。哪一次都让他后怕，如今时常想起来，还是后怕。

  在办公室前，北面牧场的几个人牵着马，围着林场的一个职工，看似吵吵嚷嚷，实际上是往吐力根河那边骗他。他不去就拽。篮球场上的人赶紧找到赵雨庶："赵技术员，河那边的人往那边弄老侯呢，看样要揍他。"他放下手里的活计，去了把人连劝带撵，肃静了。过了些天，这几个人知道赵雨庶上山了，趁机过来，正好老侯在河边，把他弄过去打坏了，等赵雨庶从山上回来，人已由救护车送往围场县医院抢救，一住数月。冬天，主要打人者因为杀人，在武装围捕下，在林场境内一片落叶松林里，点燃炸药自爆。现场有一个小本子，内里计划杀7人。沙勒当3人：一个何书记，一个是他打过的人，另一个也是个领导。

  这天晚上，伴随着寒风呼啸，杖子外一个声音高喊着："赵技术员！赵技术员！"他赶紧出去。来人是北面牧场的牛倌，三人。没进屋，一个人说："打老侯的白天杀人了，俩。我们来通个信儿，他骑马带着炸药、斧子和尖刀子奔你们林场来的，要防备。"他听了一愣神。

  醒过神来时，来了十多个职工还有家属，还领着抱着孩子，问领导又不在咋办。他想了一想说："一排房子的人聚到一家。他若要钱没有，要吃的给点儿，别问他为啥。"然后，双手合上："阿弥陀佛。领导呀，职工正在担惊受怕。"说话间，他又抓紧布置防范工作。赵雨庶明白，既然来就有目标。又找了几个人分两组巡夜，包括自己。总算是带着大伙躲过一劫。

春季的一个下午，也就四五点钟，又赶上领导不在家，话务室传来御道口牧场四队发生草原火灾的消息。赵雨庶赶忙出来找人，组织人帮助去扑火。此时正值林场的汽车接劳力进院，在窝铺前卸粮食。人上车前，他没发现有没有防火干事，同时告诉自己六岁的孩子领着妹妹去德林家，也没注意别人嘱咐与否。等扑完火，已经半夜，人们下车不一会儿，就听见家属院妇女的嚎哭声、男人喊孩子奶名声，乱成一片。赵雨庶急忙说："去德林家看看有没。"一进屋，问声带着啼哭，一看孩子在睡着，立刻转为笑声。孩子们有被哭声惊醒的，多数还熟睡着。大家纷纷感谢德林妈，德林妈妈说："是赵技术员的孩子领来的，晚饭都吃了。"大家又纷纷向赵技术员表示感谢。

赵雨庶自言自语地说："也不知道领导在哪里。领导呀，你在哪里？"

有人问："你唱'周总理，你在哪里'呢？"这回他没双手合上。有的人说，赵技术员这回没念经。

第二天，领导回来了。没人知道他啥时候、怎么回来的。

这一天，赵雨庶早上就到了二道河口作业区，他要和张梦树、尹施工员到蔡木山一带再看一遍宜林地，根据立地条件顺便谋划一下造林地块顺序，免得影响造林进度。从上石门的冻涝塔子过去，再转到蔡木山后大坑；又上了蔡木山顶，向南向西看了广袤的已经整了地的宜林地，赵雨庶发出了胸有成竹的感叹：蔡木山呀，羊肠河呀，你们要着新装了！三人顺下山背水的道眼儿牵着马走下去，过了陡的道段，进了机犁沟整地。张梦树说："雪还没化，一化再刮几天大风就旱，是得早造林。"等到了羊肠河的矮房子，看看表下午两点多了，到作业区快三点了。

进屋吃饭，饺子，没菜。是张梦树提前不知道从哪里弄来的肉，还是鲜的。每人喝了不到二两散酒，口儿大，吃了不到五个饺子，就听见大师傅在屋外岔了声地喊："着火了！西边着火了！西边着火了！烟都过来了！"几个人跳到地上提拉着鞋出去了。向场部方向一看，烟雾蒙蒙已到眼前，一股子蒙古包炉子里烧牛粪的味儿扑鼻而入。冻脚了，紧忙穿上里边套着毡袜的高筒水靴，紧紧马肚带，窜上马连抽三四鞭子，箭一样往场部飞奔，许着有十分钟到了场部办公室门前。职工和家属们正在院子里一块儿说着火，担着心。果园和四道河口的人骑马也到了。

人们问赵雨庶："当官儿的又不在家咋办？"

赵雨庶好像是发牢骚和怨气地说："妈的，我是个倒霉鬼，他们一不在家准来事儿！"

有人说："咋的也有人挑头呀！你说吧，我们听令。"

赵雨庶说："抬举我了，那我说。赶紧给总场打电话。家属不去，孩子还小，不知啥时候回来呢。我听两台链轨车已经发动，挂着拖车，带上扑火工具。分别由张梦树和防火干事负责。正在开河，我和傅进分别探河口。"

不大一会儿，话务员说："总场防火办说多伦县照古都河一带着火，还在向东蔓延，命令沙勒当林场作为先头扑火队伍先开拔。"

听完，赵雨庶说："没马的上车，记好人名字。出发！"

赵雨庶带着一台机车奔向苗圃的东侧。他骑着马找能过河的地方，选中一个河两边都能走车的地点，机车也跟过来停下。他终于选定一处，驱马下河。出溜，马的前蹄子下去了，另一前蹄子随着下去了，后两只蹄子带下去了，上不了对岸，却顺着河水的流向向下漂，眼见就飘了十多米远。河水已到赵雨庶的肩膀，他下意识地觉得危险来了，回头一句："这不能过河，冰槽子！"他见前边河有弯了，知道马和人必倒。说着时，把左手里的马缰绳换到右手，向左前方奋力一窜，抓住了一把柳树条子攀上来，双手猛拖缰绳，马窜上来了。棉帽子在上窜时掉下去，水流湍急，早没影了。

在他往上窜时，拖车上来救的人来到了他跟前。一个人说："吓坏了，你真命大。"

他说："我在河里闪了第二个张勇的念。"

就在几个人跑过来的时候，总场场长张乐云的北京吉普车到了跟前，后面的大汽车也停下了。张场长问："这也过不去河呀？赶紧找过河口！你们头儿呢？"没人应声，几个骑马的找河口去了。约有半小时找到了，在车掉头前，张场长对赵雨庶说："你别去了，不要感冒着。"

赵雨庶眼望着扑火队伍向火场方向挺进，遗憾错过一次扑火机会。他牵着也浑身湿的小青马走回场部，把马拴到马槽边，正准备解马鞍子，饲养员说："别管了，我弄，我把马身给擦干净，放心吧。快回去吧，先喝一碗姜汤。"他说了声谢谢，就回去了。风还是那么大，场长带队艰难地奔向了多伦县的照古都河。经过一夜的拼死奋战，制住了恶魔，都带着胜利的激情，忍着饥渴凯旋。沙勒当林场报废了四只拖车轮胎和三匹护林防火专用马。

第3天了，赵雨庶还在热炕头上围着被子不时地抖擞，没下地。当晚，媳妇就把棉袄翻过来烤干了，毡袜干得更快。只是裤子不能烤，得慢慢晾干，因为是皮裤。他听说领导昨天蔫不唧儿地回来了，感慨地说："领导在哪里？领导在场里。"心里想："领导也不能倾班地走呀。我指导今年春季1.2万亩樟子松造林是板上钉钉了。"

皮裤是他在莫里莫大队插队时买的旧皮裤，进工厂穿着，上大学时穿着，毕业分配后一直穿着，造林结束时穿着，端午节时还穿着。1976年，全场落叶松球果大丰收，他在长腿泡子作业区监督采摘，着了湿落下了腰腿疼。冬天，在长腿泡子犯了腿疼，腿都不能弯，作业区主任王默实和一个施工员帮忙给他穿上了皮裤。插队时，还买了一顶狗皮帽子，早就坏了。

等皮裤干了，一看坏了，梆硬不能穿了。妻子赶做了一条棉裤，棉裤做好前，他只在屋里转悠。作业区的人来看望两次，还带来二斤红糖。他说："拿红糖干啥？又不是坐月子，谢谢吧。"又留他们喝了点儿"玉米香"。

技术事故风波

没有职业的还想顺顺当当的呢,有职业的肯定更想顺顺当当的,但有时只是一厢情愿。赵雨庶已经有了遇到比较坏的思想准备了。按他说的:起风了。实际风已经起了,起了好几次了。有一次风是他自己刮起来的。

1980年夏季,赵雨庶回母校补习回来,没等休息结束,就上班了。赵雨庶在办公室走廊大骂翻了云杉幼树种油料的事。新添的一位搞了快一辈子畜牧的领导,更不敢吭声。其实,赵技术员也知道领导体谅职工油腥很少,可也不能翻已经小半米高的云杉林地呀!他更知道新领导和自己沾亲。赵雨庶的姑表姐是新来领导的弟媳,还是新领导先认的亲,那时,新领导还在农牧队。在赵雨庶调走前的五六年里,这块地年年翻种,年年看见那没腐烂的云杉幼树,好像在地狱和天堂之间上下翻筋斗。赵雨庶没向总场反映这事,一直到调走之前,每看见边缘角落没翻的云杉在苗壮成长,就不禁暗自感叹:无论如何也不应该毁掉云杉幼树种油料呀,这可不是得不偿失的问题,而是毁了一百一十多亩的幼树呀!

林场林子少,职工烧柴困难。冬季了,何书记安排人对成林的机械造林林分修枝,要赵技术员做技术指导。程副场长在座。

在何书记的办公室里,赵技术员说:"没计划可难行。"

何书记说:"领导不给职工解决困难,算啥领导?"

赵技术员说:"用啥工具?"

何书记说:"用板斧!"

本来问用啥工具是有点儿松口了。板斧是废汽车车弓子做的斧子，酷似农村秋天的刹麻，现在是倒刹麻，从上向下砍。赵雨庶果断地说："不使用刀锯不行。"

何书记站起来连发火带嚷："我在大觉河林场砍了20多年，都这么干的！你甭管了！"

这时，何书记办公室的窗户外，透着玻璃看的听的人，已经趴严了，不是一层，是总场调查队和科研所的。他的屋门也开了，也进了人。

赵技术员见到看的人多了，说："何书记，你不用我管可以，但是，我要对这事情声明：一没报方案，没经过审批；二强干，我不参加；三工具不对路，出了技术问题，我不负责任。此事，我也不向总场汇报，越级的事我不做。"

后来，大约300亩的树成了"鸡毛掸子"，枝杈处撕裂还出了白坑儿，像狍子屁股。程副场长拉着赵雨庶去给停了工。过了年，总场计划会议赵雨庶弃权，没去。会上，总场领导说，你沙勒当林场技术员搞科研把林子砍坏了，不来开会也得严肃处理。会议休息时间，生产科的人对领导说，不是那么回事，你要处理事就多了。调查队和科研所三四个人急忙打过来电话。赵雨庶说没事儿。总场开了现场会，程副场长会上担了责任。会后大约俩月，何书记受到全场通报。

后来做正式修枝方案，单位投资做了5元，比何书记的10元意见少一半。因为各项定额合理，稍有余地可以理解；却成为全场一项生产投资定额。做机犁沟整地投资，更没法按何书记说的最好20元；设备折旧费考虑进去，做了7元。

总场把牧业划归沙勒当林场，连同原有马匹、羊群。每年仅场部备饲草数就30万斤，都下来好几百万斤。何书记安排赵技术员去负责 1981 年秋季的验收饲草工作，因为正值将要苗木调运，谈了两次，赵雨庶坚持调运苗木。第 3 次是办公室主任通知："党支部研究决定你去验收草，崔技术员负责调苗子，不去就往总场报处分。"

赵雨庶说："谁敢！干正业还给处分。新鲜。我不是党员，要看会议记录。"坚持看了会议记录，真是会议决定。说："我不听党支部的听谁的？去。我也怕天天那顿散酒，啥劲？"

崔技术员很尊重他，一看崔技术员就是个实在人。尽管何书记已经宣布崔技术员为主管技术员，赵雨庶心想调苗子任务之大，得从对他负责做起，千万别出技术问题。赵雨庶在办公室里用一张 8 开的白纸写了十几条关于调苗、贮藏的技术上的嘱咐，遇见啥样的问题都找谁商量，遇见多大程度的问题，等他验收饲草晚上回来商量，等等。生怕出一点问题。毕竟 12 万亩造林，400 多万株苗子，而且几乎全是樟子松苗木。就是自己仍然负责调运苗木，倍加注意恐怕也难以不出疏漏，实在担心。这张纸在第二年计划会后，起了免于处分的作用。崔技术员在专门会议上拿出了那张 8 开纸，证明崔技术员确是一个敢于承担责任的人。赵雨庶确认，他是一个在事业上可以信赖和深交的人。

天公不作美，再加上好显脐儿①的掺乎，正干的就遭颠险了。崔技术员第一次主持调运如此量大的苗木，贮存安排也是头一次。调运苗木期间，几乎连续出现降雨、大风降温，运回来的成包的苗木一部分冻成一体，却放在河水里缓冻——"拔冻酸梨"。对于一个刚出学校大门的学生就遇到这么大

---

① 好显摆、突出自己之意。

的重担，确实让人为他担忧。之后的问题重点出在入窖假植过程中，出现了沙勒当林场第三次造林苗木问题，而且是大事故。已经造林 7000 亩，至少 4000 亩造林混有焐苗子。赵雨庶认为少估算也有 28 万株。

事后，总场主管造林的李副场长征求赵雨庶意见。赵雨庶说："出现问题的根源在林场领导，安排没经验的人调运如此量大的苗木，让我去验收草，并动用党支部来决定。我建议，要处分人，就处分何书记和我。"

李副场长说："那这事儿就放一放，当然得开常委会。"

1982 年秋季，赵雨庶负责调运苗木，明确苗木入窖打开捆儿假植，其他工序及要求与往年同。露天假植竟然不打开捆儿，赵技术员刚发完火。生产科检查的到了，当场指出"不接受教训"，向总场党委做了汇报。真是"年糕饼热着擞——回生了"。第二年计划会结束时，总场专门谈了焐苗子问题。崔技术员、营林区主任、施工员、核算员，还有那个大风天栽樟子松的，几个人受记过处分。第 3 次焐苗子，没躲过劫。

赵雨庶虽然没份儿，自己也觉得不光彩。在总场开会后发处分决定时，一个林场的场长当着赵雨庶的面粘牙捯口地说："这咋就没有赵雨庶呢？这人我可不要。"

赵雨庶说："这事轮不上我，你想用我，还真不伺候。"

另一位领导问他："这些事儿，你咋不向总场反映呀？"

他说："让他自己或者别人说吧。我给人的印象不好。这还有敲边鼓的呢。"

随时记录是赵雨庶的习惯。还是八零年春季造林时，一天，赵雨庶老早就到了四道河口作业区，到大窖一看愣了。苗根部的土往两排卧藏苗子过道扔，已经有 1 米多深，苗子垛上的人正使劲地往下撕苗子，断根撕皮白刷刷的，临时假植的窖几乎闲置。

赵技术员问主任："为啥不提前打开窖？苗子撕破了还能造林吗？把扔下的土赶紧清出去！你是资深主任了。"

主任不在乎地呛过来："顾不过来不撕行吗？照样造林。"还告诉干活的："就这么干！"第二次焐苗子不可避免了。

赵技术员问他："你为啥提前不安排？"

他不回答。赵雨庶再说，他不听还走了。赵技术员只有默默地把情况、场面记录下来，骑马上山了。

没几天，扔下去的土把苗干焐啦。主任打发人成抬筐地往吐里根河里扔，不知扔了多少。顺河向下不止十里都有苗子捆儿，举报者打电话报告了总场，等总场车一到，报告者骑马驮着两包湿漉漉亲自捞出来的焐苗子，来到场部办公室前。何书记这才组织人去四道河口作业区，都脱了棉衣下河捞苗子，不知捞了多少苗子。水太凉，捞不起了。夏季，这个主任又成了防火干事。后来，总场把他调走当了护林员。

全场生产检查时，总场胡副场长中断赵技术员焐苗子的汇报说："这事儿，赵雨庶没责任。技术员说话不当回事。人事关系不正常！任人唯亲，讲老关系。"

这一年，全国性评工资，赵技术员评上了；国务院（1980）140 号文件关于知识青年还有一级，结果最后只长了一级，和没评上一样。赵雨庶知道那级工资哪去了。给了别人了，他家五六个孩子，生活很困难。虽然大伙看不惯，在背后议论不小，但赵技术员觉得自己不能去总场找这事。赵雨庶年终综合奖总是二等，有一个施工员说："人家有那事儿还闹三等奖呢。"有群众打抱不平，赵技术员说："比抓阄强多了。

一年几十块钱的事儿。"

他想到，权力怎么既是加油剂又像泻药呢？这肚子我不能拉，这种印象下的关系不好缓解啦，努力吧。沙荒绿化是第一位的，印象再下滑也得听领导的。适当时候闹他一两句或许起点儿作用。

快腊月放假了，何书记说："赵技术员给公家写副对子。"

赵雨庶问："写啥？"

何书记说："写啥都行，顺嘴就行。"

赵技术员说："你先听听，同意就写。上联是：稀里糊涂又一年……"

旁边的人问了："下联呢？"

赵技术员说："明年不知出啥事。"

办公室主任问："横批呢？"

"有酒就行。"赵雨庶说完，点着了烟。看着何书记表情如何变化。

屋里的人全乐了，何书记也笑了。说："有的事，我欠考虑，责任在我。你他妈的不能这么提意见呀。有的事不变没法结局。"

赵雨庶说："古代，皇上发昏时，大臣谏言，说些要命的自然现象如地震、山洪暴发等，若直言掉脑袋。我就怕你当面一套，内心另一套。说回来，我年轻，在事业上靠你们老同志带呢。就怕连年的在技术实施上不消停呀。我不是不敢较真的人。不管是谁，内心平静胜似一切，尤其领导的公心关乎士气和事业。"

赵雨庶觉得会有一天，何书记还会对他的印象有所改变的，看情况吧，只要技术工作能持续下去，沙荒绿化进度不倒退就行了。

会议中断

时间到了 1981 年，沙勒当林场沙荒造林的樟子松面积有所增加，但是，造林面积比重还小。增加的面积还主要是去年机犁沟整地造林的成活率高，才确定的。

何书记在 7 月知道了，是总场半年工作会议时才知道的。他能不生气吗？回来查问这个事。

副场长是管财务的，他说："我知道整地的事。"

二道河口作业区张梦树主任说："赵技术员告诉我：尽量别让何书记知道，面积太少，不值当当成绩说。其实，前年还有 20 亩呢，是赵技术员跟千松柏林场要的苗子。"

还有话他没敢说，是赵雨庶的话："让他知道，他会在总场会上至少吹半个小时。咱们这事是跟总场要樟子松苗子的本钱。"

赵雨庶在旁边没吭声。何书记瞅了他一眼。

第二天，林场召开会议，传达总场会议精神。作业区参加会议的有主任、施工员、书记。办公室坐得满满当当。何书记讲话是在大觉河林场就练出来了，汇报能说一两个小时没问题，有材料也不用，尤其喝了点儿酒，更加话语滔滔了。有一年，参加总场会议的几十人，单位发言最多 20 分钟。他发言时一气儿讲了一个小时还没说完。

办公室主任问他："老何，你还得多少时间？"

"5 分钟。"他说。

十多分钟过去了，主任又问："老何，讲完了吗？"

"还有 3 分钟。"他应付。

又十多分钟过去了，主任再问："老何！你还有完没完？别讲了。下一个单位发言！"

眼下，开始讲了，两个小时大概没讲了四分之一，理解发挥是对的。屋子不大，已经烟雾弥漫。他也抽烟，"老炮台"——火烟用纸卷。有人敞开了门，敞开了窗户。还有睡着的，有迷糊着眼的，有咳嗽的。当讲到提高造林质量，包括整地时，大讲提高生产质量，严格施工，跟班作业，坚持三同等。赵雨庶点着一支大境门，慢慢地吐出烟，说："老一套经验是宝贵的，老的传统不能丢。这沙勒当林场今年春季在大沙山下栽的落叶松有结果的了，往山上扔着钱，人脸增加着皱纹，再过几年白头发了。说回来，不调整造林树种，不改善整地方式白搭功。"

没等赵技术员说完，何书记呼地站起来，骂道："你他妈的胡说八道！"眼睛里像冒火。会场的气氛变了。

这时，一个高个子说话了。是政工干事，也就初中文化，党员。他说："赵技术员就是胡说八道，何书记能不来气吗？就得按何书记说的干，不然'没法结局'。2年生幼树结果不可能。"俨然是领导的口气。这"没法结局"是何书记的一个改变会议决定的法宝。尤其管委会的决定，开会后至多一天，不等吃晚饭准改变。这个政工干事重复得几乎没差别，他正在向副场长的位置上使劲，敢请。后来调出，当了森林警察。

赵雨庶也站起来了，先剜了他一眼，心想，这样的人怎么入党的呢？转过来看了何书记一眼想，他是机械林场元老，尤其在大梨树沟作业区的造林中立下卓越功勋，被提拔为党支部书记兼场长。将挨骂的火强压下去，他说："当领导的骂人，作风不好。"又笑了笑说，"用事实说话是党的一贯作风，看看去？"

何书记气愤地一拍桌子说："走！作业区的都去，办公室主任、政工干事也去！没有就不行！"

有马的纷纷奔马圈备马，没马的走向了大沙山。到地点了，没下马就看见了那两个落叶松球果，离地20多厘米高，因为有点微风，向光顾的人摇头儿，似乎问："谁管事儿？我留后也难说。"人们信以为真了。办公室主任说："那会儿我以为说着玩儿呢。"还有说长得挺好看，结的少点儿。

何书记说："我栽了20多年落叶松，头一回见造林当年结果。真事儿。"

办公室主任说："你那时啥立地条件？"

赵雨庶说："把那20多年的精神用过来就见不到这种现象了。"

何书记说："回去接着开会。"他已经上了马。

赵雨庶有点严肃地说："别走，还有事儿呢，请都跟我来吧，反正也到这了。"他见何书记的马头转过来了，就头前带路。顺沙子小道过了梁，又走了不到十分钟，他先下了马。眼前似乎地势平坦，植被盖度高，山丁子长得比较旺盛，却很稀。大家纷纷问，这看啥呀？

赵雨庶说："请何书记讲讲吧。"

何书记说："我讲啥？没有调查就没有发言权，你主持吧。"

赵雨庶就说："进去，细看看。"

一个人大胆地往前走，一脚下去了，差点儿崴个跟头。当然不是二道河口作业区的人，那个人扒拉开草，说："是条沟哎。"啊！这块地整的全是沟子。然后掏出卷尺就量，另一个人拽尺，一看宽 20 厘米、深 15 厘米左右，沟里沙子是白的，连根草都没长，沟墙的中下部、沟底没草。再一量行距 1.8 米，向前行距 2.2 米，再向前量又是 1.8 米，又量一行又是 2.2 米。他直起腰说："沟距有问题。"

赵技术员说："就这样，两个犁铧子之间就是 1.8 米，不扩大与之另两行的距离，整地后栽树，密度就大了。"这下量的和看的都明白了。

有的说："这栽落叶松没问题呀。"

赵技术员说："四个方向看看，有的落叶松超过了山丁子。原因是栽在了机犁沟里，这片地全是沙子。"接着又说，"关于机犁沟里栽落叶松，去年已经在二道河口作业区测了地温，进行了对比；成活率至少比穴状整地的高 6%~12%，可还是不适地适树，不符合速生高产，要是栽樟子松效果会更好。机犁沟整地的优点在于沟墙两边的草遮阴、温度低、土壤水分蒸发少、苗子水分蒸腾少。去年总场给的樟子松还少，又大部分是人工穴状整地，现在成活率比春末有所下降，显出了问题。去年栽的樟子松幼树已经长出地平面。今年春季造林 6800 亩樟子松，成活率很理想。明年春季，樟子松造林应该不少于一万亩。我觉得更应该大比重增加机犁沟整地。整地的技术要求，机务队已经基本掌握了，大家放心。这样，咱们何书记出去讲话或者汇报，也能说个把小时呀。现在，请何书记讲话。但是，得先来一句：'不许骂人'。"大伙乐了，差不多乐得都蹲在了地上。有人从地上一起，一只手按在了野蜂子窝上，抬腿就跑，却把马缰绳撒开了，三四里地他们只好走着回到场部，已经下午一点半了。

何书记只说了个口头语："我们正要这么做。"就散会了。

办公室主任开玩笑地说："早这么做能中断会议？还少 4 个字儿呢。"

旁边的一个人问道："哪 4 个字儿？"

办公室主任回答："'胡说八道'呗。"大伙笑着下山了。

第二天，接着开会。会前一般说笑一会儿，当然说笑的内容比较文明，主要是有趣儿。有讲某林场某人去吃杀猪肉，喝多了，回家后吐了，满屋的味儿，让狗舔净了，第二天狗醉死了。有讲某林场闹瘟病的，是个野兔子。因为还有俩施工员没到，一个作业区主任非让赵雨庶来一段，他推让不了，说："说一个亲眼见的吧。还没上初中时，一个我们一起长大的孩子，是我弟弟的同学。那年夏天，他的姥姥死了，出殡前，大人小孩子去看出殡。他们家大，人也多，跪了一大片。他妈妈跪得靠后，这小子跪在妈妈的右后侧。我们就在旁边看。跪着的分别对死者按称呼叫着使钱。这小子，他妈说一声'妈使钱'，他说一声'妈使钱'，挨了一眼瞪；他妈头转回来又声大一点儿说'妈使钱'！他也大一点儿声说'妈使钱'！跪着的有的回头看他。他妈猛一转身又狠狠地瞪他一眼，转回来声又大一点儿说'妈使钱'！他接着大声喊'妈使钱'！他妈转身同时，右手来了一个拧人的比画。等出殡回来，他妈妈第一件事儿，就是把他叫到西屋按到炕上，好个拧肋巴，被拧得嗷嗷叫唤。上学时有的孩子问他，你还'妈使钱'不？"笑话把人笑得前仰后合。

还没笑完，何书记说："明天再接着讲，开会。"不到一小时，屋里有点要云雾缭绕了。

整 地

　　造林从东往西推进，这是赵技术员前几年已经想好了的策略。

　　此时，总场已经撤销农牧队近3年，牛羊群统治了整个四道河口作业区，四道河口作业区区址前的小前台子的几百亩落叶松机械植苗造林已经成林，被羊群立而啃之，已成了栅子。大约十年以后，他还时常想起这块"羊折"的林子，赵雨庶用照相机拍了好几个镜头，每按一下快门，就增加一分气。尤其羊蹄子小，压强大，破坏很薄的山皮的后果远远大于牛马，加之牲畜喜食一年生植物，在草少草矮时掠食根系，导致区域性植物濒临绝种，生态环境的恶化进一步令人担忧。果园作业区的造林前两年已经逐步压缩，因而，他打算集中从东开始绿化的意识进一步强化。还因为有一块较好的宜林地，穴状整地整成了8寸碟子大，揎不揎土不说，根本纠正不了。第2年的整地任务只给设计了二三百亩，何书记同意，造林时由二道河口作业区顺带着造了，由此形成了集中人力物力专心攻向一个阵地的战势。

　　去年的机犁沟整地，南段基本与千松柏林场相邻，道路两边，以西至水泥桩子一带，今年春季栽上了樟子松。原来大多是落叶松机械植苗造林，而且是成不了林或者已经没有活树的地段，樟子松成活得很理想。机犁沟整地种植樟子松，实际上成了塞罕坝机械林场低质人工林改造的先例。

　　今年，赵雨庶要在蔡木山周围，北至吐力根河，东至千松柏林场，西至上石门儿，在以地形为基本界限的范围内选地，以机犁沟整地为主，不能少于 7000 亩。人工整地为辅，又以反坡整地为大比重。

在山上，尹施工员说赵雨庶："你现在是盯准了机犁沟子了，不就是在大沙包子那发现的吗？"

赵雨庶说："那不是第一块地，第一块地在千松柏林场长腿泡子。我是连问询和回忆才弄明白的。"他顿了顿气接着说："我问了好几个人，涉及三四个单位的人。有一个人说可能是王默实搞的，具体的不清楚。又问董书记，他说是王默实在长腿泡子搞的，前几年的事。我猛然想起，1976 年见过。是在长腿泡子作业区西，总场通往红山军马场公路东，南北的沟向，是一块低平地，好像是沟状整地，栽的落叶松，成活一般吧。印象深的是偏湿，先前机械造林未成活。"

张梦树插话说："找着人和地点了。"

赵雨庶说："这是模糊的。那年我去总场专门跑了一趟长腿泡子，他正好没出去。王默实见我来了，可高兴了。第一句话就问我腿还疼不，又说你来有事吧？我说请教个事儿。他说说吧，就问起了机犁沟子的起源。"

他不爱说话，一听问这个事，说："搞这个事儿是我想起来的，我想总搞穴状整地，有的地段栽树不理想，搞成沟状试试。跟董书记说了，同意。正好机车在，就定在作业区西边。把大犁一量宽一米八，让师傅摘去中间三个犁铧子。师傅问拉多深，我说浅点儿吧。拉了两沟，一量沟宽 20 厘米，深 20 厘米，行。这块地拉了两天多。没想到快整完时，总场领导和董书记，还有别人到了。一看真高兴，说这法好，可以推广。没想到第 2 年把机务队撤销了。"他说完，就打起了喷嚏。

　　赵雨庶顺着就说起了王默实：那时作业区主任是总场下文任命，不简单呢，得张恩成考察点头。我在千松柏林场那年，住长腿泡子时候多。就算知道他一个习惯吧。早晨，他醒了得坐一会儿，等打完喷嚏才穿衣服，连打7个，声音很大。谁也别想睡懒觉。一个跟他开玩笑的说，王主任天天坏天，也不下雨。赵雨庶后来在林业科同他坐对面桌，听得多一些。有一年8月，在英金河林场，中午吃饭时赵雨庶打了个喷嚏，自己打趣儿说，有大姑娘念叨我呢。

　　王默实副科长说："熊劲，谁念叨你呀。"

　　尤副科长笑着说："念叨王（副）科长呢。"

　　他刚说完，王默实的喷嚏来了。头一串7个，二一串5个。全桌的人乐，引来了大师傅和外边的人。他也乐。

　　赵雨庶说了："冰糖葫芦儿！大串三毛，小串两毛！"

　　王默实说："罚你两个酒。"

　　赵雨庶问："喷嚏变成钱了，奖励俩酒，魏场长同意不？"

　　哪有不同意的，俩人平喝了4盅酒。

　　说完了机犁沟的来历。张梦树说："这家伙，真认真。"

　　赵雨庶说："咱们有成绩，更有王默实一份儿，不能功劳都是我们的。"

　　造林结束后，赵雨庶和作业区张梦树主任找了机务队长。谈了工作量，新的整地要求及完成时间。

　　队长说："两个机组，可以轮歇。整地价钱能不能长两毛？"

　　张梦树主任对赵雨庶说："你说吧。"

　　赵雨庶说："按说原价不少了。可是考虑大犁5个犁铧子中间摘去仨，大犁的主梁末端的负荷加大了，慢慢会变形，导致外边一行的沟增加深度，也不便于造林施工，就按队长说的来。先不要声张出去，得请示。"他考虑一年数千亩，两三年大犁就得更新，又跟财务场长沟通，机车得天天往返作业区；他与何书记沟通，结账时又加了两毛钱。

五月中旬，机犁沟整地开始了。

整头一块地前，驾驶员对赵技术员和作业区主任说："有七八年没这么大的任务了，整地时你们勤告诉点儿，听队长说又有新要求。"

赵雨庶说："遇到新要求时，提前告诉你。"当天完成近200亩。中午吃在工地。

一天，开始整上石门以东的地了。上石门是吐力根河流过的一个窄小的峡谷，一般去那边得绕内蒙古的一小段道，道东边是很宽的涝塔子。机车只能从防火隔离带上行进，再很远地绕回来整地。赵雨庶和张梦树、尹施工员从涝塔子走了捷径，险些唱了落马湖。

这是不太平坦的地段，多以梯次不太明显的台地坐落，总的看还算是开阔。在蔡木山顶环周鸟瞰，只有此地比较平坦。赵雨庶在上个世纪九十年代编纂《河北省塞罕坝机械林场场志》，搜集资料时判定，此地应该是清朝顺治皇帝来打猎的驻跸地，是他做皇帝第14年的事。他出京城北行，绕喜峰口又绕道多伦，到沙勒当来的。向东打猎到千松柏的沙胡同。从沙胡同到四道河口的对山口，就是后来木兰围场的沙勒当围的东西界。而康熙皇帝开设木兰围场，是36年后的事。赵雨庶他们等机车时，他当时有一感觉："这块儿过去好像驻跸过皇帝。"

远处，机车的隆隆声还不到震耳朵的程度，只是在沙谷回荡，还看不到机车。30几分钟后，机车到了，它直接开向了一块台地的起始点。

赵雨庶告诉驾驶员，顺着台地的走向整，十度坡的地段的土必须向下翻，否则，溜土埋苗子。上次是 15 度坡向下翻土。"返回来时，你不愿意空行的话，就看你的技术熟练程度了。"他补充道。

到晌午，完成不足 100 亩，可也该换块地了。整完的地，顺着沟向看，真像展开的蓝图，孕育着绿色的希望，看着喘气都觉得舒服，土香味儿扑鼻而来。

链轨车顺着蔡木山防火瞭望员下山背水的十多里道眼儿，向上绕爬着，车速不时变换着，行驶在荒芜的沙丘间，响声喧嚣在空旷的沙丘间，回荡在晴空里。那响声像人爬山爬梁时使劲地喘气，以及歇息后的大呼吸一样。终于爬上了要整地的西梁岗待命，在瞭望楼的西侧，距离瞭望楼山顶，斜线有五六十米，垂直高度至少有 40 米。

赵雨庶和张梦树主任、尹施工员牵着马下来了。下来前再一次鸟瞰了山北的大坑，犹如不规则的"浴缸"，南北走向近 2 里地长，东西宽约 1 里地，缸深六七十米，好在相当部分坡度较缓，还能机械作业。说点儿话，喝点儿水，水是他们自己带的；一个小时就过去了。张梦树主任对驾驶员和副驾驶说："这个坑够你们俩闷持几天的。可以和瞭望员挤上几天，下午小牛车给你们送粮食、水、车用油和行李，已经在楼上打回电话了。赵技术员说，回去找何书记给你们弄点黄豆和芥菜油，从你们家里拿点土豆楂子，明天带来。想喝酒，也明天带来。新要求是按等高线整，土必须向下翻。要想家，就想这是块处女地就行了。这块地没造过林。"他们先从梁上依次向下整，可以免得土流向先整出来的沟里。后面几个人跟着。这块地整了将近一个星期。

用了将近一个月，机犁沟整地就算整完了，赵雨庶在明春造林的"大本营"东侧留了一块地，大约百十亩左右，预备造林前现整现造。他想到，那次中断会议到现地看的机犁沟，造林前也肯定没揎土，如此肯定没破坏土壤结构，也就能多保存一点儿水分，何不试验试验。当然，这和书本上的理论相悖。

人工整地多挨着机犁沟整地或土质稍好的地段。除了坡地整成反坡，规格不小于50厘米，其他地段的反坡一律背着风。也符合改变阳光照射角度的技术要求。

他们还仿照机犁沟方式，人工整了长40~50厘米、宽20厘米、深30厘米的槽式地，应该算是个整地方式的突破。但没等琢磨可行与否，施工的人跑了。因为领导抓到底，定价太低，一个人一天只挣一块钱左右。赵雨庶和作业区的人干瞪眼，直搓手，空叹息。

沙勒当林场整地又一次超过万亩了。雨季前，共完成整地近1.2万亩。明年这时，将是一沟沟由点到线的勃勃生机的绿苗了，那希望，让人又仿佛看见了一行行幼树冒出地平线的新绿点，冥冥中连片的樟子松林把白沙牢牢地锁住，用那强大的绿色身躯把白沙压在身下，有力地挡住了来犯的漫天飞沙。

樟子松造林

1982 年是塞罕坝机械林场 1962 年建立以来，执行建场总体《规划设计》最后一年。沙勒当林场沙荒造林面积最大，为全场造林重中之重。当然，要超额完成建场任务，必然会加厚一层风沙屏障。但对比当初的建场总体《设计任务书》，塞罕坝出了经验，出了技术，出了建设成果，出了人才，建成了京津的风沙屏障。

在还未进入大风期时，沙勒当林场党支部在酝酿之后，召开春季造林会议。参加造林的施工人员满怀信心地参加了会议，会议宣布：组成造林指挥部，书记、副书记分别任指挥和副指挥，办公室主任、会计、后勤人员和医生也参加。其他作业区的施工员抽调过来。包括领导在内所有主任和施工员，在施工中一律不骑马。只许赵雨庶技术员一人骑马，负责全面的技术检查指导，协调造林进度。所有人员全部吃住在羊肠河指挥部，造林期间一律不许喝酒。还做了造林前各项准备的具体分工。根据赵雨庶设计的《造林方案》，今年闰 4 月，春长，造林抢墒至关重要，造林开始时积雪尚未融化净，必须 20 天左右完成，纯造林人员至少 300 人。最急人的是落实造林劳力和住处，书记急得一气儿连抽了三四支手卷的"老炮台"。

沉闷了一会儿，二道河口作业区张梦树主任说："人工造林这么大任务头一回，都是樟子松，技术性强，我们在指挥部的领导下，一定配合好赵技术员的技术指导工作。"参加造林的施工员们同声赞成。主任接着说："雇这么多人头一回，找社员帮数太多，也分散精力，找学生吧。先找教育局，再到新拨区或山湾子区落实学校。得一个领导带队。侯书记带我们去行不，您是围场县老干部，解放前又在八九区打过土匪。"

侯副书记爽快地答道："行！啥时候走告诉一声。"

主任说到住处："住处，造林前现搭窝铺根本不赶趟，技术员说至少得20个窝铺，一个500块钱，有钱也来不及。之前，赵技术员和我们去了前梁牧场的大羊圈，一看搭上四排草铺，男学生住，窗户钉上草帘或塑料布，配俩草门子，再安排4个施工员住门边防狼。不知道可不可以？"

何书记眼睛一亮："我们正想这么做！"

散会后，二道河口作业区张梦树主任紧急领人去牧场四队联系借用羊圈。并安排人在限定时间内清理、消毒、搭窝铺、钉窗户和制草门，如期完成。紧接着，侯副书记和张梦树带着两个施工员直奔围场县教育局，落实到围场县第八中学。又马不停蹄到了新拨区，在校长室一谈，得活儿，个个如吃了定心丸。教职员工数、班级数，当时就打回电话落实了。

赵技术员在学生来前，组织施工员和社会工在苗子窖就如何撤土、管理、保证绿苗上山做了现场培训。鉴于之前春季大风天栽樟子松的教训，特别强调，苗木撤土和造林时，达到四级风时，必须停止作业。撤土时不论到第几次，立即采取防风保湿措施，严防吹干苗叶和顶芽。施工人员要随时记录上交。

出于株距准确的要求，赵技术员要求施工员在安锹把和修锹时，从锹尖到锹柄的顶端一律1米长，控制株距；柄顶用火烧一下，磨圆滑，防止学生磨破手。

羊肠河"指挥部"在通往总场的沙土道儿北；道南较平坦，前边就是羊肠河，窄的一步可以迈到御道口牧场，紧挨着一个高大的流沙山，坡上有一条小道儿。河这边向右一片平沙地，活的落叶松洋洋不睬，从西边繁衍过来的干枝梅，即二色补血草，长得也生机盎然。东边是一条沙石高坡的岭尾，阴坡上有一片面积不大、粗度不大的杨桦树。坡尾向西五六十米处，有几间土房子，下部垒的是石头，门低得 1.6 米的个进门都碰脑袋。这就是"指挥部"，在外边可遥望蔡木山。东起第一间是办公室兼宿舍食堂，第二间进屋就有东西俩锅台，第三四间是通间，留给女教师和女学生。这几间矮房后来苫了大瓦，成了护林防火检查站。屋后边又紧急搭了 3 个窝铺，两个是女学生宿舍，一个是厨房。"指挥部"西面 30 米开外，有两座旧窝铺，一个住林场技术员、施工员，一个住学校的校长、教导主任和教师。都是半地下式的，要下两个台阶。再西是一片面积不大的古沙榆树群，最粗的两人合围还够不着手指，高的也就六七米，下部的树干疙瘩榔锤，比电影《天仙配》的大榆树苍老多了。这里还是电视剧《闯江湖》的主要外景之一，剧景内的破房子就是既定的"指挥部"，是导演和剪接挪过来的。南西北 3 个方向呈扇子面的沙丘起伏连绵，树木稀少。

4 月 19 日接近中午，造林的学生到了。高中一年级、初中三年级、二年级共六个班，310 名学生。老师、学生，连同粮食、土豆、咸菜、微少的食油，动用了 7 辆大解放汽车。5 车男生被直接拉到牧场的羊圈，夜间防狼的施工员已在等候，已经生着了两个大油桶做的炉子，羊的膻味儿、粪味儿和炉子散发的热气融合着，学生一进屋，膻味儿粪味儿扑鼻而来。

两辆车拉着教师、女生在"指挥部"西侧下车，分别住进安排好的窝铺和房子。然后，大家到羊肠河洗洗脸。一个教师喝了几口河水，说："嘿！这水真甜哎。"河中有细鳞鱼，向西1里多南拐，曾有人往河中开枪，震死的鱼近2尺长，一顿美餐。

赵雨庶看他们洗脸，心想，这20天风再大也不犯愁洗头了。以往大风天，天天回家洗头，因为头发长没处理又卷，几乎每天蓬的像个筐，蓬头垢面。洗衣粉带了有半斤，河水凉也挺好，能洗净，方便多了，免去往外泼带沙土的黑泥汤了。

下午1点多钟，下榻羊圈的学生在作业区主任的引领下过来了，侯副书记在后边压阵，怕丢了学生。他们爬两次陡沙坡，下两次陡沙坡，一里多的沙道儿，道上倒了好几次鞋里的沙子，下坡后倒完沙子，一步跨过羊肠河洗了把脸。学生着装一茬儿的棉衣和棉鞋，家做的。分明和自己上初中时穿的一样。喝一口凉凉的河水，大家纷纷说甜。到了校长的窝铺前，站好队。教导主任说："同学们，下面请校长讲话。"

校长讲话了："同学们！林场就是造林，造林是很辛苦的，甚至是十分艰难的。希望你们学习他们的艰苦创业精神，勇于吃苦，按技术要求栽树。今天就吃两顿饭了，不然的话，还得六上六下沙梁，至少六里地，在吃饭前，各班由班主任带队领工具。由林场的人对你们进行技术练兵，就是造林技术培训，一定要掌握技术要领，会操作。造林中谁出问题，我先找班主任算账。"作业区怕领工具耽误时间，已经提前按电话通知的班组人数分好了。

苗木也提前用小牛车和马车送来不下2500亩的，已经按要求临时假植。学生们从羊肠河提来水，来回近 300 多米，每人装上几十株苗木。

技术练兵开始。书记、副书记、技术员、主任和施工员，两三个人领一个班，就在道南和屋后的沙地上。先讲技术要领，接着示范，甚至手把手地教，再教解剖，不厌其烦。练兵结束，已是下午 4 时。学生吃完饭就又两上两下了，黄昏时候回到羊圈，煤油灯已经点着了。出于防火的目的，煤油灯都是吊着的。

晚上，林场在煤油灯下，就造林质量、进度要求开了会。领导讲完后，技术员提示："学生脑瓜子灵活，要讲究方法，我得首先注意。学生小的占三分之二，在地块安排上请作业区主任多费心。第一，关于质量，给大家每人带来一个笔记本子和笔，每一块地按行记名字，便于掌握情况。第二，注意和班主任沟通，有时候老师说更起作用。第三，总解剖也解剖不过来，建议盯住第一锹，只要先拉后推一般准不窝根。关于锹数，建议带一根半米长、小拇指粗细的木棍子，你一扎锹缝儿处就觉察出来了。第四，必须深埋 1 厘米以下。第五，每个班 50 多人，最好有溜边儿的。"

侯书记问："不盯着，怎么还溜边儿呢？"

过去有亲身经历的尹施工员说了前几年技术员的法儿，还讲了社员批斗那个违反操作规定的事。大家都乐了。办公室主任说："这法儿还真有效。"

侯副书记说："这几点很重要，记住啊。何书记再讲讲。"

何书记说："我们正要这么做。睡觉。"说完就要吹灯。

侯副书记说："别吹灯哎，还没脱衣服呢。"

此时，学校的教师们也在窝铺里开会。

　　第二天早晨6点多一点儿,学生们拿着手巾和碗筷下梁了,先在河边洗了脸,然后跑着到"食堂"排队打饭。吃完饭,刷完碗筷,施工员们按分工负责的班,招呼学生提水装苗子。检查完后,向工地进发。为了保证造林进度,按主任和赵技术员原来商量先造的地块,已于前一两天备下苗子,假植并保湿。

　　也为学生大多年龄比较小着想,稍事休息才开始造林。施工员和老师几乎同时提醒和强调质量第一,防止返工。施工员按技术员昨晚会议说的,紧盯,勤检查;老师也学到了检查质量的方法,也学着撅了一根细棍儿,体会到干啥有啥法儿,寻思着下回来把教鞭带上。只是"溜边儿"这手儿没学着。赶好几里路占了时间。还好上午没起风,中午饭送到时,基本每个学生栽植8分多地,260株左右。饭后,休息半个小时就加水,装苗子,植苗又开始了。一般五点半收工,人均植苗1.8亩,600株。到"食堂"晚上6点多了,两上两下时快7点了,到"宿舍"8点,时间紧张得很。

　　指挥部里就头一天造林的质量、进度第一次碰头儿。高一学生造了近2亩,按这个进度要超过20天,要做学校的工作。但这是在还不熟练的情况下,领导让赵技术员把巡回检查指导的情况说说。他说:"过不了几天进度会在700亩上下,这就不慢了,先别催。保住这样的质量,随着熟练程度加强,我们的施工检查要加细,慢慢地会出现违反技术要求的情况。必要时征得老师的配合,要注意点儿与老师的感情或者事业心的沟通。"大家休息时已是夜间10点钟。

　　第二天早晨,学生们又在昨天那个时间,从前沙梁过来了,倒是农村的孩子不嫌苦，说说笑笑，欢蹦乱跳。此时，送苗子的三五个小牛车已经像蜗牛一样上了"指挥部"后的沙坡，昨天下午，已经送了3块地的苗子；今天，场部的马车在送午饭前还要补充一车，影响不了进度。临时假植苗子有专人跟着，任何一个环节都不能失水。

学生们还是那么认真地栽植，熟练程度比第一天快一点儿。施工员在后面或者在侧面观察栽苗子的动作。看见有一个头一锹挤苗时前推，立即招呼："忘了？先拉后推，不窝根！"发现有丢锹数的，要求老师把学生集中，重申三锹半，做示范，说："同学们，不能省工序，要像做数学题一样，一步一步地做。"在另一个工地上，施工员发现一个植苗桶里的水不足了，马上提示："都看一下个人的植苗桶，缺水赶紧去大水桶那补水，根子干了栽得再好也白搭！"赵技术员牵着马，和主任走着到了高一学生的地，做了几个解剖，没有窝根，根系舒展。主任回头对老师和施工员说："你们仨配合得挺好。"这块地是人工整地，已经下午了，地皮有微薄的干土层了。赵技术员对施工员说："记住，从现在起开缝隙前要刮去干土层，干土进了缝隙会导致根子水分外渗。"他俩奔另一班去，施工员送时，赵技术员说："要盯住，我俩蔫不唧的，看一会儿，没发现有揪根儿的，往后不敢说。"

晚上，林场的人又"碰头"了，都说了进度和质量，以及发现问题如何解决的。进度比昨天高点儿，不多。轮到赵技术员了，他说："我想起张恩成的8个字：严字当头，细字领先。还要琢磨问题，及时解决和防患未然。从明天起，人工整地的植苗要先刮去干土层，往后会逐渐加厚；机犁沟整地的阳坡、风口首先注意，必要时也要刮去干土再开缝隙。"

何书记说:"就按技术员说的办。"因为何书记睡在炕头,都脱了衣服后,这回他把煤油灯"扑"的一声吹灭了。

今天上午,赵技术员和张梦树主任还没上山,在等链轨车来。10点多,车来了。驾驶员没灭火,下车就问已在门口等着的俩人:"地在哪?上车走吧!"

主任一指东坡顺手向北一挥,说:"就这块儿!"驾驶员回身奔机车走,主任说:"嗨!下午干吧!"回声是:"迎风坡,这会儿翻了好抢墒情。"第二天晌午整完了。翌日早晨,又安排学生栽樟子松。

赵技术员对主任和施工员说:"新翻的地水分肯定多,可以对比效果。赶紧栽上。"两位书记也在场,乐了。

转眼造林10多天了。赵技术员没有像往年,随时在山上检查苗木根系情况,记录一下。这一天,他在临时假植地看见一包刚要假植的苗子根,虽然沾的黑泥浆,还是觉得根系不对劲,就蹲下拿起一捆(30株),一揪根没弹性,断了,截面发黑。换了一捆儿还这样,又换了几捆儿仍然如此,立时脑袋"轰"的一下。摇摇脑袋,揉揉眼睛,换一包又换一包,同样。他扑腾坐在了地上。心想,妈呀,真出事了。这时,生产科督造的任技术员来到他的跟前,手里拿着一把苗子,喘着气说:"苗子好像有事了。"他从造林第五天来的。

赵技术员说:"焐了。至少是失水。我脑袋直发懵。"

任技术员问:"那咋弄呀?"

"再抽查!"说完,转身对假植苗子的人说:"骑我马,挨着班告诉施工员马上检查有没有苗子根揪断发黑的,让老师盯一会儿,赶紧过来!"大约半小时,主任、施工员到齐了,侯副书记、办公室主任也赶到了。

　　大家的表情异样。赵技术员抬起有点儿青的脸让任技术员说。任技术员说："消息不好，苗子焐了。赵技术员脸都青了。都哪个地块儿发现焐苗子说一下。"有发现的就一一说了。

　　有的人说："造过的也不知道哪块地有呀。"

　　"再去解剖！查！"赵技术员此时"霍"地站起来。

　　办公室主任说："不怨你去年不愿意去验收草。"

　　侯副书记说："现在不说用人的事，是损失面积已有多大，焐了多少。"

　　解剖的情况也凑上来了。督查也没经着过这种事，他知道赵技术员经历不是一次，沙勒当林场算这回已经3回了，就问赵技术员："咋办呀？"

　　赵技术员说："你先通报给何书记，不管他表态如何，然后你给生产科打电话如实说。"

　　"还是你打吧。"任技术员说。

　　"你怕啥？发现问题也是成绩、功劳。打！"赵雨庶说。"将来，这事儿何书记摊不上事儿，我可没准儿。亏是人吃的。崔技术员、张主任、施工员，还有一个前审后跳的，闹不好受处分。"

　　这一天晚上的碰头会，往天的精神没了，确实瘪"茄子"了。督查也次次参加。肯定还有焐苗子没造，造林继续不继续，卡住了。督查开口了："两位领导，我看让赵技术员先发表意见，咋样？"

　　两位书记几乎同时点头。

　　赵技术员说："我说不一定对，再讨论。先说苗子，挑焐苗子不可能，造林的人都挑也挑不过来，就是挑，就得揪根子，好苗子也揪坏了。只能在作业区找重点假植区适当地挑挑，主任明天回作业区一趟，疖子不破头儿才好。再就是咱们都得打起精神来，事情已经这样了，大不了补植甚至重造。施工管理要比往常严格。"

办公室主任、侯副书记先后发言同意。何书记也同意。他明白只能继续造林了。其他人都同意。刚要散会，赵技术员说："还有两个事。再有几天就造到上石门东了，涝塔子边和一些坡跟湿度大，主任想着提前送苗子时，带几十亩云杉。下一个事，得何书记同意，从指挥部到那10里地还多，接着是蔡木山后坑，能否那几天用'铁牛—55'接送人，稍慢点儿开，否则一天只能造1亩地，越往后墒情越低。"

何书记说："行！造林的前三两天告诉我。"

煤油灯比往天晚灭了一个时辰，也没人吹。大师傅问何书记："何书记吹灯不？"

回答："吹灯。"

几个人苦笑。笑声透出一种很不安的感觉。

还是在发现焐苗子之前，学校找两位书记、任技术员、赵技术员、主任和一部分施工员坐坐。气氛很融洽。

齐校长说："我们来勤工俭学，林场想到的做到的很周到，我和老师、学生早应该感谢。"

何书记说："你们很痛快地来支持林场的荒山造林，就是感谢。希望保持互相支持的关系。"

齐校长说："我在山上体会到了你们的认真负责和创业精神，比我们教书还操心费神。我们一定配合你们的严格要求。"双方畅饮了几杯。

教导主任说:"我和赵技术员喝一个,林场领导别挑眼啊。我在山上发现主任、施工员们对赵技术员很尊重,他说的,施工员们真听。作业区的施工员跟我说,他眼睛特好使,盯到哪行一解剖准有问题。"

赵雨庶说:"别听他的,他吹牛都吹腿抽筋的,弹不着。先回敬你和齐校长一杯,再和教导主任单喝一个。"接着说,"说认真负责,你们一半,我们一半,我就是个找问题、挑刺的角色,方法和口气不对,你们得原谅。"

造林继续着。今年的大风迫使造林停了一个整天,两三个半天停工,风刮得根本睁不开眼睛。风稍小点儿也得就着沙子吃饭,喝水时碗底能见沙子。晴朗的天,天上出现一块不大的云,不一会儿云就大了黑了,"哗哗"地下起了雨,棉衣棉鞋湿透了,天却又晴了。老师怕学生感冒,找校长。校长说:"我们有天数限制,可回去也没得换呀。"

一个学生说:"校长你看!天晴了,跟那两回一样,造吧。下午再来又是一个来回,还耽误栽树。"

进了5月份了,头一天下午还晴天,第二天早晨,赵雨庶和任督查几个人醒了,觉出外面有风,也没在意。赵雨庶和一个施工员分别睡在两边烧不进火的炕头上,也不能烧柴火呀,都用雨衣拉着当挡风帘子。东边喊吃饭了,却推不开小草门子,抠个眼儿一看,漫天洁白,风把雪刮得堆积在草门外。大师傅过来了,在外边嚷:"你们几个还吃饭不?"

里面回答:"你不挖雪咋出去呀?"大师傅又回去喊人来挖雪。更不知道天啥时候下的,啥时候晴的。

再看对面沙山上,爬雪山的露头了,施工员领着学生爬了两道梁,下了一道梁。就眼前吧,将近半尺多深的雪弥没了小道儿。像放电影一样：学生们三三两两地近距离下梁，眼看着一个滑了屁墩冲倒前一个，连锁反应又冲倒好几个，有人在嚷："裤腰里进雪了"，"裤腿子又进雪了"。还有不止一个骨碌雪坡的，站起来抖搂棉裤的；有胡撸裤腰的，还有从领子上往外抠雪的，抠袖子的，然后各自寻找并摸起碗和筷子，抖搂毛巾，在河边洗洗脸，几乎都龇牙一乐。十几岁的孩子，没有一个哭的。吃完饭，装足苗子，提着植苗锹又出发了。脚步不停而产生的热量，烘烤着棉衣，脚也在发热，热乎着棉鞋。

苗子装好了，桶里的水哪天都足。林场的人和学校的人上了拖车，赵技术员的小青马和拖拉机比着跑，多少有点儿骏马与火车比速度的劲头儿。另一个班顺着车辙走着。拖拉机到了造林地，再挑过车头去接另一个班，他们已经走出近3里地，那八九里地乘拖拉机，都高兴地蹦高儿，估计今天至少可以多栽2分地的樟子松苗。

先到的一个班，平均一个人栽3分地的苗子了。在另一个班路过他们向前走时，一个学生干部说："今天比不过我们了吧，我栽了100多棵了。"

一个学生不服气地说："我们要先到，150棵没问题，质量第一才行。"

每一个班出10个学生，换了云杉苗子。由张主任和赵技术员领着，分别到了涝塔子边和坡跟，告诉他们："栽植方法、技术要求和樟子松一样，最重要的是别窝根，蹩紧，如果缺锹数过后是一张朝天嘴，过一会儿检查。"中午是拖拉机送的饭，吃着比往天中午热乎，水还烫嘴，还要凉一会儿。

下午，学生们还是像给自己家干活一样，一丝不苟地栽苗子。施工员那也不放松检查，心里想，今天每个学生栽 2.5 亩没问题。晚上碰头时证实道："平均 2.6 亩。"他没注意赵技术员啥时候走的，抬起头看见西南的梁顶上有一个骑马的人，看着不算清晰，他搭梁奔那 4 个班去了，上梁下坡的那也得四五里地。

晚上，碰头会时，两位书记听了上石门造林地的进度和质量很高兴，预计再有两天可以结束。接着，准备杀入蔡木山的后坑，初中 4 个班平均一个人 2.3 亩，估计 5 天之内可以超额完成造林任务。并嘱咐早一点联系送人的汽车。赵技术员说："预计超额没问题，我也去了作业区，觉得苗子会多出来一些。主任，咱俩明天上山琢磨一下地，别到时候领着人游山。"

还是四五天前，何书记几个人商量，学校请了我们，可我们也没钱，再说也不敢，新搭的窝铺和 14 辆大汽车的支出近 4000 元，事业管理费就没了六七成。全面感谢一下吧，孩子正在长身体，又这么累。会计回场部弄 100 斤黄豆、5 斤油，送到学生"食堂"，添个菜。他们分次生了豆芽，有的学生根本没吃过黄豆的豆芽。难怪栽苗子比着干。

造林结束了，1.2 万亩的任务，完成了 1.37 万亩。从这一年起，沙荒绿化的树种基本是樟子松了，适地适树了。

第 21 天一大早，7 辆汽车响了几声汽笛开往了新拨。

上午，第一遍幼抚的人就住进了"指挥部"后面的窝铺。主任留下两个施工员，赵雨庶没走。任技术员也没回生产科，他头一天往回打电话，说："我请示在沙勒当林场跟赵技术员转两天，这家伙造林上有道道儿。"实际上主任也不让他走，他的马送来的同时也把施工员的马送来了，留给了任技术员。

赵雨庶和主任给幼抚的讲了机犁沟幼抚重点：栽浅的必须培湿土，踩紧；看见有脚跟踩的坑，再挤一锹半。并强调，苗子歪的要挖出沾水再栽好，漏栽的点补栽苗子，再敷一层土保墒。又回头对主任说："你们仨回作业区吧，我到蔡木山前怀去一趟，中午回作业区吃饭。"

作业区的办公室兼着宿舍，墙黑，三节柜黑里透着红漆，饭桌黢黑，能显出是六块板子；洗脸盆架是钢筋焊的，没上过漆；洗脸盆半旧，掉了两片瓷，盆底上一根火柴棍儿堵着漏眼儿；炕席是半新的，窗户棱子上糊的纸也不太白了，还有两个手抠的窟窿，是向外看的。有几个人在拉话。外屋是厨房。

主任他俩进屋了。张梦树主任说："行动。"七八个人出屋，拽上了任技术员。大家早就预备好了抬网、植苗桶、扛子、刀子和绳子。顺着吐力根河边往下游走4里多，一群人在河边脱衣服，下河用抬网抬细鳞鱼。有两个人用杠子杵深水窝惊动鱼，一个人在岸上捡鱼。任技术员和另一个人负责背衣服和拿东西。几个人逆水捞鱼，水凉得人直龇牙和嘻哈，但也坚持着。逆着水一直到了作业区房后，足足捞了两植苗桶，上了岸也顾不上擦身上的水，趁湿穿上棉衣棉鞋，就事儿扒鱼。背衣服的早出汗了，比捞鱼的热乎多了。

大师傅已烙完干巴饼。锅里添上大半桶河水，放入鱼，抓了一大把盐，搁了一把干的山花椒秧，煮上一会儿就熟了。一尺半直径的铁瓷盆满满地端上来了，大师傅一声高叫："来了！吐力根河水清煮细鳞鱼！各位慢用。"人已经在炕上围桌了。主任对任技术员说："来吧，手抓。就是一滴嗒酒没有，欠着。"任技术员拿了一条8寸长的，其他人才下手。大概太热，啃鱼的人也精神集中，热气嘘得都睁不开眼睛。赵技术员进屋了，他看全没睁眼儿，就顺手把鱼盆端到3节柜，盘腿坐上；把4条一尺长的搁在报纸上，又放在旧镜子后面，才拿起一条8寸长的啃着吃。炕上的任技术员吃完一条鱼，一看盆没了。问："盆呢？鱼盆哪去了？"人们一看，鱼盆真没了。

一个眼尖地说："在赵技术员那呢！"

张梦树问："你啥时候拿去的？也没看你进屋呀。"

他说："睁眼还丢东西呢。这好，谁也不睁眼，能看见我了？"

下了地把盆给端回去了，一人一条很快没了。赵技术员顺手拿出一条一尺长的又啃开了。

张梦树主任问："还有吗？"

赵雨庶拽出报纸，还有三条，说："这都有主了。你和任技术员各一条，大师傅忙忙活活咋也得弄一条吧？"大伙都说分配合理。

尹施工员说："今天庆祝，生没酒，算赵技术员欠一顿玉米香酒啊！"

赵雨庶说："我也不知道有鱼呀，欠着吧。"

过了一会，大师傅端着普通粉的干巴饼进屋了，又一声唱堂："来了！干巴饼泡细鳞鱼汤！"还真得泡。

大师傅告诫："这回别不睁眼了啊，不看把饭碗子丢喽。"

工程造林

眼见进入 21 世纪，这一年由赵雨庶接管全场国家级工程造林时，是旧历 11 月末，谈话时还是"全权负责"。

赵雨庶想，有河北省生态农业工程（造林），京津周围国家重点防护林工程，世界银行贷款造林，再造三个"塞罕坝"工程造林（机械林场部分）等几个工程，责任重大。他原来就和王默实对面桌，一些情况和经验知道一些。因为王科长那时的工程材料和每项《施工设计》都给赵雨庶看，也征求意见。有的人要看还不给。他思虑几天捋出了一个思路，可"不是倒霉就是不顺"的顾虑还是在脑海里闪了一下。

赵雨庶正在修改《工程造林管理办法》，第一件事来了。某林场的世界银行贷款造林，700 多亩再有二年验收。来人要钱重造，赵雨庶大吃一惊。向对方要报告材料，几天也没报来，只好向主管副场长汇报。到了林场先开会，公安分局局长也在场。这一天是旧历 11 月 28 日，天贼冷。

赵雨庶问："说说地里啥情况。"一听明白了。

赵雨庶连说带问："围栏没了，活的树没了，坑没了，三没。护林员还有吗？"

有人回答："有。"

赵雨庶说："应该人在树在。这又得多少钱呀，不是过去造一亩林综合十四五块钱，现在，700 多亩是几十万！冷（副）场长咱们上现地吧。"

现地的毁坏景象还不如造林前，马粪牛粪羊粪遍地，一片狼藉。赵雨庶当即告诉他们，没有材料和投资申请不行，要把问题写清楚。几天后，赵雨庶把材料和申请转到主管场长手里，也同意重造。

他把《工程造林管理办法》修改完了，知道至少得总场会议通过。春夏两季，几乎天天跑林场检查指导，没休几个星期天。工程造林保持了王默实副科长在任时的发展态势。他对各林场严肃地讲"发展才是硬道理"，整地在各单位领导和他的努力下超额完成，赵雨庶心里很高兴。因为兼顾工程育苗生产技术管理，他同时筹备着全场育苗会议。他分析了10多年的育苗管理措施和育苗面积，特别是单位面积产量，数据让人咂舌。还据此编制了《工程育苗管理细则》，增加了数项新的技术措施；编制了《创建无检疫苗圃规划》。全场的育苗生产验证了总场育苗会议要取得的成效。会议的不足是没来得及写《工程育苗会议纪要》，细则和规划发下去了，好在各单位的领导重视增强了，单位面积产量也上去了。

省里来人验收京津工程造林了，重点是们都阿鲁林场。这个林场连续多少年都是全场生产红旗单位，大家心里都坦然。

山上，赵雨庶和具体的验收人员在按抽签的地块儿验收。验收的人验得细致，说："成活率真高，全省能排第一，还有一块地。"

这一年风调雨顺，下了几场雨。前些天赵雨庶和助手来这块地时，行间的草几乎超过人，正逢人工割草，这遍是计划外的割草。此时，已经完工几天。坑内幼树的生长量平均达到10多厘米，成活率达到90%。一行行幼树在微风中向验收和陪着的人点头致意，起舞，赵雨庶心想，这是我这些年最走字儿的一年，内心的喜悦涌到了脸上。

两辆小车回到林场场部，们都阿鲁林场侯场长一拨人在外边等着呢。他看到总场的车是金师傅开的，就逗哈哈儿。

"哎哟，是金师傅呀，这些日子又年糕饼擦擦了吗？"

大伙乐，赵雨庶也乐。这是前两年的事，全场参加生产检查的人都知道。金师傅本来有点儿红的脸没增色，只是说："你等着。"

侯场长因为工程造林验收了，在饭桌上乘兴又说到那事儿上。金师傅问："有花生豆吗？闹一盘儿。"这花生豆是侯场长在一般情况下对男人说的绰号。知情的就乐。

到了一定的时候了，金师傅就拿着钩子"捞水筲"了。

他说："现在还有年轻人好起个日本名儿，什么子郎呀潮呀种呀三呀儿呀的，多了。我们侯场长两口子快50了，也起了日本名儿。"说着，招呼侯场长喝一个酒，还习惯地眨两下眼，对桌上的人说："侯场长起名儿叫'伐倒自熊'，他媳妇起名儿叫'林养黛精子'。"来验收的领导刚和总场来的人碰完杯，把酒送到口里，听他一报日本名儿，一乐"扑哧"把酒喷出1米多远，正好女服务员送菜，撩开门帘子，一脚门里一脚门外，吓得她"妈呀"一声转身出去了。

这位说："这是到目前我听到的最经典的聊天了。"

金师傅得意地问侯场长："还闹屁不？"

赵雨庶到石家庄报《方案》时，那位领导问："金师傅来了吗？"

回答："没有，在家造句儿呢。"

去过的下属说："先说说。"

赵雨庶说："等他灌完磁带给你们带两盘来，免费。"

秋季全场生产检查，在大觉河林场大门外，天已黑下来了，林场场长提出当年造林上围栏。赵雨庶说："科长在，你问问他。"科长随即答应。围栏很快就围上了，二三十万元钱花出去了，收到了防止牲畜危害的效果。

事儿攒到一起就大了。连同世界银行贷款造林的重造投资、围栏投资，再加上计财科会计漏记账生态农业工程30万元，出现的问题账款已高达100多万元，而且全成了赵雨庶违反财务纪律问题。他被叫到全场核算员会上，亮了相，被不点名地批了一顿，也众目睽睽呀。他在会上啥也没解释，默默离开。这已是在不能参加科务会快一个月之后了。

后来，赵雨庶知道计财科长和会计找到了漏记的30万元。在一个适当的时候，他找场长做了解释和说明。

赵雨庶说："当时，我不能说那两项钱都是谁答应的，对他们的影响不好，也包括人品。我担过来，也没处分我。就世界银行贷款造林一事，我当时也主张给钱重造，不然事情就大了。否则，总场没法向上级交代。"

场长又问："棋盘山落叶松苗子为啥不要？要龙头山苗圃的苗子？有人反映你吃回扣了。"

赵雨庶说："苗子高60厘米，根长12厘米能要吗？包括龙头山苗子，是林场自己做主签了预订单，我不能签字，只监督苗木质量。主管副场长和科长是场长你依靠的中坚力量。我是不是可使用力量，不是我想的事。"他点燃一支烟，接着说，"至于吃回扣，我不会那么做的，虽然不是党员，也没宣过誓，我要对得起我的职务、觉悟。大兴安岭着火后，他和另一个人用华北落叶松筛出的小一点的种子冒充兴安落叶松种子，买方事业受了大损失，几个人也倒了霉。他还在会上说，在他家，买种子的给他六万块钱他没要，宣扬自己廉政。为啥把人往家领？不怕官做大，不怕贪天功归己有，到处宣扬自己是第一副场长。"

场长说："看来那几件事都不是那么回事。"

赵雨庶说："向他汇报生产技术时，不止一次地问我，你先见刘场长了吗？场长一来就高看我，我很感激，干工作能不尽力吗？但是，我不能水大漫过桥呀，所以我很少接近你。他尖酸刻薄足可以坏大事，有你在，控制着不会出事。去年，为了闹个正处级给前任行跪拜之势，抓机会往林业厅跑，真让人鄙视。"他又点燃一支烟，吐出烟说，"换人吧，这样首先对事业有好处。"

赵雨庶此时还想着一件事，他要把明年的几项造林工程的各个《施工设计方案》赶紧做出来，不能只靠助手干，然后把关。等做完最后一个方案已是晚上，就听外面人们叫叫抓抓，慌乱一片，楼道暖气管子跑水了。他一抬脚才知道自己已在水里了。

他想，领导在家也不顺，临了还湿了鞋，回去烘干吧。他站在办公室门外，在水里，久久地向里凝望一段时间。此时，眼圈已经湿润了。再回过神儿来想，明天再来就是直属单位的人了。配角亦当尽职尽责。

新一年的1月1日，赵雨庶成了气象站的第3任站长。他还是想，不能无所作为，尽管补习时只是接触了些低微的气象知识。当他看到40多年的档案躺在那里睡觉，就沉下心思，先后结合林业生产和森林防火开发了四项气象资源，搞了《气象资料汇编》，使之成为生产的技术支撑。有一篇还拿到了河北省社会林业工程会议一等奖。另外，还无偿争取到一套自动化气象观测设备，承德市气象局和围场县气象局派专人指导设施建设，帮忙无偿安装和调试设备，连了气象专网。

新设备运行的第二年夏季，赵雨庶退下来的申请获批准，那年他57岁。

老领导来

大约是 1981 年春末夏初。塞罕坝机械林场的第一任技术副场长张恩成，在总场人员的陪同下到了沙勒当林场。赵技术员参加了座谈，就在他的办公室。

张恩成和当时的领导谈了一些情况，把注意力转到赵雨庶身上。问了岁数，干几年了。接着问起了沙勒当从建林场以来的造林情况，问造了多少林。赵雨庶把 1975 年以来，逐年诸季节诸树种的数字脱口而出。张恩成让慢一点儿说，逐一地记在本子上，再让接着说。

赵雨庶说："因为适地适树欠缺、自然气候条件恶劣，成活和保存实在叫人叹息。只有原来的落叶松机械植苗造林，保存不足一万亩，成林的面积也不太大，原有 6000 亩次生林，基本还是那些。"

张恩成说："当年机械造林在总场及以西，为了集中连片，忽视了适地适树。当时就意识到落叶松对白眼沙的后果，那时候纠正不了了。现在看来走了树种的老路。"他当年为了解决机械造林的技术问题，在二道河口作业点被机车意外撞至骨折，又被延误治疗，一条腿终身残疾。那是 1967 年的事情。

接下来张恩成问："你来四五年了，想点法子了吗？"

"想了，没断想。效果还有待观察，现在说还早点儿。"赵技术员回答。

张恩成急切地说："说说，共同探讨。"

他乐了："那说吧。3 年内我跑遍了林场，发现碾盘梁的樟子松活得很好，是个启示。又发现了机犁沟整地，即使落叶松也活得很好。这是当时千松柏林场的王默实率先搞的。1979 年春季，我们要了 20 亩樟子松苗子，活了。秋季，把王默实的办法拿来，机犁沟整地 150 亩，第二年栽了樟子松，成活率 95%。今年春季，栽植樟子松 0.68 万亩，效果比较理想。明年春季，我想设计 1 万亩樟子松造林，要依靠林场领导支持，还要靠总场领导信赖。关于人工整地和机犁沟整地造林效果的材料，积累了一些。"

张恩成插话："这三年的努力成果，就超过过去至少 10 年的奋战，了不起！"接着问，"材料整好了吗？我想带上。"

赵雨庶说："老先生老领导的肯定，我当作鼓励鞭策。材料再充实后给您吧。"

张恩成说："下次来时给我。"

此时的张恩成，已经是中国共产党党员，承德地区林业局副局长。这个时候，原单位还没给他平反。他原来是九三学社成员；他在任时，是党委与知识分子之间的一座桥梁。想他 1979 年调走时，是东出塞罕有故人。

他在与总场领导会谈时，肯定说了对赵雨庶技术员印象不错和沙荒造林已初见成效的话。后来，赵技术员碰到曾经陪同张恩成的人，对方告诉他，张恩成跟党委书记说，"沙勒当林场技术员头脑清醒，技术上不辞辛苦，肯动脑筋，应该支持"。赵技术员没问当时领导咋说的，那个人也没说。

张恩成又来了，是 1985 年的夏季。他这次来的身份是河北省林业厅林业科学技术研究所所长，随同来的有 10 余人。他的第一站还是沙勒当林场，总场领导理所当然地委派了被总场借调、撰写塞罕坝机械林场《林业史料》的赵雨庶为陪同之一。老先生很高兴，说："挨着我坐，好聊聊。"车刚进沙勒当林场不远的一龙泉西，张老让停车，下车后对跟着的人说："这一地段樟子松活了，填补了机械造林的空地，别看还不高，慢慢地就成了落叶松和樟子松的混交林。"人们点着头儿。

到了羊肠河，距离检查站还有几十米停车了。下车后，张老让赵雨庶说说。

赵雨庶面向来人说道："这是1982年春季机犁沟现整现造的樟子松。按国家规定常绿树种3年成林了。只是当时出点差换头儿，保存率不足70%。张老知道蔡木山这一带的林地条件，这几年基本全绿化了，保存率70左右，还有比这高多的呢。"

张老说："都这样就很了不起了。"

有人拍了照，有的窜到地里去照，回来说："生长量超过20厘米。"

张老说："小赵给讲讲生长。"

赵技术员说："樟子松不像落叶松一年两个生长高峰，它只有一个生长高峰。春季顶芽一突破，基本连高带粗一起长，一个月到40天，之后粗生长微乎其微。高生长在水分足时，达到或超过一尺。"

张老告诉司机慢点儿开。过了水泥桩子，还是右侧缓沙坡上，樟子松与机械造林的"小老头树"并现。樟子松昂首挺胸，落叶松根渴体病，直不起腰。

张老说："小赵给讲一下造林时的难艰。"

赵雨庶站起来脸朝后，挠挠脑袋："说两句吧。一年大风 70 天以上，造林季节一身棉，早晚油灯照吃饭；午饭拌沙吃，喝水见尘沙。一程八九里，栽树多半天。栽树时基本不见降水，接着'掐脖旱'。年降水 450 毫米，多集中在 7~9 月份。无霜期不足俩月。"

回音是："啊！真艰苦，真艰难。"

要下二道河口前坡了，赵技术员让车停下，人下了车。他指着右侧坡上的樟子松林说："这是 1980 年春季造的樟子松，一行大概 4 里长。张老上次来时，我没说。"人们早就看见了，有 1 米多高。听他说完就窜上了坡。

车前，赵技术员、张老和负责搀扶他的人，没上去。张老上不了坡，急得用手拄的拐棍使劲地"通通"杵地，他说："我这条腿呀，我这条腿呀，太遗憾了！"

下来的人对张老说："哎呀！成活率真高，株间要过不去人了，高生长真有一尺的。行行绿丝带。得给我们讲讲造林技术，教科书上没有。"

此时，赵雨庶在脑海里一个想法又闪现了。从过密的林分里成坨移植，按一定的设计密度栽上，造林就见林。这也是加快进度的有效措施。但眼下，在人们的思维习惯和经济意识上，过不去呀，也许后任会想到这个措施的。

去看林子的人将近 1 小时才回来全。赵技术员说："北面是内蒙古了。河这边是二道河口作业区。"大家都看到了几间破房子。他接着说："张老当年研究机械造林技术问题，就是在那儿被撞骨折的，是 1967 年。"听后，随行的人纷纷发出叹息和感慨之声。

车一直开到了沙勒当林场场部。下车后，林场领导把他们迎进办公室，倒上白开水。张老说："赵技术员给大家讲一下樟子松造林技术吧。"

赵雨庶说:"让石书记讲吧。"

石书记急忙说:"别逗了!讲落叶松和云杉育苗还将就点儿。我和场长去看看午饭。"就出去了。

他讲了将近一小时,到午饭时间了。

他的一个下届同学说:"应该编进教科书。"

张老对赵雨庶说:"确实。你上次答应的材料给我拿上。"

赵雨庶想推辞:"现在都讲现代化了。"他没说稿子给顶回来的事。

张老说:"实用就是现代化,拿上。"后来,他的稿子在《河北林业通讯》刊登了,机犁沟整地、樟子松是个关键词。这是后话。

吃完午饭,赵技术员和张老他们回到了总场。

1989年,联合国粮农署第一届国际干旱半干旱地区防护林会议在中国召开,塞罕坝机械林场是分会场之一,论文由撰写者宣读并答辩。会前,省林业厅指定塞罕坝拿出经验论文。赵雨庶受指派,拿出《河北省塞罕坝机械林场育苗造林经验》。稿子撰写完后,他到石家庄请张老指导,张老欣然应允。后来,这篇论文入选了会议《论文集》。这时,赵技术员已担任总场林业科主管森林经营的工程师3年了。

"无冕之王"来访

随着塞罕坝机械林场建成，名声远播。中宣部部长邓力群视察后，塞罕坝一度成了媒体宣传焦点之一。沙勒当林场的樟子松造林，也沾光了。赵雨庶有机会接触了3次记者。

上个世纪80年代初期的一个夏季，两名记者在生产科任技术员的陪同下，乘坐北京吉普奔向了沙勒当林场。记者眼尖，加上有人陪伴，进沙勒当林场不远，就叫停车下车。走到造林地，照相机对准机犁沟整地沟内的樟子松幼树，"咔咔"地拍照，脸上映出了笑容。自言自语地说："成活得真好。"再往西稍偏北的落叶松机械造林林分下，记者发现，有一片开得很稀的金莲花，闪烁着金色的朝辉，是沙勒当林场唯一的一片儿。上了车，到了羊肠河检查站，任技术员叫司机停车，领着记者上了检查站的后坡，广袤的樟子松幼林出现在眼前，任技术员给他们介绍当技术督查时造林的壮观场面。记者记录的，拍照的，同时进行，连连赞叹。

车快下二道河口作业区前坡前，大家同时看到了1980年栽的樟子松与两侧的落叶松机械造林林分，形成鲜明对照，又格外协调。记者急忙让停车。上去后顺行拍照，找制高点向下照。还有顺行走到行尽头的架势，简直不想出来。任技术员说："这是当时蔫不唧地搞的试验。就凭这块林子，第二年，总场生产科给了好几千亩任务；第三年，干了1.37万亩。那家伙，那场面太感动人了，我是头一次经历那么大的壮观场面。"他们留了影，又合了影，才恋恋不舍地下了山。

20多分钟到了场部。赵技术员正好骑马从山上回来，他明天就要被借调到总场，去撰写《机械造林史》。他看出是任技术员领着人来了。经介绍知道是记者，热情地问候，领进办公室。赵技术员一边倒水一边说："没茶叶，喝点柴胡水吧，败火消暑。"

任技术员说："总场让我领着记者来采访，是宣传塞罕坝机械林场。道上已经看了3个点，好个拍照，赞叹不已。来时，领导也让找你。别客气。"

赵雨庶说："创业精神是第一位的，估计不用我说了。就说点真格的吧。你看咋样？"

任技术员点点头儿。他对记者说："看你们想了解啥。"

记者问："在总场知道你们沙荒绿化效果不错，怎么走过来的？细致点儿说说，咋样？"

赵技术员一乐，说："进入80年代，塞罕坝机械林场战略性地把沙荒地带绿化树种更换为樟子松，苗木越冬到造林成了难事儿，春季风天多、级数高，首先影响造林效果。樟子松是常绿树种，造林前撒了保护土，造林时遇见大风，针叶和苗干就迅速风干。因为它对干旱十分敏感，容易发生生理干旱。"

记者问："那你们肯定想法子了？"

赵技术员请记者喝柴胡水，自己也喝了一口，说："通过上山调查找到了整地措施，将人工穴状整地改成机犁沟整地。好处是保水、沟内温度低、沟墙上部的草遮阴、土壤水分蒸发少、幼树蒸腾也少，成活率很高。还不用锄草。你们大概已经看到成活率了。"

记者说："太好了。"

赵技术员说："这还不完善，坡段的苗子下端要叠一个土埂踩实，截留雨水，还避免了雨水冲刷幼树。这就成了第2次抚育内容，取代了松土锄草。"

记者说："还省钱了。"

就是这个事儿，两年后给自己惹来了当时总场领导对他印象的急转直下。那时，林场经费紧张，经济市场环境也不太好。林场的建设资金由县某银行管着，第2次抚育拨款得他们说该不该花。他们还不懂，来到沙勒当林场看了问了。撇下叠土埂不说，质问总场领导不用松土锄草，为何让拨款？送走财神爷后，领导几乎眼珠子冒火，一指赵雨庶说："这人就不能提拔！"听着的人咂舌头，相对着摇头儿。

赵技术员接着说："还有一个关键。就是解决造林前樟子松容易发生生理干旱问题。不然前后的措施白搭功。"

记者听得更入神了："赶紧说说。"任技术员给他们和赵技术员的水杯里添了水。

赵技术员说："造林前七八天，分3次撒土，必须选无风天或者微风天进行，撒土后必须及时淋水。遇到3级风以上立即停止，盖土或者草帘子。无风天或者微风天晒晒太阳。一般情况下，第三次撒完土只淋水，不再盖帘子。这就实现了绿苗上山。还有，除了确保根系不失水，不能在5级以上风天造林，若遇到，立即停止施工。栽上的最好盖一锹湿土，大风过后用手扒去土。5天就生新根，2年幼树超出地面。按国家规定常绿树种3年生成林了。"

记者对任技术员说："真动脑筋了，这样不愁沙荒不绿呀！"

任技术员说："来时我说过，赵技术员在沙荒绿化上就是上心，是个事儿都想在前面。"

记者问："还有什么措施？"身子在椅子上逛游一下。

赵技术员说："是不是还想再到山上看看？到山上说更真切。"

车出了场部向东南行，过了涝塔子边儿的泥泞道，来到碾盘梁两米多高的樟子松坡地处停下。赵技术员介绍："这是六几年栽的，是换树种的第一启示。"

记者调好光圈"咔咔"了几下，又让司机给照了个合影。过了碾盘梁，走了一会儿，到了一块幼林地，赵技术员说："还有一个措施呢。这一地段是风口，还有迎风面，一部分幼树过不了冬。当时，总场李开原副场长提示，樟子松造林当年越冬要埋土，防止生理干旱。你看，春季撤下的土还能叠一个蓄水埂。"

记者说："栽樟子松我能当技术员了。"

另一个说："那我当助理工程师吧。"

车返回来，到食堂吃午饭。

在吃饭之前，赵雨庶给记者讲了一次治理大脑袋山的成功实例："建议你们采访千松柏林场副场长王默实。大脑袋山就在总场西边，是个高大的流沙山，绿化了不知多少次都没成功。王默实任技术副场长的第 2 年春季，也是他谋划已久的。他让农民工用柳条编成高不足 1 尺、直径大于半尺的小筐，装上 3 年生的樟子松苗，当然苗木不能失水。人力扛或者抱上沙山，深埋在提前挖好的深沙坑里，他也亲自往山上运。一次就造林成功，治理了大脑袋山的流沙。你们有机会的话，可以去看看，就在大道边儿。这也是塞罕坝机械林场式的营养钵造林，很具科学性。"

记者说："一定去看。"

时隔 35 年的 2017 年，赵雨庶参加岳父的葬礼，就在林分拐向西面的坡下。他爬上山顶，大口地喘气，不停地擦着汗。看到胸径将近一尺的樟子松树木，立时悲痛让位于感叹。打坑、棺木下葬之前，横穿至林分之北，树木已经全郁闭了。又攀上山顶向下看，哪也看不出去了。他高喊："王科长！应该给你立碑！你气吞流沙！"

他下来后，有人问他："你在山顶喊啥呢？都快 70 岁了，还撒欢呢。"

赵雨庶说："你看，大脑袋山绿起来了，又增加一个凉亭，跟前的树再长长，就大桩粗了，不该给王默实立碑吗？飞机场南面也是他弄起来的。"

此时，菜端上来了。熬大菜，又配了个水果罐头，没酒。任技术员说赵雨庶："蔡木山造林，你还欠我一顿掺假的玉米香呢。那天中午吃细鳞鱼时，我们全闭着眼睛。你把盆给拿跑了，还给我留了一条一尺长的，心里挺感激的。"

赵雨庶说："我给你留着呢，等着。"不到 10 分钟就提个塑料桶进来了。记者先闻闻味儿，尝一点儿，"香。"6 钱盅子一口就下去了。叫同伴："快尝尝。"

又问："啥酒？这么香。"

任技术员说："倒上，喝了告诉你们。这酒我等了一年多，今天沾了你们来的光了。"6 个人一碰酒盅喝干了。任技术员给他们讲了酒香劲儿的原因。

石书记开玩笑说："老赵还会掺假呢。"

赵雨庶问："不掺假你喝着了吗？我有客户。"

另两次来采访的记者是同一个人。

137

那是前一年的6月，赵技术员到总场去办事，住在招待所。第二天早上在食堂吃饭，临出门时，看见总场胡副场长在里边的一个桌上陪一个人吃饭，考虑不便打招呼就回房间了，就算不礼貌吧。

大概8点半时，胡副场长领着客人进了他的房间。他赶紧从7米长的条山炕沿上站起来，向领导和客人问候，握握手。看到客人高高的个子，魁梧的身材着一身蓝色的中山装，脚上穿一双黑皮鞋。梳着带点背头式的分头，眼睛炯炯有神，稍带微笑的面孔，看不出有皱纹，给人以平易近人和严肃的感觉。胡副场长对赵雨庶介绍说："小赵儿，这位是《人民日报》记者郑为民同志，采访几天了。"

回头又对记者说："这是沙勒当林场的赵技术员，赵雨庶在沙荒造林上挺能干的。"

赵雨庶惊喜了，竟然见到了《人民日报》社的高级记者。他说："您是内参记者，前几年关于御道口牧场《黑乎乎，黄乎乎，到白乎乎》和《避暑山庄为什么迟迟不能开放？》的报道者。"记者乐了，点点头。

胡副场长说："还知道这事儿呢。老郑在生产科听说沙勒当林场沙荒造林如异军突起，要去看看，今天又碰上了，别谦虚，给老郑讲讲。我出去一下，还有点事儿。"

赵雨庶说："头一回见到大记者，有点麻爪儿。"

郑为民说："你就当遇见外行了。"

他正在拿笔记本和笔的时候，晃晃当当的一个人扶着门框进来了，没等赵雨庶开口，他就问老郑："你是记者吧？"

老郑瞅瞅赵技术员问："这位是干啥工作的？"

他倒先开口了："开车的。"

老郑疑惑是司机，坐的车也多了。随口问："啥牌子？"

他说："双犄双耳，那家伙平道不颠，上梁下坡比乌尔蹲孙还快呢。还不用踩油门儿和刹闸。"

老郑更迷惑了。正赶上胡副场长进走廊听见了，一脚门外一脚门里，打断了他的话："什么他妈双犄双耳？就是小牛车。一头牛俩犄角俩耳朵。乌尔蹲孙就是波兰产的单缸拖拉机，颠人颠得厉害。开车的坐车的都颠，挨颠的就是孙子。牛车哪有油门儿和刹闸？老郑，他白呼①你呢。傅玉赶紧走！"回头问老郑："你们还没谈吧？"

老郑说："也有点用。"还记了几笔。

胡副场长对赵技术员说："小赵给说说。"

赵雨庶说："塞罕坝坝下山道难行，坝上沙窝子，造林用的苗木绝大多数用小牛车也就是双犄双耳运，蒙古人叫勒勒车，成串的。机械林场一个小牛车，一人一天的工钱1.57元，省钱还比较灵活，效率也不低。雇马车一天12.6元，投资太高。从这个角度说，造90万亩林是小牛车拉出来的。"

老郑不停地记，说："这是这几天听到的新内容。"他接着切入正题："再说说沙勒当沙荒绿化吧。"

赵技术员稍放慢说话的速度，比较简练地谈了技术和管理措施的积累、执行情况和目前的效果。中间也有问有答。老郑说："听你一讲，不去挺遗憾的。"

胡副场长说："老郑，看你时间安排。小赵很实在，就是跟领导在技术上意见不一致时，不向总场反映。他说他只有钻研技术的权力。"

---

① 忽悠、扯淡的意思。

赵雨庶笑了："清朝，民告官滚钉板。"

没几天，赵雨庶在沙勒当林场和老郑又见面了，他陪着老郑看了一天樟子松幼林，有问有答，在办公室几乎没谈多少生产和技术。告别时，老郑说："塞罕坝是中国林业上的骄傲，成绩太大了，真了不起！我要向上面汇报。我还会来的。"

过了不到俩月，中共中央宣传部邓部长视察了塞罕坝机械林场。此后，对于塞罕坝的关注多起来。

新征程

赵雨庶撰写的《河北省塞罕坝机械林场林业史料》已近结束。他是在 1986 年春季，春季造林结束又被借调到总场的，和党委办公室秘书坐对面桌子。但是，他不是党员，他只在分配来塞罕坝的第二年写过一次入党申请书。此时，也不是共青团团员了，在沙勒当林场退团时，32 岁。

这个时候，总场的党政领导班子只剩下一个党委书记，编史料的工作也没人主管了。可他还在默默爬格子，对历史负责才能起到借鉴的作用。

赵雨庶已经琢磨撰写完史料后自己的去处，眼见调到沙勒当林场 10 年，崔技术员也算成熟了。此前，他已经把两个孩子送围场县城就读小学了，一个从三年级重念，一个从一年级重念，老师说林场教育质量差一点儿。接近年末，他的一个师弟从木兰国营林场管理局山湾子林场调任总场副场长，是恢复高考后上大学的。接触两次，听出对自己有一些了解。史料的活又有领导了，史料进入了打印阶段。

汇报结束，他对领导说："我有个事儿，你能说了算。"

钱副场长说："说。"

赵雨庶指着史料说："这个玩意儿弄完喽，我想挪挪'坡'，10 年之内被借调 3 次，不包括一次省林业厅借调。"

钱副场长问："想上哪儿？"

他高兴地说："我也想不好。"

钱副场长说："林业科吧。走。"俩人到了人事科。

钱副场长对人事科长说："赵雨庶调到林业科。"

调令该写时间了，问写哪天。

赵雨庶说："明年 1 月 1 日吧。"科长会意。

他当时把调令纸用纸包上，裹了六七层，放进插笔的兜里。他要留在腊月十五放年假那天报到，不看出变故。就这样生揣了两个多月。12 月初，总场党政班子健全了。他报到时，科长办公室里，只有新上任的技术副场长和科长，接了调令一看很吃惊。科长问："你揣了两个多月呀？正月十六上班，主管森林经营。"

有一天，赵雨庶听到一个小道消息，何书记从总场护林防火办公室副主任的职务上，二度调到沙勒当林场任党支部书记、场长。他庆幸兜里有了调令。12 月中旬的一天，党委派核查办的一位同志来到他的办公室，通知他回沙勒当林场任副场长，又好像有点儿征求意见的意思。当时秘书在座，像那天参加党委会回屋时对他笑的一样，笑了。

赵雨庶点燃一支烟，说："不去。好马不吃回头草。"

通知的人说："书记说了：你要不去处分你。"

他眨了一下不太大的眼睛，笑着说："不干工作的都没受处分。没听说过不当官儿受处分的，新鲜，谁敢！"过后，赵雨庶还听到了一个小道消息：党委找何书记谈话时，他已经说了不和赵雨庶搭班子。

赵雨庶自言自语地说："要出事了。"点着了手里的烟。

对面的党委秘书问："出啥事呀？老何吧？"

赵雨庶乐了，他也乐了。

5 月中旬，总场场长办公会上。通报到沙勒当林场春季造林面积时，赵雨庶一听愕然不已。这时他已是工程师了。他打断通报数字，说："问题太大了！我去年借调时，回去两次，一次做造林设计，一次调苗子，从哪个林场调多少苗子，都是几等苗子，现在都能背出来，造林面积差这么大。但愿今年不再出其他事才好。虽然不是我管的口儿，但不能不说，这是最起码的责任心。"与会的听后都吃惊了。书记当即责成有关科室去查。林业科长当即指定了人，就有赵雨庶工程师。赵雨庶说："负责部门不能是林业科，我和何书记过去就算既往一处想又矛盾积深，我还是回避为妥。我提示一下苗子的大致寻处，愿意记的记一下。一、学生驻地房子后，有没有土堆，屋里的土豆窖。二、上山的小道边，土坎子下，有没有沙堆儿。三、造林地内外的地羊洞。"后来查实，空鸡窝里也有塞的樟子松苗子。党委书记当时指定工会牵头去查。赵工程师忽然一皱眉头喂嘴唇，一只手捂到胸口，说："心绞痛犯了，我去弄点药。"出来后，发出长长的一声嗟叹，找地方抽烟去了。

　　赵雨庶是 1983 年检查出心绞痛的。他更明白，党委书记和何书记是一起创业过来的，大觉河林场的造林，他们都是功臣，党委书记原来是作业区主任。十多天后的汇报会及其后，大事化小又化了，求了倒数。这一年还出了个哈哈儿。第一次搞点人工林间伐，让技术员做了一株树产 0.4 尺落叶松杆子。现场审批时，赵雨庶当场对何书记说："何书记，方案上你签着字呢，那可是林场水平。这块地间伐的产量我承包了，给你一尺吧，剩下的归我。"几个人都笑了。年末，技术员跑了。第二年春季造林前，新任场长和副场长找到林业科，反映设计的整地数严重不足，苗木没处栽植；机犁沟整地是螺旋状的，一圈比一圈小，整地钱不知哪去了。总场只好又重新给了整地费，现整地现造林。

十多年过去了。1998 年造林前，沙勒当林场的生态绿化措施跨出了令人赞慕的一步。他们从樟子松密度大的幼林林分里刨取冻坨，运往最难绿化的四道河口营林区，按每亩 111 株密度，栽在冻坑里，浇上水，培土搨实，再浇水，再培土。4~5 月适度浇水。栽植后上了支架，成活 90%。移植时，总场主管国家级工程造林的王默实副科长要赵雨庶高级工程师也去，他欣然应允前去现场，毕竟在那干过十年。林场场长房汉成，在现场请林业科的人提出指导性意见时，还特意征求赵雨庶的意见。王默实说："他不提建议别给酒喝。"

房场长当年参加过 1.37 万亩樟子松造林，住过 20 多天羊圈。学府毕业分配到总场林业科，辗转到沙勒当林场，是从技术员干起，一步一步成长起来的，到移植樟子松幼树时，任场长才 4 个月。起步就让人刮目相看。

他说："赵工，你走时沙勒当林场栽起了 3.44 万亩樟子松，我从方案中学到了经验，又在主任和施工员手里学到了档案中没有的经验。你今天来了，不说点啥不行。王科长说了，不提建议不给酒喝。再说，山上没樟子松，我们移植啥呀？"

赵雨庶想，我那时要是遇到这样的领导该多好呀，就是"贤臣"不能择"主"而事，那时的思想观念、经济状况也不能与现在比。他说："我以前想没想过就不说了。为了饭桌上我不搞特殊化，就瞎说实话吧。移植的树偏高，高的有 1.5 米，至成活要花钱的，不活多心疼。当然，在全场讲是创新。是不是琢磨一下，根据小地形、立地条件的绿化难度，移植树的高度缩一缩，最好不超过一米的，小拖拉机拉得也多，从吐力根河拉水好几里地，浇的树也多了，支架也少用多了或者不用了；将来刨坑是否在秋末冬初，省工还积雪，占天水嘛！这是借的词啊！若如此，少花钱多办事，进度可能至少加快一倍，成活率更有保障。"末了又打一句趣儿话："说得对也别奖励酒啊，别向某书记学。"

主管造林的王默实副科长说："把你给拽来就对了。"这一年的初冬，移植的高度都在 1 米以下，5~7 年生。第一年时就被总场确定为样板工程，推广到千松柏、们都阿鲁和英金河三个林场。

这个场长务实呀！同年，沙勒当林场场长亲自主持新技术的实施。他们采用营养杯技术，使塞罕坝的草炭第一次得到利用；从内蒙古的多伦运来粘土，再掺上腐熟的大粪、沙土制成营养土，装上 20 厘米左右高的樟子松苗，炼苗驯化后上山。科技含量的增加，确保了 85% 的成活率。进入 21 世纪，又搞了精品工程，成为河北省的示范工程。

赵雨庶又想，那年要是有这样的领导，哪能不吃"回头草"呢？又一想，自己已经快 50 岁了，还是知"天命"吧！

尾 声

赵雨庶自己粗算了一下，包括没退休时，很多年中只回过一两次沙勒当林场，实际上不少次想回去看看，毕竟在那里奋斗了 10 年，与领导和同事艰苦奋斗，森林覆被率增加了 21.7%。现在沙勒当林场森林覆被率达 72%，1975 年建场时才 10.3%。当年，把更加难于绿化的沙荒地段留给了后来的建设者，他们倍加艰苦卓绝地绿化，又增加了 40% 的覆被率。40 年，年增加覆被率 1.54%，可见绿化一步比一步艰难，遗憾没有能同他们并肩奋战。沙勒当林场早已被赋予生态保护的时代色彩。风沙屏障加厚了一层，生态明显改善了。今天看到的正是昨天的初心、昨天的希望、昨天的使命，犹如今天同他们一起跨入了新的时代，而必将亮出新的作为。

在场部时他已经看到，办公室换成楼房了，营林区那时叫作业区，设施建设焕然一新。通了高压电，告别了煤油灯；家属房变了样，用上了自来水；还要建设职工公寓；通了班车。眼前的新景是新时代的缩影。总之，旧貌已经无影无踪，因为沙子已被锁住了！按住了！挡住了！一任一任的建设者的手是不会抬起来的，是会继续铁锁沙关的！

此时，他掏出小本儿，信手写下《忆衷情·蔡木山顶鸟瞰樟子松有感》：

当年机声震沙瀚，落叶松一万。"功臣"磨合载家慢，沙川塞满眼帘。

何止狂风年七十，栽树"掐脖旱"。潜心摸索趟绿路，旱松稳步扩延。

　　最是接力人三代，党旗迎风展。众手锁沙勒当围，更信碧涛拓宽。

2018 年 12 月于上海

塞罕坝小故事

　　作者早年就注意搜集素材。此节以真实的故事和朴实的语言，反映出创业者全身心投入事业的精神风貌。体现出塞罕坝人在极其艰苦的条件下，倾心建设，不畏艰难，苦中有乐、苦中寻乐的乐观精神，使人感到真切自然，身临其境。

生产小故事

场长背伤员三过河

　　1962年晚秋，河北省塞罕坝机械林场刚刚建场，承德农专毕业生曾学齐，当时和其他同学一样，还未分配单位。在总场参加生产时，右脚和小腿下部被链轨车的链轨轴严重划伤，动脉被刮断，可能需要截肢。被紧急送到承德附属医院救治，庆幸没有截肢，住了3个多月医院，落下了伤残。回到总场后，被分配到大唤起林场，有一次跟场长李艳秋一同乘大汽车下坝，颠簸140里地，到小锥子山下车。

　　距离大唤起林场至少近有50里地，只能步行。曾学齐的腿脚还包扎着，他向医生多次请求才被允许出的院，急着回林场参加生产。他走路时不时地感觉一条腿很吃力。场长要到小锥子山村里雇个单牛车，曾学齐怕花钱，说啥也没让。下车走了2里多地到了伊逊河边，河宽三四十米，过河口的水有半米深，清澈见底，却没有桥。曾学齐说："咱们趟过去。"说完就开始挽裤子，李艳秋场长说："你腿脚还没好利索呢，沾了水就麻烦了。"他说："没事儿。"场长果断地说："不行！我背你过河！"说着就把曾学齐背了起来。时值3月，李艳秋踩着河边的薄冰层下了河。他告诉曾学齐把右小腿抬高些，免得绷带沾水。李艳秋19岁当场长，是当时围场县最年轻的场长。实际上，他有心脏病已经好几年了，因此没到河中心汗就出来了。曾学齐还背个行李，双手拢在他脖子下，手里还提个网兜。二人到河那边又踩碎了薄冰层上岸，趟过河用了半小时。歇了一会儿，接着又走了近两个小时，两人来到18号，得过大觉河，李艳秋又一使劲背起了他，这回背着觉得比先前重了，他说："河稍窄点儿，后面还有一条河呢！"落了落汗继续走，走了不知多长时间，才来到了34号。说起"号"，是清朝末期为解决财政危机，开围卖地，500亩为一号，排到80号，距大梨树沟作业区还有20几里，沟窄，可开的地少，就没人买了；从伊逊河到大梨树沟约长120里。眼下又要过河，场长从第一次背他起，挽起的裤腿就没落下。这次没等曾学齐开口推辞，就费劲地背起他第3次下河。汗立即出来了，多亏这条河比18号的河稍窄。过河后歇了一阵子，他们捧了些河水喝。实际上早就饿了，早上在食堂吃的俩窝头和一碗玉米面粥，占一天指标的一半，早被大汽车颠簸没啦！两人挺着饿肚子继续走，速度慢多了，边走边说说话；因为曾学齐走道有些吃力，场长不时地还替他背背行李。下午五六点时，终于到达了场部。

第二天，场长对曾学齐说："你在总场很能吃苦，有大无畏精神，腿脚要养好，建设塞罕坝吃苦的事多了。"曾学齐说："吃苦算啥！"场长分配他担任出纳员、食堂管理员和库房管理员，其中包括管理下围场和上坝用马车购粮食、料粮和生产物资。如今，曾学齐已经82岁，右脚只有大拇指能着地，脚背隆起一个高有1寸多的大骨头包，这个包龄已经55年了。

椅子当舞伴

河北省塞罕坝机械林场建立时直属林业部，原三个林场有17名技术人员。9月，塞罕坝的天明显冷了，林业部分配给塞罕坝农林业中专毕业生53人，10月又分配给了东北林学院的大学生45人；第二年1月，正值天气冷的时候，部里又分配给林机专业毕业生27人。一时间总场和五个林场生机盎然，这些人朝气蓬勃，给全场带来了青春气息。

虽值生产淡季，大雪封山，但也要上山生产。晚饭后，分配到大唤起分场的毕业生们除了说说话，打个趣儿，就是看看书；有的想娱乐一下，又没可娱乐的活动，要熬到春季造林生产还早着呢！几个人琢磨着搞点啥娱乐活动呢？外面寒风呼啸，一个人看着电灯说："憋着忒没劲，得调节调节精神，咱们跳舞吧！"那个说："没舞厅你上哪儿跳去？"回答说："干脆就上食堂跳，屋子大，好歹我们林场自己发电，有电灯。"这么一说，全宿舍的同学眼睛一亮。"对！"几个人一致同意。其中一个人说："我去挨屋叫他们。"他站在门外敞开嗓门儿大喊："同学们！上食堂跳舞去啦！大刘把你的手风琴拎上！"有人开门问："男的多，女的忒少，上哪找舞伴去？""你笨呐？不会抱上枕头吗？"被问的一想："对呀！"

同学们先后都过去啦，把简陋的餐桌椅凳挪到后墙边摞起来，又把椅子和长条凳子挪到桌子下。动作快的做出绅士姿势约到了女舞伴儿，拉起了手风琴，就一对一对地跳起来。因为没有女舞伴，大多男的扮女舞伴。还真几个男学生抱着枕头自己跳，也美滋滋的。领导、职工和家属闻讯都赶来看乐子，有的人只能在窗外观看，一个女的问身边的人："咋一对男的？"男的回答："咱俩跳不就一男一女啦？"女的说："去一边去，转两圈你一迷糊再踩坏我的脚，明天咋上山归楞木材？"一个女社员说："跳舞咋还搂着腰呢？"一个看起来和那个女社员不是一家的男社员说："要是结婚还一锅抢马勺呢!"女的还嘴道："该死的,挨刀的!"虽然这么说还是有了学学的意思。此时,食堂里一个来晚的大学生气喘吁吁地向屋里围观的人搜寻一遍,摇摇脑袋,无奈地叫起一个女的。这个人挺高兴,以为要约她跳舞,结果他把椅子抱起来加入了舞场,悠扬地踩着舞步,神采奕奕,翩翩起舞,轻松享受。看跳舞的人先笑抱枕头跳舞的男生,这会儿笑来晚抱椅子跳的男生,还笑丢掉椅子的人,笑得前仰后合。笑声之中又先后进来 4 个男的,两个派了对,另两个人各抢了把椅子,就跳了起来,悠然自得。一个女学生回头对个子稍矮的男生说:"你别把椅子角杵到我的后边儿啊!"回应道:"那你们躲着我点儿。"第二天起,抱椅子跳舞的再也没来晚过,跳舞的人也多了,女舞伴也就多了一些。可是,还有抱枕头或椅子跳舞的。消息传出,活动在全场也铺开了。

寒冬拉粮

塞罕坝机械林场从建场初,一些家属、孩子甚至孩子转了工也吃统销粮,直到上个世纪 90 年代末,按月供给,下属五个林场分别到指定的粮站购买;统销粮、鹿场和使役牲畜的料粮只能到坝上粮站购买,有时一个月跑两三次。职工忙于生产和工作,买粮也只能由林场负责,按月及时供应。

1964 年 11 月末,大唤起林场身兼"三员"的曾学齐,又要到坝上给家属买统销粮,这是一年中的第 20 几次了。北风呼号,山道眼儿总被风刮的雪弥平,曾学齐的马车上常年带着两把铁锹和镐头,不时地垫坎子、挖雪,否则马挨鞭子抽也不走,从林场到大梨树沟营林区 60 华里走了一整天。第 2

天出发到第三乡林场东坝梁营林区，直线距离不过 10 多华里，因为是山道眼儿，先向南，走东绕道梁再转西；再转北，在已经栽上树的陡坡的山间窄道间绕行，道儿稍直地段还是风刮的积雪地段，挖雪的时间倍增，深的地方积雪近一米，到东坝梁时已经天黑。第 3 天出发，40 多华里，虽是简易公路，架不住天天风弥道眼，且逆着风走实在艰难。小塔拉腰子、大塔拉腰子和沙胡同现道东侧坡的老 S 形弯这几处地段大汽车的司机都打怵。眼下，他与林场领导一样着急，按月供应，指标低，一部分职工家庭已经"家雀吃探头粮"，再难走也要买回粮食去。曾学齐拼命地连铲"三关"，"三关"之外也挖不少雪；毡靴、下部裤褪在靴筒里又已湿透。晚上七点到了总场，住在了招待所，睡觉前仍然得先烤上毡靴，棉裤腿翻过来烤，棉袄袖子也得翻着烤。房子简陋，盖上被子睡一会儿就被冻醒，好歹毡靴、棉衣烤干了。

第 4 天，车赶到了粮食所。但粮所是不到日子不供应，别的林场已经有先到的了，加上总场住户买粮的，队排得老长。排着吧，终于轮到大唤起林场。和别的林场一样，添完粮本付完钱，就东一个仓库、西一个仓库、南一个仓库地过秤装粮食，俩人浑身沾满了面，脸上也有，但不是白面，统销粮哪有白面？也顾不上拍打和擦擦，因为满头大汗没法擦。省了午饭，装完车已经是该吃晚饭的时候了。

曾学齐从昨天晚上就高兴，因为粮食已经买上。今天是第 5 天了，为争取两天到家，赶车的夜间特意给马上了料，早晨套好了车。每个人吃了 3 个窝头、2 碗粥、1 小碟咸菜，又各买了 4 个窝头揣在棉袄里，挨着两肋。到了沙胡同梁跟，就启动了回林场的第一次"挖雪工程"，几乎挖遍了长 200

米左右的 S 弯儿的雪，辕马就是不拉。人也歇了一会儿，赶车的连抽三烟袋火烟，嘴里说着："抽你两气鞭子不拉，让你热乎热乎。"一磕搭烟灰顺手把烟袋锅子擩到辕马的尾巴根子底下，马一挨烫，拼命地往梁上拉，一气上了梁。刚松一口气，眼前又现出一道横雪梁，近一人高。曾学齐说："挖！不就还有一个大塔拉腰子了吗？小塔拉腰子小菜一碟儿，一定住在东坝梁！"4 个窝头就着雪一气吃完，挖出过道，赶车的二磕烟袋锅子，没等擩呢，辕马便使贼劲地拉过了 20 多米长的雪胡同。这时已经下午三四点钟。到了大塔拉腰子又挖了好长时间雪，辕马又不情愿了，赶车的让曾学齐举着鞭子，他刚举起烟袋，辕马奋力地拉过了大塔拉腰子。等过了小塔拉腰子，就 5 点半啦，到了东坝梁营林区已经 6 点半。看点的人说："你们林场打电话问见到你们没有，家里有没粮食的了，孩子哭老婆叫。"夜间，赶车的给马添草时又多添了些料，烫马屁股归烫马屁股。

早上 6 点多钟，吃完饭，马车就奔大梨树沟去了，时隔三四天道眼早没了，挖！一会儿再举烟袋锅子，差不多俩小时才到了东腰道梁；左拐右拐下梁侧歪坡，还滑，关键别侧歪车或翻车；车闸刹得吱吱响，刺耳的尖叫声伴着吆喝马的声音，响彻山野，响彻林间，响到梁根。到大梨树沟营林区是晚上 7 点钟。主任说："再回不来就断顿了，从昨天中午就喝稀粥。你俩鼻子和脸都冻坏了，还有几口酒呢，快暖和暖和。"想起 70 年代的一个冬季，总场派周文瑞赶马车往大唤起林场送料粮，途中出事，他双腿瘫痪终身，两条腿像两条软面。当晚，营林区买上了口粮。

第 7 天早上吃饱了饭，不到 7 点马车启动最后一程。马车载着粮食，他们反复地挖雪，爬到阳坡搬石块，找土填沟，占去了几个小时。在80号台子村社员家，先把马喂了，每人喝了两三大碗玉米面土豆撒拉疙瘩的稀粥；晚7点到了场部。院子里的人在等着买粮食，先焦急后高兴。场长看见俩人冻坏的鼻子和脸，赶紧叫人让医生送药来。尤其鼻子冻得白里透着青，几乎是不停地擦着鼻涕，早已破皮；上好药休息的日子里，脱了好几次皮的皮肤倒显得白净了。曾学齐赶忙到食堂吃了点粥，就开始按户卖粮，夜间12点多才结束。第二天又卖各营林区的粮和鹿场的料粮。

群狼跟机车

塞罕坝大面积机械植苗造林，机械整地是先行，需要休闲管理二年半，因为面积大又受季节限制，只能白天翻小地形、变化多一点和面积稍大一点的地，夜里翻地形开阔、比较平坦面积大的地块。荒野茫茫，大犁上的操作员必须避开作业时老是跟在后面的狼，调整犁具后，进入驾驶室。虽是夏季，夜间也得披皮大衣。作业时操作员向后观察，天将要黑，只有机车隆隆声，听不见头狼吼叫聚集声，狼三三两两地来"跟班"啦！机车以二挡车速行进，狼跟随机车小跑儿，停停，再小跑儿，再停停，十几次就走啦，消失在茫茫黑夜中。原来，坝上的东北鼢鼠很多，恰好生活和繁殖在犁层深度之内，因为怕见光，称之为瞎地羊，狼就捡翻出的吃个现成，一个机组后面至少跟六七只狼，多的十几只。吃饱啦，不恋食。其间不时有狼接续上，吃着"机来之肉"。犁后边狼的视线与后车灯的灯光相接，像射出两道蓝色激光。操作员说："有枪多好，揍死一个俩的，好歹也是肉呀！"驾驶员说："那感情好，也能解馋，几个月没吃肉了，还能弄个狼皮褥子。"操作员说："想得美，狼把瞎地羊捡净就行啦，对幼树有好处，省得造林后它往下拖苗子吃。"天亮啦，狼先于机务工人"下班"啦，眼见狼悠然地消失在远处的疏林或山洼里，想来，这不正是人类与自然和谐相处的一步吗？

收音机当相机

故事发生在上个世纪七十年代。

塞罕坝机械林场大面积地人工造林，得到当地农民的大力支持，一部分农民托人拉关系开个三级介绍信，才能来林场干活。他们春来冬去，人也熟啦。

雨季来临之前，必须保质保量地完成人工整地。山上，阴河林场某作业区主任和施工员正与社员们交涉整地返工事宜，僵持不下，党支部书记兼场长刘明瑞，转到了这个工地，他脖子上挂着6个晶体管的半导体收音机，听见双方在争执，"嘎巴"一下关上了收音机。这时，主任对工头说："刘书记来啦，你说咋办吧！"工头说："这老小子来了哎！"没等说正事儿，一个社员说："他带着照相机呢，刚才'嘎巴'一下就把我们给照上啦！"工头说："爽来就给我们再照一个吧！再合个照儿。"刘书记一边着急返工的事，一边说："我这是收音机。"工头说："照了，我们就返工。"社员多数也附和。刘书记考虑到这块地有2000多亩，脑筋一转说："照吧！那得夫围场街洗相片。"工头说："你老小子过个六七天带来不就得了嘛！相片我给钱。"刘书记想到整地质量，来了个将计就计，装作不情愿地左右拨动着开关，"嘎巴、嘎巴"地给他们"照"，因为手头熟练，没让开、关收音机时的声音发出来。

过了六七天,刘书记再次来到工地。来时他已转悠一气了,心里有了数,整地即将完成,质量确实不错。工头发现"老小子"脖子上又多了个照相机,却更注意他的衣兜,忍不住地问:"老小子,照片呢?多少钱?"刘书记举起真照相机说:"这个才是照相机,120(型),从总场借来的,先前这个真是半导体收音机,'嘎巴'拨开收音机,你听正播电影《龙江颂》呢!"江水英正唱到"听惊涛,拍堤岸,心潮激荡"那段,就接着说,"你们年年支援林场生产,很辛苦,林场也不能糊弄人。来,照相!我和作业区的再跟你们合个影。这钱我出了,往后别跟作业区的人较劲,质量合格,林场的活计有的是,不合格还拧着,玩儿去!"

小李子摔跤

这是动乱年代刚开始的故事。二道河口作业区当时隶属于千层板林场,距场部50余华里,有中专毕业生,也有工人,至少八九人。这天,白天的活扫尾,收工早,饭也吃得早。有几个年轻人往北看,内蒙的白沙坡如波浪入眼;往西瞧,林场的沙丘连绵不断;往东瞭瞭,荒山连着沙滩,稀疏的矮树好像一撮撮毛儿;往南一瞅,心情顿时稍有好转,三道河口最好的一块次生林在前坡,六七百亩,真激起点儿兴致。

小李说:"管看大阴背这点林子也没劲,也没个收音机,报纸多少天才捎来一抱,扑克牌都玩得起毛儿了,咱们还是侃一会儿大岔吧(吹牛皮)。"那个说:"要侃出点新鲜的也行,算了吧!还长虫下崽儿,蛤蟆叼着耗子尾巴不撒嘴。还有说獾子从坡上往坡下撵兔子的,那不都咕噜坡?纯牌儿俩混蛋。还有说一个老母猪领着一帮小嘎嘎，公猪也得它指挥，拉倒吧！"小李说："我踹，要不摔跤比赛，女（姑娘）的看眼儿。"说着就撸胳膊挽袖子开始啦！三摔两胜，六七个小伙子循环赛，他还占了点儿上风，摔着摔着，他耍了一个心眼儿，说声"等等"，实际是两腿弓步向下使劲，后腰顺势稳劲向下稍取坐势，加上鼓肚子一使劲，就听"嘣"一声，场外的都听见了。小李的裤腰带断了，他赶紧松手，嚷道："要掉裤子啦！"赶紧提住了马上要掉下来、满是机油柴油油污和沾着一片一片土的劳动布裤子。又说了声，"裤腰带断了，不摔了。"裁判说："李树赛中逃跑，取消名次。"李树一听接着说："不掉裤子就有名次了？等我去找段绳子系上再比，第一是我的！"说着拔腿往食堂跑，屋里没人，他从房后找到了人，想要一段儿草绳系裤子。管事的说："不给，留着捆苗子包呢！"小李说："得了哎，明天咋干活呀！生产要紧；再说这儿还有大姑娘呢，我也不能出来进去老提着裤子呀！明天能不能干活还是个事呢！"这才给了1米草绳系上裤子，还是用尺量的。

第二天，林场一个管事的大老粗儿回场部，也够抠搜的，临走他跟一个姑娘借了1元钱，也敢张嘴；两天后来了，递给小李一条腰带，说："这两天你可歇足了。"小李说："还歇着呢，那草绳不沾水系不住，还松劲儿，我怕断了掉裤子，到河边弄根柳条系上了，腰热一气活儿就干了，一天几换，也没捞着歇呀，你看看。再说，我不去，我那链轨车谁开呀？地谁翻呀？"说着撩起上衣让他看腰上系的柳条子，拧紧儿处又发白要干了。

至今快50年啦，当年的小李才知道是谁花钱买的腰带。

还是当时看摔跤的姑娘说跟借她的钱："你说吕凤亭多小气！"是呀，那时候，一块钱买 12 斤小米呢！

杨茂林中毒

事情与上个故事发生在同年代同地点，上下年的事儿。

冬天，大雪封山。二道河口作业点只留两人值守，这一天，负责的小袁回场部了。杨茂林一个人值班守点，他吃完晚饭，把刚扒上炭火的火盆搬到里屋炕上，里外屋的耗子就又大胆活动了，说不上找伴儿还是"诈尸"，掐得"吱吱哇哇"叫，要是有顶棚，还得"吱吱哇哇"加上"披哩扑棱"，全当娱乐听广播。要是有野猫，鼠广播就听不到了。三道河口那儿，夏天就耗子掐架把纸顶棚弄了个窟窿，还掉到被窝边上，一跑，把人挠了好几道血印子。挨挨的赶紧找点儿煤油擦擦，又捏点儿门轴子细土涂上，就算消炎了。外面，两边山上狼嚎叫着，像是遥相呼应，咋也不算对歌，听不一会儿就睡觉了。睡了一会儿觉得头疼，就醒了，想到没插外屋门，往起一坐，迷糊得厉害，一头栽倒在枕头上，头疼也不知道啥了，耗子还在尽情地贪欢。

大约半夜，吐力根河对面内蒙古的 5 名马倌从机械林场总场出发，往回赶到这儿，想到作业区喝点儿水，暖暖身子。拴上马后，喊了几遍"有人吗？"没人应声。敲敲窗户还是没动静。一个马倌发现外屋门没关严，大家先后进屋了。闻到有点碳气味，再问："有人吗？"还是没人应声，赶紧推开虚掩的里屋门，小煤油灯还燃着，满是熏鼻子的麻油味儿和碳气味儿。连扒拉人带吆喝都没反应，知道炕上的人是一氧化碳中毒了。几个人赶紧打开窗户通风，爽来敲开里屋门，从外屋抱进几抱干草摊开，把杨茂林抬到草地上，好一阵子才醒过来，头疼得厉害。他们按他比画的点数，摇电话告知了千层板林场，林场找到总场，再通知司机，大冬天得烤一两个小时车，过了近3个小时，妻子也随汽车来了，大概连忙活带着急发慌还忘了带药，更甭说找个医生。汽车又窜回去弄药。好在有人发现及时，要么人可够呛。

几天后，杨茂林的身体恢复啦！夫妻想去对岸感谢救命之恩，但既没有好物品，又实在没有肉菜请请他们，还没处去买。想套个狍子，硬是不上套儿；下兔子套套住了俩野兔，不扒皮也不够6斤。托人到围场县城去买，又没有县城按人发的肉票。想来想去，干脆托人从围场新华书店买了5本《毛主席语录》，一本3毛多钱，好在只要钱，又不要介绍信。夫妻俩深一脚浅一脚过了已经冰冻的河和涝塔子，趟着雪又走了好几里雪道儿，不好意思地把《毛主席语录》送到马倌手中，深表谢意。一名马倌对杨茂林说："你真命大，要是那天夜里没人就惨了，再说也是我们碰上了，应该做的，也谢谢你们给我们送来了毛主席著作，红宝书，这比喝酒好，一对一你不行。"他们全是蒙古族人，一般都很能喝酒。笔者见过几次，一瓶60度白酒，一扬脖子不带喘气喝干净，瓶子一扔，"蹭"的一下窜上马，用不了一袋烟功夫马就没影了。那时还没有"酒驾"这个词呢！

汽车冻灭了火

1978年夏天，有一次回家，在车站碰见初中的两个同学，拉着手互相问候，爽来把我按在候车室长椅子上聊了起来。问我："听说你们塞罕坝机械林场可冷了，特别艰苦，咋不往回调调？”我说：“那的人都吃苦耐劳，拼命地造林。我是学林业的，更得爱林业工作，不能回来。”他握着我的手不松开，说：“那你说说冷到啥程度吧！”

我只得打开话匣子，说：“倒着时间说三个事吧！”头一个事，1976 年夏天，总场头一天接回来一台新北京吉普，才一万四千六百块钱，停在总场门前。第二天司机还没到车前，几个看新车的人中有一个人说：“这车咋漏水呀？不是冻坏了吧？”另一个说：“这大伏天的，瞎说八道！”司机打开机箱盖子，几个人凑过来都瞪眼了，机体裂一条新竖缝儿，还在往外渗水呢！司机当时掉眼泪了。昼夜温差太大啦！之后，场长让计财科补计划，赶紧买回一台新发动机。

车站等车的人多，就有人凑过来了。想起小时候，大夏天招待所门前停下辆大汽车，车上下来十几个人，全戴着皮帽子，穿着皮大衣，脚上是毡靴。听大人说是坝上的。第二个事，我亲眼见过两次。腊月十六，坐班车回来过年，寒风嗷嗷叫，从坡下方刮起幼林中的雪，眼前白茫茫，与坡上的雪浑然一体，助手不停地擦车玻璃上速冻的哈气冰。到东坝梁的阎王鼻子上边时，隐约看见一辆马车载了一大车枝柴，侧歪在路旁，车过时看见一只轮胎悬在半空，是天冷风大刮的。皮套想必是被赶车的解走了。正月十六我回林场上班，马车还在那侧歪着，不知道啥时候弄回去的。

这时，听的人多了些，还催上啦！第三件事，还是在这个地方，当然还是冬天，总场一辆解放车拉着明春造林育苗需用的物资回总场，到阎王鼻子上边时，风雪交加，冷到啥程度没体验过，把车冻灭火了，怎么打火儿也不着车，下车打开机箱盖子一摸，机体都不太热了。司机喊助手：“快下车，烤车！"喷灯在车里点着的，烤不小会儿冻灭了，再也弄不着了。笼火，擦车布和擦车棉沾上汽油眼见烧没了，手冻得已经不好使了。"快撕皮大衣外罩！"对付着也得紧撕，不一会儿又烧没啦，打打火根本没动静。俩人都发现对方的鼻子发白了，脸上都觉得像针扎一样，司机的牙打着颤说："跑吧，快跑！冻死冻残就不能建设塞罕坝了。"俩人说是跑，算侧着挪步，顺道下坡奔向接近3里地的五间房。道上的雪早已压成冰，几乎光亮如镜，不知摔了多少屁股墩子，干脆顺坡坐着向下滑，好歹没冻死，吃住在五间房，喝了好几顿小米粥。第三天天气缓和一点，总场来车带了十多个人，也不能烤车了，水箱早冻鼓开了，对付着把车拖回去，车上的东西肯定没少。客运站的一个人说，这两天司机也说够呛。

说来我和司机还算沾亲。从我外公那说，尊称他为姥爷，到90年代就不叫姥爷了。他的一个儿子娶了我姑姥姥外孙女儿的女儿，我就升了辈儿。孩子结婚时，我俩坐在一桌还挨着，我也不能嘚瑟，该我俩碰杯了，他说："原来你管我叫姥爷，现在成亲家了，连喝仨。"我说："赶上了，又不长工资。同喜，同喜。"我又恭敬地回敬了仨酒。随之，他才应我的询问，讲了那次冻车逃生的细节，又说在青海开车时很多次遭颠险，与死亡抗争的事。邻桌喝酒的也听入了神。

靴、脚冻一体

1982年，塞罕坝机械林场超额完成建场总体设计任务，即将转入森林经营。临近年关，塞罕坝机械林场总场为了让总场片的职工家属过一个更值得庆祝的春节，领导派行政科两名科领导亲赴围场县城，采购一些以水果为主的年货，汽车行前特意带了毡子和棉被，购货很顺利，包盖得严严实实。

第二天，汽车回总场。到北岔营林区时，司机考虑坝上雪道已压成冰，路面很滑，停车上了防滑链。再往上走，立见围场和坝上真乃两番天地，车下坝时朗朗晴天，隔了一天雪厚了一两寸深，寒风呼啸，道依然是白的，林子是白的，村子是白的，天空也是白蒙蒙的，透过车玻璃看小清雪飘着，数九后天天如此，还都是晴天。昨天下坝一道迎着太阳看，阳光照得雪片银光闪闪，如银片向下飘落。汽车上盘坡道时，不挖雪车走不起来，六七个上梁的陡弯子，走走停停简直还没有牛车快。因为雪深，车走不起来，风刮得呼呼响。司机刘文会频繁下车，钻进高筒毡靴的雪早已融化了；行政科的李经天和曾学齐两位科长，同样拼命挖雪，毡靴也湿了；打眼防止溜坡，用手撅些柳条子垫在轮胎底下，不顶事儿，3个人的皮大衣依次垫上，碾烂了皮大衣才起了作用，不知过了多长时间才行驶过了盘坡道。眼见要爬阎王鼻子，寒风更大了，气温更低了，司机刘文会脚冻得难忍，他还没觉察到毡靴已经和脚冻成一体了，只是咬着牙仍然用低挡大油门，终于爬上了阎王鼻子，好像汽车也高处不胜寒，正值梁顶时车却冻得灭火了。

此时，刘文会的脚已经疼得简直要打滚，根本脱不下靴子，李经天只好用铁扳手一点儿一点儿地敲打他的毡靴，毡靴软了，终于震碎了毡靴里的冰，李经天和曾学齐费劲地把他的脚从毡靴筒里拽出来，用已经手指发直的手捧雪给他搓了好一阵子，他咬牙忍着也没掉眼泪。过了一小会儿，李经天和曾学齐轮流把他的脚放在怀里捂，不长时间两人的胃就疼了，疼得厉害，那也坚持捂，曾学齐说："刚来不几年，年轻轻的不能落下残疾。"刘文会感激地掉下了眼泪。在轮流捂脚时，东坝梁营林区的护林员骑着马从林子里出来，棉皮帽子和眉毛挂着雪霜，马头也满是雪霜，一喘气一团哈气立即消失。他来到车前，看了既吃惊又深受感动，也把大衣脱给刘文会暖脚。等他了解情况后，赶紧打马到营林区打电话到总场。

将近 3 个小时后链轨车来了，把载着冻水果和其他年货的汽车拽回总场。在此之前不到一个月，坝上的供销社从围场进货，货到水果、啤酒、臭豆腐等全冻了。来春，啤酒不要钱，退瓶子少一个交 3 毛钱；一小三缸臭豆腐有 1000 块儿还多，在围场 1 分 5 一块儿，整缸一冻——化成了臭豆腐酱，连缸卖 5 元钱，抬着不轻呢！总场拉回来的冻水果按家免费分，化了吃直滴答汁儿，爽来把它攘攘兑点儿水，孩子们能多喝几口。与其说吃到新鲜水果了，倒不如说是喝到"饮料"了。

夏均奎雪夜请医生

2018 年 4 月 13 日，塞罕坝机械林场第一代人夏均奎老先生寄给笔者两份 2003 年写的打印材料。其中《雪夜救秋烨 采种兴安岭》的文章感人至深，足以让世人感知河北省塞罕坝机械林场建场之初，为大面积造林尽快拿出足够的壮苗，为育苗种子充裕而年年疲于奔命的艰难，有些人甚至险些献出宝贵的生命。

新中国成立初期，经济建设物资都缺乏，林业所需种子亦在奇缺之列。塞罕坝机械林场在 1962~1974 年间虽然自采调制一些种子，但其量少得可怜。按亩播种量 15 斤计算，平均每年新育需用种子 3200 斤以上，最大量近翻一番。绝大量育苗所需种子必须外出调运甚至自采调制。调种所奔赴之地几乎都是吉林和黑龙江两省，再次是山西省，所支持的林管局或林业局多达几十个。

夏均奎和同学孙秋烨、吕炳臣都毕业于东北林学院，多次外出调运种子。1971年11月初，这次他和孙秋烨结伴，从已白雪皑皑的塞罕坝出发，奔向"北国风光、千里冰封"的大兴安岭加格达奇，怕多花钱，两人入住了一处小旅馆。路过沈阳和长春时俩人谁也没回家看望父母和妻儿。行前，总场领导一再叮咛嘱咐：种子直接关系育苗和造林，一定要想办法弄到；要电报反馈情况，让我们心里有底。

旅馆的房间里很脏，4张床，床底下满是破罐头盒子和空酒瓶子；有个不太白净的火墙，才点着不久；门的缝子，可以看到外边的雪，他们总觉得哪里有点不对。但因一路疲劳，孙秋烨很快入睡，夏均奎睡得晚，还被叫起来应付警察查夜。大约凌晨3点，孙秋烨大喊："老夏，我头疼，渴，要水。"夏均奎立即下地给他倒了些水。约过20分钟，孙秋烨突然痛苦地喊叫一声，夏均奎以为他还是要喝水，这时他已经不能说话了。夏均奎用茶缸往他嘴里灌水，不进，牙咬得紧紧的，脸色发黄，一摸全身冰凉。夏均奎意识到是一氧化碳中毒！便立即打开门窗通风。他顾不得穿袜子和棉鞋，光着脚穿着拖鞋蹿出房间，疾步狂奔在雪地上，往医院方向跑。拖鞋不是棉鞋，一个劲儿地掉，还摔跟头，干脆提着拖鞋往医院跑。医院紧急发动救护车，车灯照出雪地上一溜光脚印儿，10多分钟才到旅馆，把孙秋烨接到医院抢救。脱离危险后，又送回旅馆。经与旅馆交涉，一看火墙裂条缝子，恰恰对着孙秋烨的头部，好在夏均奎在门边的床上。遭了一宿罪，好歹没死人，没做残。

天亮后，夏均奎搀着微弱的孙秋烨，路上歇了好几次才走到火车站，又步行来到甘河林业局，找同学罗德昆联系采调落叶松种子事宜。罗德昆知道孙秋烨煤气中毒得救后，说啥没让住招待所，让他们住在家里。在生活物资十分紧缺的情况下，设法买了些猪肉，为孙秋烨调养。罗德昆的妻子胡玉琴说："酸菜炖猪肉能治煤气中毒。"调养了七八天。

甘河林业局领导得知他们的目的和遭遇后，深受感动，当即拍板，同意塞罕坝机械林场采种，责成罗德昆科长办理，安排在库中林场。林场场长李志、营林科宋喜观（同学）和李勇，都与夏均奎、孙秋烨同吃同住，粘贴广告和广播，从多方面提供方便。从11月下旬至12月末，共组织数百名群众采摘落叶松球果十几万斤，就地调制。更得力于东北上冻早和降雪早，球果未开裂，种子未飞散，结合采伐采摘球果。采收过程中，罗德昆多次到现场指导和设法尽量避开"文革"的干扰。至1972年初，近3个月，共调制出落叶松种子4600余斤，几乎达到一级种子标准，分批发回塞罕坝机械林场。1972年，落叶松新育172亩，用种子2600斤，又为1973年的最大育苗面积371亩备下了近2000斤种子。

1971年冬季和1972年夏季，总场领导先后两次到甘河林业局致谢。东北林区对塞罕坝的支持是无私的；对"小兄弟"的支持，借东北的好口头"贼"字儿说，是贼实诚，不愧为老大哥。塞罕坝人至今没忘记憨诚的东北林业同行。

笔者前几天才知道，孙秋烨已经故去。笔者和他接触过3次，是在总场。两次是1976年，后一次是他率吉林省林业考察团来塞罕坝机械林场考察，时值1987年7月，吕炳臣和夏均奎等第一代人还健在，他们晚年仍然关心塞罕坝；连同所有逝去者，他们的精神和功绩已化为接天碧海。如今，塞罕坝优美的环境和浩瀚的绿色波涛，正是对他们的回馈与唱扬。

生活小故事

一块酱豆腐

现在的第三乡林场东坝梁营林区，坐落在茫茫的落叶松林海中，在雄伟的塞罕塔呵护下，犹如壮观的别墅。这里，工作条件舒适，设施完备，生活上觉得比在家里还方便。

20世纪60年代末，那时叫东坝梁作业区，也叫五间（土）房，与其他作业区的生活同样困苦，粗粮咸菜，大多时候连咸菜也没有，只得沾盐水（也叫盐花）；忙得连采点儿野菜都顾不上。其实走出去点儿路，再走两三个梁或再远点儿，就有蕨菜；就近就可以采到黄花和蒲公英，只是这两种野菜喜油腥。

这天中午，总场两名电话外线工查电话线路，赶到作业区吃午饭。其实主任有些天没沾酒了，一是起早贪晚，太忙了，天天在山上逐块工地来回巡视，收工时就已经七点钟，一天只能睡上五六个小时。再就是伙食实在太单调。有几斤酒，看看酒葫芦就算过瘾了。今天来人了可得开开酒斋，欣喜中午没在山上吃午饭。他说："就有点儿散酒，喝几盅吧。弄点儿啥菜呢？"伙夫说，前几天小于子上棋盘山花四毛钱买了20块酱豆腐，一块儿没吃呢！主任说："那就闹10块儿吧！"用碗端来5块，才一碗底儿。挪挪煤油灯，喝两三盅，沾一点点酱豆腐。原来坝上风沙大，还往屋里卷沙子，作业区周围的幼树才半米高，只好在窗户外钉上草帘子。好天有数儿，四季就那么着啦！社员的工头儿来了，问午后去哪块地施工，眼睛却扫瞄到碗里的两块儿酱豆腐，问："这是啥玩意儿？"主任说："酱豆腐，你尝一点儿。"没等递筷子，他已经用黑黢黢的手指捏起来一块儿放到嘴里咽下去啦，还被噎得直抻脖子。工头摇摇头说："齁咸。"哥几个和伙夫差点乐出眼泪。主任没乐，说："我们六七个人喝了一气酒啦，才吃三块儿，你一盅酒没喝一块儿就吞下去啦？寇师傅再给闹两块儿哎！"伙夫回答说："你行了啊，买的还没尝一口呢，还是来点儿山珍野味沾盐花吧！"啥山珍呀？就是山哈里海，比不上坝下的蜇人，也得开水烫一下。坝下的哈里海蜇人厉害，"四清"时南方的人进山村，上坡时想顺手抓住一把蒿子助力，也不认识是哈里海，被蜇得够呛，陪同的人告诉他，这是哈里海。他往回写信时有一句话，这里的蒿子都咬人。

同时端上来的是玉米锅贴饼子，因为没有碱，一端上来就已经闻到发酵的酸味啦，和坝下一带习惯一样。不一会儿，就听到一声像跑堂的高声："膏汤来了！"伙夫给端上来一小三瓦盆"膏汤"。说是"膏汤"，其实就是锅贴玉米饼子的溜锅水，没有酱油，只加点盐、山葱花儿和像草一样的山花椒秧儿，上面连一个油珠儿也没有，因为也没有油吃。主任说："吃吧，等塞罕坝建设好了，我一定宴请你们。"如今，于春还健在。他们艰苦创业换来只见绿荫不见风沙的优美环境，哪能见林不思人？

干活的都有份儿

那时候，作业区主任和施工员、社员同吃住在窝铺里。主食只有小米和玉米面，吃上一顿莜麦面汤，觉得不可儿不可儿的，就很知足了。

有一天，主任从家里带来三四斤普通面粉，交给伙夫。

伙夫问："作业区的伙食条件，烙饼没有油，蒸馒头没碱也没有锅篦子，擀面条没面板，还没擀面杖，做啥吃呢？"主任说："干活的都有份儿，做啥都行。"伙夫说："我们20多个社员呢！"主任说："要不扒拉疙瘩汤吧！"伙夫说："那得多搁水。"主任说："反正半桶可不够。"伙夫为了有点儿滋味，把从春天来时就珍藏的一块儿腊肉切了三四小片儿，再切碎炝炝锅，实际是直接下锅干炒，又不知从哪掐来一把山哈里海野菜放进锅里，还旷野传香味儿了。

中午，山上干活的人都回来啦，鼻子好使的闻到了香味儿，问伙夫："今天有啥好吃的？"伙夫回答："小米饭泡白面疙瘩汤。主任从家里拿来的。"问的人说："主任家里只他一个人吃商品粮。大伙儿听好了！地里的活儿一定干好，主任把家里的白面拿来好几斤，苦了他媳妇和孩子啦！"12印的大锅，大半锅疙瘩汤，可不止半桶山泉水，盐放了一把，两大盆小米饭被一搂而光，真是汤足饭饱。伙夫只吃的小米饭，疙瘩汤的汤也没有了。主任说："你真死性，咋不先留一碗，下回吧！"

腰带拴在马桩上

北曼甸林场地处塞罕岭地段，与内蒙古交界，还与友邻单位和姜家店公社接壤，是以落叶松为主的人工林，片片衔接，护林员冬天就住在作业区，每天巡护林海雪原。偶尔套两只蒙古兔或沙半鸡，晚饭就酒上一阵儿。这天，主任和几个护林员在一起喝酒。已喝了个七八成，一位护林员费劲地下炕，说方便一下，出去大约半个小时没回来。主任说："出去看看，还尿完了不？"出去看的人回来说："还尿呢！"过一会儿又让人出去看看，就听见去方便的人站在拴马桩边上，连说带比画。

回屋说："他在那说话呢！"主任猛然想起前些年，19岁的护林员孟继芝巡山冻掉双腿的事，觉得不对劲，一个高儿蹦到地上，穿上毡靴就蹿了出去，奔向10米远的拴马桩子，其他人也到啦，看见那位右手拥着拴马桩，断断续续地说："得了哎哥们，我——说好几遍啦，你——让我走吧，今天没好吃的，兔猫子肉齁咸。改天，弄点好肉——瓶酒请你——行不？咱俩关系不是挺好吗？"主任想，他喝多啦，也冻够呛啦！一起搀他走，可硬是搀不走。借月亮的寒光细看，他系腰带连拴马桩也系上啦，白毛风不停，再晚出来点儿，非冻残不可。大伙赶紧解开系在拴马桩上的腰带，把腰带给他系好，又发现手指冰凉，略弯曲着，腿也不能打弯啦！进屋后，大家赶紧收进一大盆雪，用雪给他搓手搓腿，就这也疼了好几天。第二天，主任规定：今后不论是谁，有酒儿三四两就行啦，别出事儿。

鱼钩钓在狗尾巴上

老李，1958年参加原机械林场的创建工作，精于财务管理，工作兢兢业业。业余除了拉拉话儿，就是抓空儿钓鱼。50多岁，钓鱼还将就。1993年夏季，连黑带白做了十几天财务半年汇总。好不容易遇个星期日，想轻松轻松，去火泡子钓上几条鲫鱼，调调口味。老李领着大狗，走了一个小时才到现今的七星湖；先转悠一会儿，心爱的狗好像也帮着选址，就这儿吧！于是，打开马扎，坐稳后把鱼钩挂上蚯蚓，举起五六米长的桦木鱼竿，熟练地把弦向后一甩，划个圆甩向泡子，结果向后一甩钩，恰好鱼钩挂到远在几米外的狗尾巴根子上，狗"嗷"的一声叫，疼得往前一窜，把老李拽个仰脸朝天，后身全湿，水靴也进了水；直到他从水里爬起来，鱼竿也没撒手。他往回拽鱼竿，

171

狗挂着鱼钩疼得向前使劲，反倒牵着老李跑，大步流星跟了二三十步，老李人胖气力逐减，只好松开手里的鱼竿在后面跟着，其他的也顾不得拿。狗拖着鱼竿往回跑，六七里地不禁它跑。有人老远就看出是老李的狗在总场沙石道上跑，还拖根鱼竿，"嘎啦嘎啦"响个不停，从眼前跑过；跑进了胡同，可鱼竿拐不了弯，狗只能在家门外冤屈地嚎叫，女主人出来，也只能看着它哀叫。差不多两个小时，老李拖着疲惫的身子，提着高筒水靴光着脚到家啦，找人帮忙摘下鱼钩。帮忙的人开玩笑说，你今天合算，钓了一条带毛的狗屌逛鱼，还得养着。

杀猪——1

上个世纪七十年代左右，林场的人口逐渐多起来，相当部分职工的家属是农村户口，有了孩子也差不多是农村户口。一部分家属连孩子也吃统销粮。家属除了参加林业生产，为生活计，养个猪。春天买个猪崽，腊月杀，杀二年猪的很少。

早上，只要一听到猪高声嚎叫，就知道要杀猪了。大人和孩子围一圈儿，看杀猪。四蹄被捆得紧紧的猪在矮桌子嘶哑地嚎叫着，朝上的一只眼发出悲哀的神情。杀猪的是一个农民工，大高个，60多岁，连块围裙也没有，大冬天的黑棉袄只系了第二三个蒜母疙瘩，穿一条免裆黑棉裤，腰带上边的白色裤腰一扎高，脚上换了一双粘着差色补丁的旧水靴。手里握着把磨得锋快的尖刀，发令道："准备好杠子，接好血盆，准备搅和荞面，别忘了放盐。开始！"几个人使劲地按着猪，只见一杠子下去，"啪嚓"一声，楔在猪的后耳根子上，猪顿时没了声，脖子却硬硬地挺着。此时，杀猪的很麻利地从猪前脖根儿把刀子哼嗤捅进了心脏。没等拔刀子，猪使劲地一声嚎叫，"呲"的一声，一股子血喷出来，同时猪浑身直颤抖，像狠劲地挣脱，几乎按不住。因为杀猪的弯着腰，差不多正得着窜血的对面，瞬时血窜进了右袖筒子，还有那小半尺高的裤腰里，袖子外也是血，正赶上被冻得流出的清鼻涕，不擦就要坠入猪血盆添"佐料"了，他很自然地抬起右胳膊，用袖子蹭鼻涕，结果下半拉脸全蹭上了血，再高点儿就到下眼皮了。帮忙的和围着看的顿时笑起来，可见到哈哈了。杀猪的来气了："这活儿没法干了，还乐呢！血都流到裤裆了！"一个家属赶紧说："没事儿，我上小崔他们家，前几天她媳妇生孩子还剩下十几张毛头纸呢！"拿来后，他回屋里连擦带垫，还剩三四张备换。锅里的水早就够温度了，几个人把猪抬锅台上，开始褪毛……两个多小时就利落了。

猪主人家的外屋几个人正忙乎着，预备菜饭是必需的。这边儿灌血肠的，煮血肠的，一怕灌得太满，二怕煮涨开，看锅的手里掐个锥子，将近熟时，不时地扎眼儿放气，窜出来的是油。贼冷的天，一群孩子和看着孩子的家属，堵着屋门口，等着血肠熟了好吃一节股，女主人先存起两根儿用盆儿扣上，猪小的话血肠子就不够了。每人拿着三四寸长的血肠，像个话筒，攥个满把，趁着热就着风吃，一边走一边吃，一边说话一边嚼，加上天冷，嘴里嚼碎的血肠与嘴唇颜色通红一样，小孩儿嘴唇外鼻子尖儿也是红血嘎巴，冻手哭着也吃。那时要是有个照相机，再有彩色胶卷，留下几个镜头，也是个年代的记忆。

杀猪了，就不是打牙祭的事啦，习惯上这顿说是吃血脖子肉，还得加上里脊、好肉、血肠，怎么着也得凑 8 个菜；

血脖子肉熬干白菜必不可少,还单算,那时候也算够丰盛的了。差不多一家一人,一桌坐不开再来一桌,一个近二尺见方的炕桌,算上杀猪的,管他裤裆干不干,紧着点儿坐,坐了近10个人,还不算贴炕沿椤俩站着的;主人开场白:"第一盅酒敬给杀猪的,闹一裤兜子猪血,也不下'猪线'。"大块吃肉,放开地饮用散酒。

记得,有一年腊月,有一家杀完了猪,没等摆桌,一琢磨两桌下来,肉没多少了。主人对一个帮忙的说:"快去!把猪圈里那口大的也杀了,猪太小。"当快喝完时,那口猪已经收拾利索了,也是几十斤肉。再弄几个菜。

又想起,在另一个林场,有一年春节前,一个人吃杀猪肉,喝多了,回到家折腾好一段时间,哇地来了一个上"井喷",满屋的酒菜味儿。急忙开门散味儿;赶紧往出清攘出来的好东西,想用铁锹把黄土垫的地面出个坑,再垫上草木灰吧又暴灰飞扬,干脆把狗叫进来,"呱嗒呱嗒"一阵子舔静了。第二天到了七八点钟,狗也没例行地挠门,开开门叫几遍,狗也没摇着尾巴过来;到狗窝一看,直挺挺地死了,一摸都要冻了,嘴角下有一片已经冻成冰的混浆物还算清晰可见。哎呀,醉死了!从那时起,这个喝醉酒的人得了一个绰号,叫"醉死狗"。

杀猪—2

沙勒当林场的技术员家要杀猪。这才旧历11月下旬,太早了。不杀不行。妻子病了不能起床,已经两三天了,孩子还不满周岁。他得天天上班,到三个作业区进行越冬苗木管理和指导,尤其大窖要防鼠,还要淋水或镇冰;露天窖要放兔子吃苗子。中午回不来，回来时又黑天了，猪堵着门叫还进屋直拱腿，哼哼地套近乎。更着急的是媳妇也饿了一天了。

技术员请了假，找了人来杀猪，两个人在院内把猪捆上了。此时做饭锅里的水要开锅了，赶紧捅；没有荞面，接血盆里放的是玉米面和盐，紧搅和后端到里屋。把猪吹气鼓起来后，使劲地把猪抬上锅台开始褪毛。大概猪嫩毛也好褪，还有说有笑，杀猪的说："讲个笑话哎！"技术员说："就讲猪拱嘴吧，不许乐啊！"那个说："行。"技术员就讲了，孔子在周游列国时也想着吃，还爱吃猪拱嘴，让子路去给弄几个回来。子路去了个村庄，正赶上有人杀一头断腿的叫驴，他想，猪拱嘴得好几个才够一盘，就把他们不要的那个物件儿弄了去。晚饭时，子路端上一盘，孔子一看就火了，说："子路你好大胆，要是颜回他不敢，猪拱嘴本是俩窟窿，驴——"刚说到这，杀猪的"扑哧"一乐，讲的也乐了，一出溜，要褪净毛的猪掉地下了。俩人乐个不停。猪腿气鼓着，又粗又很湿滑，使劲一抬，技术员那"扎两次眼儿"的胳膊一疼，猪又滑掉地上了。妻子在屋里问了好几遍："乐啥呢？"。

说起这"扎两次眼儿"，就让人想起林场的医生，水平洼，还手哆嗦。夏天时候技术员得了感冒，他给打了一针，因为手哆嗦把针头哆嗦出来了，竟然哆哆嗦嗦又扎到原来的针眼儿里了，还挺准。然而就这样伤到了神经，胳膊时不时就会疼，至今已有几十年了。更让技术员和妻子生气的是，三岁的儿子得了肺炎，已经喘得呼呼响，医生说是支气管肺炎，还不让去总场医院治疗。夫妻俩商量后，让妻子硬走，去了总场！总场医院抢救后才脱了险。没想到林场的医生托词说："气管连着肺呢。"实在看不过眼的邻居说："我以为气管连着屁眼儿呢！"

反复好多次终于把猪抬上锅台，刮去了毛和土。就在外屋开膛，接着弄吧。割猪头时，技术员想起小时候，去屠宰场买猪头，师傅看他小，紧贴耳朵根下刀。他说："猪要是不长耳朵多好，能剌到上眼眶。"杀猪的说："得得，这个猪头不给你，下一个猪头留一寸血脖子。"此时，他告诉师傅："别紧贴脖根儿下刀。"杀猪的师傅给这猪摘了五脏，导翻和洗净肠子，又摘出两片油有 10 多斤，这下到明年夏天有油吃了。这猪才喂了 7 个月，能这样，技术员和妻子已经很知足。这头，技术员舀出清锅里的褪毛水，放了两次草木灰焅猪毛水味儿，好个刷，一会儿好做饭菜，好找几个人喝点儿。杀猪的都闹利索了，开始弄菜。

技术员来到办公室，见到主任后说明诚意。主任说："这不是腊月的惯例，还有个病人，天天下作业区，要不你也不杀猪，找谁也不能去，明年腊月吧！再说你里屋白菜一夜冻起泡，洋瓷盆底冻鼓包，没个圆桌。代谢啦！晚上还要开会，别误了！"技术员回去后和杀猪的说："就咱俩喝点儿吧，不在惯例。"

杀猪—3

技术员家又要杀猪了。这是 1982 年夏天的事。

林场小学校没几天要放暑假了，他的儿子跟他说："我要考俩 100 分，给我啥奖励？"他想，今年喂了两口猪，也不一定得俩 100 分，随口说："给你钱也没处花，杀猪！"没想到还真考了俩 100 分，也不能失信于孩子，杀猪。

开始褪猪毛了，先还想这猪毛太好褪了，实际上可怎么也褪不掉，猪毛儿还不长，一厘米左右。原来，春季林场绿化场部西边的小山包是一个清朝时不知名字的公主坟，他领人到千松柏林场挖取樟子松树，弄回一条近两米长的蛇。说起这条蛇，大概因为当时别人打死了它的伴侣，直奔他冲刺过来。当时，他右手里掐着一张铁锹，急忙向右前方一跳，下意识地来了个单手扣篮式，右手向左后方一抡铁锹，恰好锹刃砍在蛇脖子上，还连着。他解下一根鞋带系牢，又找根杆子吊上，在拖车上举着回来的。在大道上让马车时，吊着的蛇从坐着的人中间擦过，吓得人直叫。他早就听说把蛇放在烟囱里熏干喂猪，长得快爱上膘。熏啥呀，扎上一条破麻袋，用斧子硬是剁不断，换菜刀勉强奏效。完了就扔进猪圈，猪叼起来松开嘴。可能想这可是好东西，欣赏欣赏再吃。再叼起来又松开嘴，第三次叼起来才开始嚼，吃得那个香啊！还嘀嗒透明的蛇油呢，俩猪一气儿就嚼净了，皮也没剩。过一阵子猪就脱毛，连鬃毛都脱掉了，浑身长出绒毛。移植的樟子松成活的还真不少。总场来人夸奖了几句。

眼下，有的说用烙铁烧红了烙，有的说把皮剥下来还能卖，反正一根一根地薅不起。技术员说："有法儿，等着。"他回到家从抽屉里找出剃头刀子，拿上肥皂，又拿块油石。到了杀猪的地方，说："打肥皂，剃光秃儿。别剃得浑身是口啊。"这细活儿得先会使剃头刀子，虽然省了劲头，顶好几个人脑袋的表面积，可费了时间了，差不多俩小时。杀猪的心想，这回我还会使剃头刀子了呢，不用使剪子给我儿子铰头了。往下的活计就游刃有余了。

大概还有一大半活计的时候，几个在省林业调查队的师弟来了，搞森林经营的外业调查，大家七八年未见了，见了很是亲热。技术员回头对人说："告诉食堂，调查队的中午到我家吃饭了。"喝酒的时候，帮忙的对调查队的人说："你们不知道，技术员特意给他儿子杀猪，是考俩100分的奖励。"

让鸡下蛋

塞罕坝机械林场那时职工生活上细粮少，副食特别紧缺，除了年节有些肉食，平常见点油腥很难，差不多每个家庭都养点儿家禽，多数是养鸡，多少有点儿鸡蛋吃，主要是为孩子添巴点儿营养。

有个技术员成家的第二年，女方的姨娘给了两只正在产蛋期的母鸡，100多里地往西北走，换了地方不下蛋了，也得养着。冬天两只鸡跟别人家的鸡一样飞上窗台，晒太阳。那时全都用纸糊窗户，糨糊多的鸡就啄着吃，轰下去还上去。抓住一摸体温低，晒太阳正常。想个法儿提高鸡的体温，砸点东西成泥儿，掺点刺激性东西拌在鸡食里，不吃，那就再掺点，耐心地团成豆粒大，鸡吃了后开始在院里走动，有时还追逐撒欢，体温上来了，也不用天天糊窗户窟窿了。喂了一段时间，忽然，一天早上母鸡"咯咯嗒"地叫起来，竟然腊月十几下蛋了。孩子说，我要吃。有的家属出来屋说，谁家鸡下蛋了？住七八年了，小鸡头一回腊月下蛋，得问问喂的啥。秋初，又如此喂法儿，只是那两样填料稍减，下蛋维持到阳历9月末、10月初。

第3年，7只母鸡，一只公鸡。到了夏天母鸡全要抱窝。这可不行，母鸡的温度很高，得降下来。他没用酸菜汤把母鸡沾湿了，因为早倒掉了，留着也早臭了；留了一只让它孵小鸡，还是借的鸡蛋。那6只依次用另一个法子，过十多天就下蛋了。有人也纳闷。后来，他去总场办事，中午到岳父家吃饭。进了院，见岳父正抓住母鸡沾凉水呢。他说："鸡要抱窝用凉水泡上也不行，给我。"他接过母鸡，侧脸对六七岁话还说不准的小内弟说："去把笤帚疙瘩拿来。"小内弟对他爸爸说："我'大姐呼'要把鸡打死。"回答是："叫你拿就去拿。"拿来了，折下一小段笤帚丝子往母鸡的鼻眼儿一串，母鸡犟劲一激灵。又说："把剪子拿来。"把笤帚丝两边剪掉，递给他岳父说："往鸡窝放时躲开正面。接着来。"一松手，母鸡"蹭"的一声就飞出去了，俩爪子轮班挠鼻子，也挠不掉鼻子上的"横笛儿"，就在院里"蹭蹭"跑，跑个来回接着挠，反复了几天，几只鸡就不趴窝了，没几天下蛋了。东院的家属问他的岳父："你的鸡不抱窝了？"回答："我鸡不抱窝了，你的鸡抱窝吧。"那个家属回了一句："你个老东西。"这边乐了没出声，却忙着捡鸡蛋，怕晚上降温冻了。

对联

技术员是 1977 年 4 月，从千松柏林场调到沙勒当林场的。

今年他不想带着媳妇孩子回老家过年了。再有个 10 多天就放假了，过年要有个过年样儿。到林场的代卖点买了两张红纸和粉绿黄三个颜色彩纸各两张。放假的前一天，他到修理间的地上捡了几段折了的钢锯条，下班后做了几个宽窄不一的刻刀，用 2 公分粗的油桦短棍儿一头劈缝儿夹上，再用细铁丝捆紧磨锋利。放假后的一个晚上，画了两个挂钱儿样子，一样是带大福字的，一样是中列 4 个字的喜气话。他干这个十几岁时就是熟手，那时粮食更紧张，硬是靠卖挂钱儿换了两大花篓豆包、粘糕，还买了不少上学用的白纸，6 分钱一张，三张订了一个 16 开的本子。又预备了蜡版。只刻两薄版，没预备熏样的蜡版。

之前，他留意过各家的门框，全没有刷糨糊的痕迹，没贴过对联，肯定过年时不死气沉沉也和平常没啥两样儿。腊月二十九了，昨天晚上电灯没灭就刻完了挂钱儿。晚上林场发电机又响了，他放上炕桌把红纸叠好割齐，又割了点与横批同长和写福字的大方块纸。很快写了里屋外屋和大门3副对子，接着写了"抬头见喜"、大"福"字；尽管水缸天天冻，早晨烧开水烫缸，却与酒联系起来，写条"玉液满缸"；就养了一口猪，杀了一个多月啦，杀时说笑话出溜掉了地下，猪圈尽管空了，还是写了个"肥猪满圈"。媳妇说："鸡圈写啥呢？"他笑了，说："反正不能写鸡飞蛋打，来个鸡鸭成群吧！"冬天两顿饭，年三十起得早一点儿，打了白面糨糊趁热从里屋依次往外贴，贴外屋开始，手冻得像针扎的似的，手沾了糨糊还不能搓手；红"福"字挂钱在中间，往两边依次是绿、黄、粉色，仍然寒冷的春风一吹，别看字写得不太好，看景和心里尽显人间喜气和过年的喜兴样。他和媳妇刚要回屋，身后有人大声说："哈哈！你会写对子呀！你们一家红火可不行，给我写两副。"这一嚷不要紧，一传都要写，说住了几年没贴过对子，去年粉碎"四人帮"，过年也没贴对子。走！闹红纸去！几个人去了场长家。代卖点的人回家过年，走小半个月了。副场长叫人弄开门，会计收钱，两毛钱，他点红纸，一人两张。

先买上红纸的先到技术员家，还排队了。这时，他还没吃饭，赶紧胡捣点饭菜。媳妇和孩子把炕桌让出来。他一边倒墨汁一边心思：30多家90多副对子，别的还不算，今天可够呛。从写字桌的抽屉里顺手拿出了大约十几页的手抄本儿，按顺序地开始写开，纸是来人自己裁的。写了一会儿，副场长送来两瓶冻墨汁，说："明年公家给你报销两只毛笔。"也拿来两张红纸。刚要走，有人说；"先给副场长写上吧！"写完晾干后，副场长带走了。接着写，中午时，才写十多家的对联，到下午五六点钟，架不住肥猪满圈、鸡鸭成群和大福字等都要写，还有不少往箱子上贴的小福字。还剩下十多家的对联。黑天了，点着小油灯吃了饭，也没喝酒，牙已经有点感觉不好了。又挺了一小时；来电了接着写，词句连重复带编了，吉利话加形势大好类，反正新鲜一阵子；恭喜发财这类的那时还不敢写，牙开始较劲了，忍着，吃了四片去痛片。到都写完时，快8点了，尽管晚点儿，家家都贴上了对联，心里准高兴，红红火火过个年，起码里外屋红火。他此时也觉得胳膊也疼了，但是，远比牙好受多了，牙已疼得厉害了，直吸哈，右嘴角还嘎箍着。

除夕夜没停电，有几家准点燃放点儿鞭炮，吃完年夜饭就串门拜年了。一些职工来到技术员家拜年，因为牙疼，他应好和拜年问好时，一边说话，一边咬着左边的牙，不停地"吸吸"往嘴里抽凉气，力图缓解牙疼，尽管年夜饭一点儿没吃，但和大家一样，脸上却透出挡不住林场过年的喜气。

狐狸绸帽子

三道河口作业区有一个姓王的小伙子，因为家里穷只念了二三年书，十几岁就来到林场当临时工，他一米七的个，脸红扑扑的蛮精神，身体强壮。据他转工后一次喝酒时说：上小学时，下课那十分钟也跑回去吃会儿奶，一天回家两三回。他还没转工就干了施工员的活，冬春身穿家做的黑棉衣、棉鞋，

181

戴一顶快没毛儿的破狗皮帽子，经常捂耳朵，那也冻得红红的，小耳垂儿鼓溜溜的。他想换一顶暖和的新帽子。

1975年春季，塞罕坝机械林场总场第二期马列主义理论学习班在三道河口开班快10天了。这天的清早，一组组长从食堂出来，下了两个台阶，第三脚就踩响了炸药，顿时浑身一震，"哎哟妈呀"一声，觉得右腿不能拿弯儿啦，还很疼，棉鞋上的线箍根也震开了。屋里的人立即出来，前边宿舍的人也来了，都问怎么回事。组长说："炸狐狸的药，再找找。"眼尖的一个人说："东房山角那儿有一个。"就过去捡起来，往简陋的破厕所方向一看还有，一连捡起了5个；顺便上厕所吧，横钉的三根门栏杆下有一个，顺往女厕所方向的蒿草间小道有两个，捡拾起来；有意无意地往女厕所的门栏杆下一瞅，看到还有一个。姓王的小伙子用左棉衣襟兜着回到食堂前，还没说数儿，看见人已经大概全了，作业区的人也在场。作业区主任也是学员，说："给我吧，明天销置了。"顺手递给了那个临时工，他用破棉帽子接着。这时，学员里的一名总场革命委员会副主任很严肃地说："这是阶级斗争新动向，在三道河口林场的表现！得整！"学习班的一个负责人乐呵着说："这是狐狸报复人，这些人哪有阶级敌人呀！"那个临时工听说阶级斗争时，心里"咯噔"一下有点儿害怕，当接回炸药，想到狐狸报复人一说，害怕得心里加重一层，当时没人注意到。

早饭后，那个临时工借了一匹马，请了假，不到两个小时就到了总场供销社，先买了香，哎哟，还有猪肉罐头呢！反正才7块多钱，来俩；买一斤饼干吧！不行，人家说围场的饼干赛如耐火砖，来一斤点心吧，再硬也是点心，4两粮票，

7毛多钱，价钱差不多。想到也没处吃午饭，爽来①称半斤饼干，就吃上了，一咬"嘎嘣嘎嘣"响。销货员给倒了两杯热水，那也不够化"砖"的，又给了一杯热水。道了谢，赶紧往回赶，天还是那么冷，而且逆风了，因为马没得喂，稍慢点儿走，只不过多捂捂耳朵多搓搓手，虽然一程67里地，抄点儿近道，下午3点多回到了三道河口。

第二天，他怀着一种赎罪的心理，带着那10个炸药丸子和昨天遭罪买来用于忏悔的贡品，向东南方向沿着弯弯的小道走去，大约将近半小时过了碾盘梁。下梁后又走了一程，看见他提前约好的人已经在狐狸窝旁等他了，左手扶着洋镐，右手掐着一把铁锹，说："来得不晚，赶紧闹。"那时候，人们受迷信思想的束缚，是可以理解的。他放下东西，在狐狸窝前摆上罐头和点心，跪下点燃了香，开始说："狐仙呀，我错了，我寻思炸个狐狸——啊！不该说狐狸。"像《地雷战》中"不见鬼子不挂弦"矫正成"不见皇军不挂弦"一样，接着说："想把我这破帽子换换新，没承想惹了你老人家，不换了。炸药全拿来了，在家门口有人踩响一个。主任让我把药处置了，我深点埋。您千万别报复我呀！"说完又磕了3个头，不响，沙子地磕不响呀！起来后，和那个人走到离狐狸窝西北大约百米的地方，费劲地刨了一个1米深的坑，把炸药埋上又踩踩，就分别回去了。

快一个星期了，他虽然心里坦然，有时还想起那十丸炸药。这一天，主任叫他骑马去果园作业点看看造林时用的窝铺修好了没有，大方向顺道儿，爽来偏偏道儿，离埋炸药地

① 指心里一高兴。

方三四十米时，隐约地看见那儿有两个稍微红乎乎的东西，近前一看，呵，两只狐狸，啥时候炸死的呢？个儿还不小，火狐狸。真是个惊喜，他一个高儿就跳下马，从兜里掏出根铁丝套儿，把4只狐狸后腿绕两三圈拧紧搭在马背上，向狐狸窝方向磕了三个头。到了作业点儿，帮他埋过炸药的人问他："哪来的狐狸？"他说："在埋炸药的坑边上捡的，那个坑比原来大了。"那个人略有所思地说："莫不是它们也清理'队伍'？"又说："在这扒了吧！"

他蔫不唧地找人熟了皮子，又从围场县城捎来帽摊儿，竟然做了5顶狐狸皮帽子。一个月的马列主义学习班结业了，学员们大多上了大敞车。这时，他头上戴着一顶狐狸皮帽子，脸显得红扑扑的；手里拿着一顶狐狸皮帽子，大步地来到踩过炸药的人跟前小声说："没崩坏你，咱俩都走时气，很对不起，送你一顶帽子吧！"说着伸右手掌比画，说："那几顶拿围场卖了45块钱，连手里30多块钱已经捎到了家，我爹妈、弟弟、妹妹好换季，也要种地了。"

苦茉菜包饺子

上个世纪70年代末期，塞罕坝机械林场的领导经向上级请示，投资10万元于省内某农场，每年按议价供给一定数量的大米；年关前一个多月，总场组织车辆运回后，仍然按购价售给职工和家属，有时在额定数内还有面粉，比供应的白多了，有时还有每人1斤或者8两的花生。虽然多花一些钱，可大人和孩子高兴多了。年前后吃几顿饺子，就得等到年根。有面了包饺子！有的家猪也杀了，还有了几斤羊肉，可配啥菜呀？多数家用酸菜加猪肉。有几棵白菜不是冻的就是里面长心儿、外面脱帮；有几个疙瘩白的，除了冻的就是窜出苔的，开了花儿的，扔了可惜，看着来气。那也对付吃。

有一家与众不同，他家用干猪食做饺子馅。原来，夏季时他和妻子在大坑地割了不少苦荬菜，晒成干菜，两小牛车干菜才晒了两花篓筐。这块地就是盛产苦荬菜，一尺半高连梗都像嫩菜梗儿一样，还没掺乎，就是不出数儿。此时，看看二缸没有几棵酸菜了，也不能用土豆呀！干脆，烧水烫苦荬菜。水开了，掐了一大掐子，恰似以往烀猪食一样多，糟了，得包多少回饺子？先用凉水投几遍再说。妻子早已把肉馅煞好，面也和好，孩子扒眼望候地等着。怕味儿苦孩子不吃，没像以往下那么多剁碎的菜，他放嘴点儿尝尝，感觉不苦，又加了些苦荬菜，闻闻还挺香。里屋炕上面板已经放好，一应俱全，只等包了，孩子早已坐在面板旁边。

还没等进屋，来人了，下了门槛就问："你们家啥菜馅呀？"眼睛扫描着。他回答："别的菜没着儿，喂猪的苦荬菜。"来人说："你这一大盆呢，给我点儿，我转悠好几家了。"拿了些高兴地走了。刚包了不到10个饺子，来了六七个人要苦荬菜，也不容答应不答应，就分净了。不大一会儿，这几个人又来了，每人提了大半桶或一桶猪食，说六七家的饺子馅够猪吃好几天。他说："快拿回去，还有不少干的呢！"才包了十几个饺子，又来了四五个人，要干苦荬菜，给了一些，告诉他们足够几家用的了。还说，瓜菜代时，还吃过干灰灰菜馅饺子呢，那可比这不好处理，弄不好吃了肿脸好几天。

说起灰灰菜，是20年后的事：他在总场工作，出差到石家庄，天已经黑了，几个人进了一家饭店，点了菜和饭；一个科长问店家有啥山野蔬菜，回答："有凉拌灰灰菜。""来

一盘。"端上来了,五寸碟子,"7 块。"看来是饿了,那 3
人一人两筷子夹净了。"再来一碟。"等第三遍"再来一碟"
时,他说:"别要了,我们家两大缸呢。"一个人明白了:"别
听他的,来前的猪食。"说回苦荬菜馅饺子,90 年代中后期,
在围场的饭店卖 36 元一斤,这种吃法比塞罕坝晚 20 年呢!
现在,春季卖的鲜苦荬菜 25 元甚至 30 元一斤,真够呛。

范德起打狍子

　　塞罕坝机械林场初建之时,到围场县甚至更远的地方运
物资,是十分辛苦的工作。那时没公路,汽车从坝上到坝下,
一茬子土路或跑荒草滩找道眼儿,要是天黑了,打着车灯还
得慢行,加着小心也时常误住车。下了坝,说是公路,几乎
一茬的土路、沙路,顺翠花宫沟或绕御道口牧场走刀把子梁,
一路坑坑包包,雨后则水坑连连,加上搭梁沟子,比拖拉机
快点,那也经常把车憋灭火。7 辆汽车一年四季磨难多多,也
曾翻车殉难过人。好在是偶尔才会发生的事情。

　　还是刚建场那几年的秋季,司机和助手从承德拉回一车预
备明年用的生产物资。在围场抓紧时间吃点饭,就往回跑。他
们是从刀把子梁奔牧场走的,多绕了不少道。进了林场境内,
已经傍晚了,车在草道眼上哼哼地爬行,看见前边有俩狍子在
顶架,一个两叉,一个三叉,叉与叉别在一起,互相较着劲儿。
范德起眼尖,赶紧停车,叫醒助手后,掐着摇把子下车跑过去,
照准三叉狍子就是几摇把子,狍子死啦,拽倒了另一只狍子。
他在摘叉时喊助手:"还不来帮忙!"助手却只顾去掰死狍子
的角,那只狍子跑啦!俩人把狍子放了血,扔到车上就赶那几
十里地。到场后,扔下狍子,助手把车开到库房门口。那时还

是单身汉，在食堂把狍子剥皮剔下点儿肉，留着下酒。早饭时，职工乐啦：玉米面窝头，烀狍子肉。吃完狍子肉还喝汤。伙夫说："少喝点啊！几个月不见肉，别犇了稀。"

傍晚捉狍子

过去，塞罕坝机械林场的野生动物种类很多，狍子可多啦！笔者经历过大白天，狍子冲进我们几个人正在干活的会议室，一撵不要紧，顶碎玻璃，狍子角挂在窗棂上，抓个现成，那是 1980 年的事。

在这个事的前与后记不清啦，是个秋季。三道河口林场两个年轻人干活贪晚了，他们从八百亩（地名）到家还有 8 里沙路，下梁后天快黑啦。恍惚看见新草垛旁卧着一个东西，黑乎乎的，还有两个东西一前一后摆动。一个人悄悄地摸上前去，一看是一只狍子在睡觉，耳朵前后摆动像是在警戒。孟庆宇高兴啦，他一个高儿犇上去，还真准，一下子骑在狍子身上，顺势抓住了狍子耳朵。大声叫道："快帮忙！狍子！"狍子在挣扎着，是个三叉的，有劲。孟庆宇又大叫："笨蛋，你按屁股干啥？赶紧撅断后大腿！"帮忙的恍然大悟，依次地踩住狍子大腿，手用力撅断了两条后腿。因为手忙脚乱俩人全出汗啦！瞅着跑不了的狍子犯愁了。肚子早就空啦，轮班地扛着它也高兴，扛了六七里地，到场部已经 10 点多啦！第二天剥皮清膛后，这个人要一块肉，那个人要一块肉，之前得亏留了一块肉。中午，食堂烀狍子骨头，肉还不算少呢，酒瘾大的不知从谁家弄来点酒。喝着酒说："你们时啦务的多撅两回，解解馋，润润肠子。我要有这时气多好。"一个人说："你要有这时气，还不蔫不唧地扛老丈人家去？"

廉洁小故事

早餐8分钱

张恩成，是塞罕坝机械林场第一任技术副场长，更是林业部从部里挑选的精干工程师。受任之初，毫不犹豫地把家搬到坝上。他当时还是九三学社成员，技术娴熟、干练，为人正直，知识分子都敬佩他；党委更信任他，选一个作业区主任或苗圃主任，没他的考察认可，不下任命文件。工作从不脱离实际，一言一行从不马虎，时刻严于律己。即使1967年就"靠边站"，仍然坚持研究沙荒地带机械造林技术问题，后来意外被机车撞至骨折，被延误，一条腿致残；又在苗圃敲了10年用耙片代替的"钟"，未见发出过喟叹。

建场初，有一次他带人到大唤起林场实地查看生产和技术执行情况。第二天回总场，车都启动啦，他急忙叫司机灭火，赶紧下车。随行人员追下车跟上去，问他下车还有啥事儿这么急。他说："我还没交早餐费呢！不能白吃公家的。"说完奔向林场食堂，路边的人无不投以敬佩的眼光。

他看见管理员还在，说："我忘了交早餐钱，多少钱？"管理员说："嗨嗨，早餐8分钱，也不值得交啊！"张恩成说："10个人8毛钱，就是造一亩林的工钱，一分钱的便宜也不能占国家的。"在场的人深深感叹。此事至今传为佳话。

场长搬家

刘文仕，是塞罕坝机械林场的第一任场长，他以魄力十足、干练和工作严肃认真而著称。1962年，他毅然辞去承德地区林业局局长职务，绝不两个职务一肩挑，任场长时才35岁。1978年调任林业部三北防护林造林局副局长，搬家时来装车的人很多，不到俩小时就装完了，不少人都没沾上手。一看，还是举家上坝时那几件已显得更加陈旧的家具：一口三节柜，一口两节柜，一个小橱子，一个橱架子，两个小炕饭桌加上水缸和锅碗瓢盆，再就是有数的旧被褥和数量有限的衣服。一辆解放牌汽车一层还没装满。有人说："来啥样还啥样。再说这都啥年代了，还往三北拉呢！"刘文仕的老母亲是个老党员，"文化大革命"结束后才恢复党籍。笑着说："扔掉可惜了，还能用，到什么时候艰苦朴素的传统都不能丢啊！大家伙儿回吧，我们会想你们的。再见啦！"

汽车开动了，职工和家属跟在车后面送了2里多地，司机只好把车开得慢慢的。过窄桥前车停下，全家人下车，留恋地环望四周碧绿的人工林和次生林，数次向送行的职工和家属道别。啊，是挥泪告别，送行的人也眼泪涟涟。

笔者想起头一天参加欢送会时，有的人说着就流下了眼泪，知道场长有新的重任在肩，情急之下，说："刘场长到那儿有困难往回打电话，要人给人，要钱给钱。"

老姚发问和小老儿子抠肉

1975年的春节前，笔者到粮食所买粮。进了门市，看见队伍排了老长，开了票接粮食的人也多，加上排队的人过道显得很挤，我侧身试探着挪过去排在后面。党委书记王尚海的妻子姚秀娥，都称老姚，就排在我前两位。一回头，我后面又排了10多个人，还有排在屋外的，得冻一会儿。排了好一阵子，老姚递上粮食本，说了样数和各样的数量。开票的说：
"有你们家50斤大米。"老姚问："职工都有吗？"开票的答：
"我听主任说的，是局里的意思。"老姚一听只是总场当官
的有，随口就说："别往本上添啊，不要。要是职工都有就买。"
老姚只买了要买的几样，不显弯腰地背着粮食走了。正在撑
口袋接粮的和排队的人们都投以赞许的眼光。

上个世纪六七十年代，林场与外界一样生活困苦，粮食供
应主要就是小米、玉米面和比例很低的普通面粉，每人每月二
两豆油；尤其冬春季副食只有土豆和腌酸菜，油腥少以至于锅
都起麻子了，满锅都是小坑儿。那是1972年冬季的一天，老
姚做晚饭，捞出小米饭之前已经切完一大颗酸菜，足有五六斤。
她拿起已经化了一段时间大约有二斤多重的猪肉，切了不到半
斤。切肉时，在家的四个孩子早就围在身边了。老四见切得少，
说："妈，再切点儿，多少天没吃肉了，好妈啦！"老姚对孩
子说："就这一块了，少搁点儿好多吃几回，乖啊！"

王尚海下班回来就坐在了炕上，出生就有一条腿残疾的最
小的老七坐在怀里。老姚把一盆儿熬酸菜端上炕桌，4个孩子
很快围上菜盆儿。等老姚给丈夫端来酒壶、酒盅时，看见本来
不多的肉要挑没了，大概只剩下一片儿，老姚赶紧夹肉送进王
尚海嘴里，老七在爸爸的怀里伸出小手，从王尚海的嘴里抠了
出来吃下去。王尚海笑了，对孩子们说："乖啊，等我们把林
场建设好了，就有肉吃了。别人家连肉丁儿也见不着呢！总场
正在给大家想办法，就要有肉吃了。"因为快过年了，王尚海
就一口酒、两口酸菜地喝了一壶酒，吃了两碗小米饭。

这个事，是老四第二天课间跟我后来的连襟说的。他俩
小学一个班，是同桌。

护林小故事

空手吓跑狼

1976年，我在千层板林场当技术员。在部队是连长的老吴海，亲口给我们讲了他当护林员亲身经历的一段故事。

有一天，我步行巡山往回走，当时离长腿泡子作业区还挺远，在路边随便找个土坎坐下歇歇，解开外衣扣子晾晾汗。一抬头，猛然看见一头狼已经蹲坐在我对面，离着三四米远，两只眼睛放着绿光盯着我。解放前经历过很多战事，当然不害怕它。更何况我是蒙古人，对付它办法是有，可两手空空，得想个法儿。我就沉着地把大袄脱下来，披在头上，双手分别抓住上边的衣边，猛一合蒙上脑袋，不到一分钟，猛地一展开；随着嘴里发声"啊驾驾驾！啊驾驾驾！"狼有点儿惊恐向后挪挪，看来有效。我又猛地合上，忽地展开大袄，接着又是"啊驾驾驾！啊驾驾驾！"我加了一招儿，双手紧拍大腿一气儿，啪啪挺响，狼往后退了，还没跑，看样有点儿惊恐了。我一看有门儿，再次把猛合、展开大袄的劲头加大，再一看，狼掉头就跑了。这时，我才知道又出汗了。施工员老远听见声音，也看见了狼跑，骑马从幼林边打马过来，问我啥法儿把狼弄跑了。我说，三次猛合大袄，三次猛展开，四遍"啊驾驾驾！"他问："那还少两遍呢。"我说："没等我啊驾呢，也没等拍大腿呢，它就窜了。"

查火具

大唤起林场天桥梁防火瞭望楼，南观到木兰林管局燕格柏林场和御道口牧场，北西东护望塞罕坝的大唤起林场和第三乡林场，与阴河林场小光顶子防火瞭望楼遥相呼应；方圆百里不见人。冬季山高、风大、雪深。

小东阳排行老二，1984 年出生在大唤起林场天桥梁防火瞭望楼，7 个月，早产。其母曾于 1982 年大雪封山时，在瞭望楼临盆后大出血，子折。一名鹿场职工的家属接电话后，火急地跑到村子找了 10 名农民，顶着风，扛着门板，趟着雪，几乎是爬着到的瞭望楼，抬其至少七八里下山，又三四里到便道，小心翼翼地抬上大汽车，送至围场医院获救，回来认了干娘。

1986 年，赵东阳的父母转至德胜沟防火检查站，几岁的小东阳受爸爸工作的熏陶，成了义务检查员。一看见有车要进山，便喊他爸爸的名字："赵福州来车了！爸爸来车了！" 1990 年，笔者修纂《场志》时，由副场长陪着到检查站去，正赶上他在检查一名农民："林场防火，进山不许抽烟。"说着伸出小手，农民早已听说德胜沟有个小孩儿挺管乎儿，就自觉地把火具和烟交给他。小东阳说："回来时找我要啊！"我当时按了两次快门。如今，赵东阳是总场扑火队队员，已经 11 年。他父母在天桥梁防火瞭望楼又坚守了 13 年，加上先前 5 年，共默默坚守了 18 年。现在，他的父母已经两鬓斑白，明年就到退休年龄了。

小孩儿"扎堆"

塞罕坝机械林场始终重视护林防火，逢会必讲防火，并坚持区域联防，闻讯有火灾就急速前去参加扑救，儿童也受到熏陶，让大人放心去扑火。

1982 年 4 月下旬，河北省御道口牧场发生草原火灾，林场职工互相招呼去扑火，多数家属也责无旁贷。孩子们也行动了，大一点儿的孩子招呼小一点儿的孩子："二妹，牧场着火了，大人都去，爸妈也去，我们去德林家玩儿。"二妹说："建国他们在小山包儿玩，大立他们去草园子玩儿了。"大一点儿的孩子说："咱俩先去找建国他们，再去找大立他们。"孩子们互相传话，又互相找，不到半小时 20 几个孩子就全聚到陆德林家了。德林的妈妈安慰"扎堆"的孩子们后，着手为他们做饭。此时去扑火的汽车也已出发好一阵儿了。夜间扑火回来的人进家后，一看屋里是空的，急忙窜出去找孩子。各家都在找孩子，一打听心有底了，纷纷到德林家领孩子，见孩子们睡得真香。有的一直等到孩子醒了，才把孩子抱走或领走。从那次开始，这种情况成了惯例。

至今，大概 6 个林场都没有幼儿园，上小学前大多靠邻居照料或孩子结伴。由于大人管教和事业心的熏陶，孩子们从不在外边玩火，也不在家里弄火，从来没有发生过家庭火灾。

瞭望员遭雷击

1987 年晚春的一天，三道河口林场蔡木山防火瞭望楼的瞭望员，按间隔时间出来观察，晴朗的天连一条淡云丝都没有。他刚一脚迈出门槛，"咔嚓"一声，一个响雷，恰如成语"晴天霹雳"，顿时就把他击到屋里好几米远，一下子砸在锅盖上，锅盖顿时碎了，下面的锅也砸漏了，他手里的望远镜还在。他觉得浑身疼痛，过了一会儿，才挣扎着从锅台上翻身滚落到地上，吃劲地爬到里屋磁石电话机旁，把电话勉强拽下来，按规定的长短数摇通了总机，有气无力地向林场和山下报了讯。

第二天，我和林业科的人从总场走到羊肠河检查站时，已近中午，想在检查站吃午饭。瞭望员已经被接下来了，他的姐夫照顾着他，姐姐已经在山顶上负责代班。在我们自己做饭前，见他脸色苍白还透着青，双手抱着肚子，高高的个子佝偻着腰，费劲地挪步，几乎鞋底不离地面，停下时还得寻个靠头儿，说话有气无力。他对我们说："养养还去望火楼！"他的姐夫，给我们看从防火瞭望楼上带下来的碎锅盖片和锅镲子，说楼上（实际是砖瓦石结构的平房）的电线杆子也被雷劈裂了，好歹能通话。我们深深感叹他真是命大。我们问检查站的人："咋不上总场医院看看啊？"检查站的人回答说："一会儿就来车。"当我们吃完饭要继续向三道河口林场行进时，汽车来了，上去换完杆子的外线工牵着马也进了院。

艰难小故事

赵振宇牵牛磨难昼夜

塞罕坝机械林场建场的第三年春季，总场拨给第三乡林场一头牛，用于苗圃拉粪，这比人工挑送省工多了。这一天，林场场长接到电话后，派承德农专毕业、说话沉稳的赵振宇到总场去领牛，正好搭上回总场的敞车。

第二天早上，赵振宇领上牛，就牵着回林场。他想得容易了，心想着70多里地贪点儿晚，咋也能到家。但他忽视了坝上还是大雪封山封道的时节，又是便道，只好牵着牛走。已被一夜风雪迷漫的道眼儿，一迈步雪一尺多深，赶到深的地段雪到腿裆，他抬腿像高抬腿快跑的大蜥蜴一样，只是快不了，牛在后边走得也慢，两者的行进还算协调。等上了沙胡同地段，他回头看看，呀！还不到30里地，太阳要偏西啦！摸摸衣袋，发现还忘了带点儿吃的。他想，返回去？不行，开弓没有回头箭！苗圃该送粪了。更难的是，上了曼甸，风更大啦！昨天的道眼儿一夜间堆起比人高的雪岗子，不知道有多宽。眼下一步一没腿裆，牛就像驴遇见狼一样，四腿一支不走啦！白眼显得少一点儿，牛在善意地等待着。他会意地用手扒开雪凛子，拽着牛缰绳向前走。好在带了一副皮手焖子，扒雪间歇时及时捂捂，也把牛眼毛上积的雪擦擦。其实，上沙胡同前，他已经扒了好几回雪，早已通身出汗，袖子口儿已经要成冰圈啦！时下，他还要用双手开掘一人多高的雪岗子。他拼命地扒呀，扒呀！不知捂了多少次手，更不知道扒了多长时间，终于扒出一条差不多有八九米长的窄通道，牵着牛走过雪"隧道"。他一定想，我把"雪山"给趟豁了！大概下午4点多天快黑了，他又觉得饿啦，捧了几捧雪吃，接着走向大塌拉腰子，又奋力扒了几阵子雪，天就黑了。走到小塌拉腰子时，他又扒了几阵子雪，实在饿得不行，还是以雪代餐，肚子再次拔凉。走了约20多里地，到了五间房地段。那时还没有房子呢，建了作业区才有这个小地名。这个地方因为风大，贼冷，夏天窗户都要钉上草帘防风沙保暖，白天吃饭点上煤油灯。笔者来塞罕坝实习时和教导主任谢佳祐就在这吃过午饭，桌上点着煤油灯。

东边的月亮已经升到一杆子高。赵振宇借着月亮的寒光，牵着牛开始下翠花宫沟，好歹近点儿。积雪很厚，这里正是雪被风吹起向下积存的地段，他牵着牛深一脚浅一脚向下坡走着，一会儿一出溜坐个腚墩，雪进了后腰，马上融化成水向下渗流，裤裆湿潮、冰冷；再一出溜，人没影啦，一只手仍然抓住缰绳爬起来，另一只手赶紧扒拉领子里的雪，那也有一部分化啦，脖子周圈凉凉的，雪水已经下了"前梁"和"后山"。此时，裤筒和裤腰的雪水也已顺流直下啦，他牙一咬，心想着反正还有20来里地，便使劲地拽着牛缰绳往前走，好在不上坡啦，顺着弯道眼儿走，但再扒几次雪是免不了的。

大约离村子二三里地，公鸡已经鸣叫了两遍，天还没亮。他饿得不行，冷得直打哆嗦，上下牙快速相磕而有节奏，好像在说还有几里地就到场部，不要打扰社员啦。过了第一个村子后，他回头看看，烟囱还没有冒烟。他觉得要完成任务啦，脚下回响着稳劲地踩雪的嘎吱声，身体散发的热量烘烤着早已湿了的棉衣，棉帽檐的冰圈儿也随着汗从里圈儿融化着，滴在衣服上。终于走出了沟门，上了"公路"，他很像如释重负，还左右晃荡晃荡身子，又牵着牛走了一个多小时，终于到场部，把牛拴上。这时场长已经站在身后，问："这才7点多，你啥时候从总场走的？"他打着哆嗦回答说："昨天上午8点多走的，没遇见一个人，饿了就吃雪，又走了一夜。"然后他又简单地说了一天一夜的过程。场长听了惊讶不已，感叹道："哎呀！咋不扔下牛跑呀？真命大。"他说："我跑了，牛还不冻死？那是公家财产，人在牛在，再说苗圃使啥拉粪呀？"场长说："先别回家啦，快上食堂暖和暖和，先喝点儿热水。要有姜最好，让大师傅给你做点儿好吃的莜面疙瘩汤。等着啊！我去个人家找俩尖辣椒，去去寒。"场长心想，这可真是个可塑之才，应该好好表扬表扬他不舍公家财产和与死亡抗争的精神。

跑丢袜子

直至20世纪80年代，塞罕坝机械林场狼多，在围场县是出名的。起初，山荒、草原荒，狼多到啥程度，不难想象。

还是建场初几年里，7月的一个晴天。千层板分场技术员刘海山，在马蹄坑作业区吃完早饭，就挎上一个提前装好铅笔和表格的时兴的绿色书包，步行向沙胡同行进。他1962年毕业于东北林学院，分配到塞罕坝机械林场，又分配到千层板分场。他，高高的个子，两眼炯炯有神，说话粗犷，带点儿稍微的哑音，嗓音很美，待人平和。在便道上，他想先调查沙胡同的造林成活率，再向西南过梁，调查狼窝沟的地块。大约走了一个小时，他才到了造林地。不到俩小时，完成调查，做了记录，歇了一会儿，准备过梁。他装好记录本，刚站起来，顺着眼神方向看过去，心里"咯噔"一下，一只狼匍匐着正向他逼近。他听说过，狗怕猫腰，狼怕蹲，于是猛然蹲下，嘴里猛然发出"嗨"的一声，右手装作拿家伙。一连串的动作使狼立刻向后跑了一二十步，却侧身盯着他。这时，他犯了张飞骑马站在小桥上呵斥曹军，之后拆了桥的错误。他见狼跑了，自己拔腿就向东北方向跑，从柳丛里跨过一步宽的羊肠子河，奔向作业区方向，一只黄胶鞋跑丢了。岂不知，狼见他跑就追过来了，两者相差几十米远。他已经发现狼追他了，心想着再蹲下这招儿恐怕不灵了，顺着坡跟跑吧，反正腿比它长！不知哪会儿，另一只黄胶鞋也跑丢了，先丢鞋的脚上的袜子筒已经垫脚跟不说，狼与他的距离又近了些。他想，跑！不能让它撵上！又撒开腿跑，但离作业区还有三分之一的路程。茫茫一片无道印，他又觉得硌脚，杀得疼，顾不得看脚，顾不得擦汗；又到了灌木丛，拼命地跑过去，与狼的距离大了些。还捡了一根 2 米左右长的棍子，低头一看，那只袜子已经不在脚上了，两只脚底板都出血了。这时抬头能看清楚作业区的房子了，大约不到一里地，他心想出血也得冲刺完这段，万一狼撵上就难说了。短短的看脚时间里，与狼距离只有 30 米左右了。这时他猛地蹲下，又猛地站起来，右手扬起木棍子，大喊："看你追！追！"狼还真停下，没敢再往前追，迟疑着。他趁这个机会最后冲刺，狼反应过来还追，这"肉"不能丢。狼大概饿了几天了吧，虽有耐力，还是那个距离。他冲刺到离房子只有二三十米时，看见房前有三四个人干活，比画着，大喊："后面有狭呆！快！快打狭呆！"几个人抄起家伙迎了上去，叫喊着，狼一愣神儿，钻进了柳丛里。

他进屋是被大伙搀扶进去的，几个人看见他血糊淋拉的脚，一个人说："鞋跑没了，还跑丢一只袜子。换别人，成狭呆食了。"大家赶紧扒掉那只坏袜子，找块布沾60度白酒给他杀脚消毒，再用布条子包上，眼见血渗出来了。他一边忍着，一边乐，说："任务才完成一半儿，跟狭呆比赛跑了6千米，还闹个第一。没想到。"主任说："就这一回吧，年轻轻的还都没娶媳妇呢！"是呀，那时他才二十四五岁。

查线路

1963年，塞罕坝机械林场架设电讯网，架杆150公里，直通围场县城近80公里。杨占祥和宣占奎是电话线路外线工，其后增加卢明。三人负责全场电话和设备维修。1976年，形成总场、林场、作业区和检查站、防火瞭望楼四层网络。任务更加繁重，不分昼夜、好赖天和节假日，他们接到通知马上动身。夏季、秋季冒雨，雷鸣电闪也要查线，及时接通。冬季、春季艰难程度倍增，顶风冒雪反复地牵着马上梁爬坡，绕沟过坎一杆一杆地查线，遇到断杆，马上打帮桩或换杆，再上杆接线，经常冻僵手脚，几乎下不来杆子，甚至上不了马。即使这样，仍确保了线路畅通。1977年，遭遇雨凇灾害，他们换线杆260公里，冰天冻地，一刨一冒火星，几个月没回家，吃住在工地。

后来，只剩下宣占奎一个人。腊月二十八九，出去查线或到林场修电话是常事，回来都除夕晚上了。宣占奎退休后，发挥余热，参加改线施工。由于技术熟练，主动要求上杆。一次从杆上掉下来，摔在140型汽车上的两三根松木架杆上，架杆猛然吃重，又把他脸朝下弹到地上，他顿时昏了过去。

同事们赶紧给他弯胳膊又蜷腿，呼喊着。尤其管事的几乎叉了声地反复吆喝："老宣！老宣！醒醒哎！老宣！晚上北曼甸（林场）还有酒儿呢！"过了好一阵子，他才醒过来，休息一会儿接着干。吃晚饭时，他真喝了点儿酒，第二天又上杆接线了。

如此舍生忘死，这就是塞罕坝人的精神！

蛇栖裤子缝

上世纪 60 年代，造林机务队驻扎在二道河口。女士也住半地下窝铺。被褥发潮，需要晒一晒，她们一抖褥子掉出一条蛇来，吓得"妈呀！妈呀！"直叫，李树几人立刻拿了条子冲过来，一看是不知哪天压死的"蛇饼"，说："没看是死的？还妈呀妈呀叫呢！你们再把窝铺转圈培培土，堵堵缝隙。"

早晨，胡生武从地上拿起油抽子，也没觉得比往天沉。他熟练地插进大柴油桶就抽油，抽了几下，抽出一条小二尺长的蛇来，赶紧叫人挑出来。蛇在地上直翻滚，柴油有杀伤力。

1978 年夏天，社员在二道河口作业区西 2 里多的一个荒坡根上搭了一个窝铺，坡下是涝塔子。他们不知道坡上坡下都有蛇。伙夫做午饭时，一眼扫到一条拇指粗的蛇在草铺上盘着，悠闲地吐着舌信儿，忙用烧火棍挑了出去。过了几天的一个大清早，该起床了，一个人已穿上裤子，右手伸到裤子缝间拿腰带，一把抓到一条拇指粗的蛇，立时觉得冰凉："妈呀！长虫！"顺手向侧后方一甩，啪嗒，正好落到热米汤盆里，差点儿扔到饭锅里，伙夫大老爷们儿也"妈呀"一声，说："米汤甭喝啦，吃完还喝涝塌子水吧，这就烧。"他两眉间皱成"川"

字，叨咕："莫不成它又来了？"过不两天，窝铺就再也没人住了。窝铺框子前十多年还在。

蛇进驾驶室

2017 年 8 月中旬，经历这个事儿的高玉华师傅，在塞罕家园小区的西厢楼石台阶子上说起来了，四五个人在场听着。

塞罕坝建场初期，他和刘长友白天翻机械造林的宜林地时，看见机车前有一条蛇，以为压不着它，就没停车。过了一会儿，高师傅觉得裤腿角动弹，低头一看，一条蛇已经盘在档杆上，探出将半近尺长，还吐露着红舌信儿。他顿时吓得直叫："妈呀！长虫上车了！"刘长友说："咱俩换换座儿，我开车。"换了座位，离蛇还是那么近，架不住它吐着红蛇信儿左右"扫描"，高师傅就机灵地窜到驾驶楼子前边的机车盖子上去了。可是，机器盖子还挺烫，烫得待不住，排气管子排出的废气挺呛人，他急忙透过车玻璃向刘长海比画把蛇弄出去。刘长友是南方人，不怕蛇，从容地停下车，用长钳子夹住蛇头下边，悠着劲把蛇从档杆上拽下来，不太猛地把蛇甩到草丛里，看着它消失了。这时高师傅的胶鞋鞋底已经要熔化成黏胶了。他跳下来上车继续作业。蛇到底怎么进的机车楼子？他始终纳闷。

他跟我们说："那家伙，要咬我一口就揍了！"一个听着的人逗他说："不就俩眼儿吗？"他拉着长腔儿回嘴道："哎哟！要不你试试！真咬一口的话，好几个月不能参加生产。"

上山看妈妈

塞罕坝机械林场上个世纪六七十年代的荒山造林任务十

分繁重。全场每年都数万亩，家属积极参加林场各项生产，啥活计都干，造林生产更是踊跃参加。英金河林场职工于某常年坚持在作业区，一年也回不了几次家。这是70年代初的一年，即将开始春季造林，于某的妻子和其他家属报名上山造林。她打点好行李，为孩子备些粮食、咸菜，嘱咐不要玩火，不要打架，还嘱咐大孩子带好弟弟们。第二天，孩子眼见妈妈上了拖拉机，流下了眼泪，妈妈看见后背过脸去。

已经半个月啦，几个孩子天天想妈妈。这一天，两个弟弟想妈妈又哭啦！老大给擦擦眼泪说："妈妈在红水栽树回不来，我们去看她。"弟弟一听都笑啦！也不知多远，马上响应："走！"他已经迫不及待。老大说："明天吃完早饭去。"孩子在梦里先见到了妈妈，还说："妈妈，大哥领着走来的。"

一大早，孩子们出发啦！他们不知道从家到红水小30里呢，见妈妈心切，道上没顾得玩儿。奔上亮兵台的山根土道走着，一个多小时才上了曼甸。早上喝的粥，不多会儿就饿啦！十二三岁的老大轮换背着二弟、三弟。他们又走了一气，看见房子啦！有人看见几个孩子，很吃惊地奔过去，一问明白啦，赶紧把他们领进作业区。说："你们真胆大，道上没人，碰着狼咋办？"老大问："叔叔，红水还有多远？"答道："还有8里地呢！吃完晌午饭我跟你们去。"

因为没有道，这8里地更难走，一步一陷脚，送的人轮番背老二、老三，老大体贴人，坚持走着，走了小半天到了红水作业点。收工要等到晚上7点左右，孩子们就在窝铺前张望着："妈妈咋还不回来呀？"送孩子的人跑了三四里地，找回了孩子们的妈妈。几个孩子跑过去和妈妈抱作一团。老大说："妈，我们做梦都看见你栽树啦！我们走着来的，到亮兵台吃了饭，是叔叔送我们来的，还背二弟、三弟。"妈妈用裂满"蚂蚱口"又黢黑的双手，依次抚摸着孩子天真可爱的脸庞，说："明天回去吧，没地方住。过几天爸爸回去看你们，妈妈再有 10 多天就回去啦！"她回身要再次谢谢送孩子的人，见他已经进窝铺啦，他还要赶回作业区。第二天早上，孩子们坐上到作业区拉苗子的小牛车，母子相互招手告别。

后来，孩子的妈妈转为林业工人。哥几个和妹妹上完学，都在林场就业。如今，第三代也已成为林场一员。与其说献了青春、献子孙，不如说成为林业世家，为生态大业做贡献。塞罕坝的林业世家何止数百家，第一代人的孩子大多当过留守儿童，这是他们人生中的第一课。

嘴唇的血口

塞罕坝一年春秋两季 70 几天的大风着实厉害。春天，五六级风常事儿，刮得人站不住脚，背着风也迷眼。大风一刮接连 3 天，昼夜不停，天昏地暗，俗话"风三儿"。林子起来后好一些。树欲静而风不止，顶着风接着植绿。

眼见进入 21 世纪，三道河口林场工程造林在战犹酣。"五一"左右，林业科到施工现场，分散着检查。工地上弯腰栽树的人的上衣被风刮得直呼撩，头发全都包着免得散乱。林场的人迎过来，手里拿把植苗锹，眼圈儿有点儿黑。技术员说话几乎撅起嘴，呈个圆圈儿。因为他一张嘴，唇上裂的小口儿就出血，鲜红的，三四道口儿。场长对我说："你是第一任技术员，四任就缺第二任。你给提提（意见）。"我确实是第一任，"第一，如果风级加大，停止造林。第二，开缝隙后拿苗到投苗，尽量缩短苗根曝光和风吹秒数。其他工序越是这个时候，越不能忽视，这是国家级造林。"说到嘴唇的口子："这么多天就没想个法？张嘴就出血，媳妇都心疼。重要的是掌握造林必须嘴勤，要么以为你没看出事来。"我从兜里掏出一个药丸子盒儿，递给技术员："我那时开头儿和你现在一样，为防风吹裂口儿，用香脂三天一小盒，用凡士林膏就不裂了。抹上点儿管乎儿。"副场长说："小刘抹点儿吧！对象看着没血筋儿，高兴。"技术员说："我没结婚呢！回家你媳妇准问在哪吃生肉来，还是拱地来？"

瞎眼儿蠓捣乱

坝上有一种昆虫，黑不黢的带翅膀，不飞时体长二厘米左右，飞时宽有一寸多，人们很讨厌它，因为它蜇人。

夏季，有经验的骑马外出或上山，除了马鞭子，还有一把蝇甩子，用马鬃做的，做工精致，犹如道人的甩子。蝇甩子用于抽打苍蝇、蚊子、野蜂和瞎眼儿蠓。五月中下旬，草长出来和树放叶后，这玩意儿也出来了。据传，瞎眼儿蠓是从山柳丛根茎处的气泡中繁殖出来的，没人考究，反正它们和野蜂一样蜇人。骑马走时，瞎眼儿蠓专门围绕着人和马飞，飞得贼快。没苍蝇甩子，马最先倒霉，专蜇马的屁股和腿裆，眼见着屁股上流血；还专蜇睾丸，马就疯跑，缰绳都勒不住，还败道。把马拴到马桩子或树上时，蜇得跺脚通通响。不论你站着、走着、蹲着或弯着腰看作业情况，蚊子、苍蝇、野蜂也一齐上，得边看边胡捯，除了苍蝇，蜇上马上起个包。

一个施工员没有蝇甩子，也没预备一把带树叶的条子，他骑着马，脑门子就蜇了个包，直径足有一寸，疼得不行也没下马。他掏出个塑料袋，抠了仨眼儿，套在头上防瞎眼儿蠓。不大一会儿，一只瞎眼儿蠓撞进嘴角的塑料袋里，立时蜇上。他"哎哟"一声，撒开马缰绳就使劲一巴掌，瞎眼儿蠓死了，左嘴角偏上部位的包鼓起来了。吃午饭时，因为那个包几乎不敢张嘴。说来也怪，一暑伏，瞎眼儿蠓就没了。

上山打石头

现在，越来越多的人知道塞罕坝机械林场创业时期，职工和家属住干打垒、窝铺。那时的初心就是造林，是建场原则"先治坡，后治窝；先生产，后生活"的体现，也是为了节省资金，用在造林上。

三道河口林场建立于创业后期的 1975 年，其建设依然遵循着建场的"两先两后"原则。住着窝铺和圆仓搞建房，那会儿一平方米才投资 60 多元钱，加上地处偏远，显得投资更不足。大伙首先从石方上做文章，不到坝下和围场购买石方，自己动手打石头。侯庆山在机械林场建场前，是围场县一个区的区长。作为林场党支部副书记，在党支部开会研究就地取材时，他自告奋勇："你们抓造林生产，我带队去打石头，投资不足就得自力更生。"第二天他就带人踏查选石头场子，最终选在大阴背的西侧。随之，二十几个人在侯副书记的带领下开工啦！他已经 50 多岁了，却身先士卒，首先爬上山顶，干着活，不忘提醒着安全生产。参加打石头的人都以侯副书记为榜样，起早贪晚地奋力干。晚上，他们就住在窝铺里。有人给他牵来马，叫他回场部睡炕，以便能解解腰乏，他果断地拒绝。两个多月下来，打了近 200 立方米石头，及时地保障了建房的施工进度。这些石头解决了五栋房子用石方的大问题。算来，从围场买一立方5元，一拖拉机一次运四立方，还得当天回来，至少节省5000元。如果把替代下来的砖、运费、装卸车费计算上，节省的资金何止万元。在那时，省下5000元钱，可是个大钱啦！这种施工再加小心，出点儿事故也难免。一个小伙子在施工中伤了脚，包吧包吧接着干。笔者在1977年调入林场时，见他上山走路还瘸着呢！一位80几岁的退休干部，至今还记得这两个人。

启发性小故事

创新植苗锹

塞罕坝建场初的一二年，人工造林使用铁锹、镐头和前苏联的郭洛索夫植苗锹。使锹的挖坑；用镐头，苗子一顺歪；苏联郭洛索夫锹锹型如军用锹，厚1厘米，有六七斤重，一个人一天栽300株苗是快的，都不符合造林需要。领导想，"工欲善其事，必先利其器"，副场长张恩成号召尽快改进造林工具。孙秋烨和金广玉经过反复研究，根据苗木根系，取铁锹的轻便、镐头的缝隙和郭洛索夫锹的直立性，研制出重2斤多的植苗锹。锹长20~25厘米，锹与柄裤一体，连柄长1米，可控制株距；锹上端设脚蹬棍，一脚宽；锹的上宽和下宽分别是12厘米和8厘米，下部呈钝三角形，钝刃；通锹一面平，一面起鼓儿，上部厚1.5厘米，向下逐渐降低，至锹尖儿鼓儿消；从中线鼓儿向两侧渐薄，至边厚0.6~0.7厘米；植苗锹钢质。由此，创立缝隙植苗法。一人一天植苗2.5~3.0亩，800~1000株树苗。塞罕坝人工造林百万余亩，植苗锹是常规利器。围场县农村来林场造林的农民，对植苗锹很欣赏。人熟了后，陆续地有人回家时非要买一把回去绿化自留山。

因工具简单，没报过专利，早就推广开了。记者对这个效率很吃惊。他们给他带演练一讲，他恍然大悟。竖起大拇指说："塞罕坝人真了不起，我以为是栽一两米高的树呢！"

"柳筐儿"定流沙

塞罕坝机械林场总场西 3 里左右的大脑袋山,是一座流沙坡。东和南坡面有一二百亩;有风无风都能看见往下流沙子,逐年向东逼近;沿着山脊,长着为数可数的弯曲的桦树,两株天然油松硕粗不高,树冠庞大,好像在低头叹息。叹息坡身常年裸露,不知绿化了多少遍,流沙坡依旧向前移动;叹息何年有人为她披绿衣。上世纪 80 年代初,有一个人宣战了!

王默实,1962 年毕业于承德农专,分配来场一直从事绿化工作。1982 年 12 月,他出任技术副场长。林场有几个地方难绿化,首先要拿大脑袋山"开锹"。1983 年春季,林场生产安排就绪,他按预定方案亲自攻山了。他先安排人编絮柳小筐儿,直径 25 厘米,高近 30 厘米;考虑三年生苗侧根、须根易断,就在苗圃将樟子松苗带原湿土坨装入框内,杵紧实,运到山下;挑、抬都上不去,只能怀抱肩扛踏着流沙上去,他体格不好也往坡上送;按设计定点及时埋入用铁锹深挖的沙坑内,深埋湿沙 10 厘米以上,以防止流沙或降雨冲刷露出柳筐儿。沙坡面绿化十余天,夏季调查成活率超过 90%,实现了樟子松造林当年见林。而柳筐儿成为塞罕坝的独创"营养钵"。接着,他们又绿化了飞机场西、南两侧。造林十多年,沙山不见踪影了!如今,大脑袋山碧绿接天,最粗的树已有苍松之意。可他已经走七八年了。

纯真的爱情

小学生当鸿雁

建场初期，全场 360 多人除了有家口的，大多数人是单身。男职工占绝大多数，女职工寥寥无几，差不多都到了成家的年龄，谈恋爱更是个新鲜事儿。

吴景昌，毕业于东北林学院，1963 年从大唤起林场调入第三乡林场。在同期来场的四十几名同学中年纪最大，被称为小大哥儿。别看他个头瘦小，钻研技术劲头大，勇于吃苦；因为不爱说话，跳个交际舞还内行，搞对象就犯难了。林场学校一名女教师对他早已情有独钟，但不好意思接近，两个人就像各站天河对岸一样。小吴的同事们想成全他们，想了一个法儿，分别做好了他们的工作，让一个七八岁的小女学生来回传递信封里的情书。俩人传了足足两年的情书才公开，也只短暂地见了几回面。两个人又见面时，女教师说："你挺好的，这么下去，又长一岁啦！"小吴憋鼓一会儿，开门见山，说："你看要行，结婚行吗？他们说等着喝喜酒呢！"两人的恩爱生活没多长时间，吴景昌因为在校学习上乘，被调入林业部西北林业调查大队，工作和生活条件比机械林场好多了，他在那干了五六年后，终于得以批准调回塞罕坝机械林场。俩人通的信摞起来有一尺高。由于吴景昌潜心工作，成绩斐然，加入了中国共产党；1981 年和 1987 年先后晋升了林业工程师和高级工程师；随后获得省政府津贴奖。

两人晚饭时，都要互敬对饮喝半斤八两的酒，成了习惯。

一人先分别斟上酒，俩人共举杯饮下，另一个人再斟酒；谁要先自斟自饮，先道歉，再罚酒三盅。笔者就给吴景昌解过酒围。大概1991年，我晚饭后去他家串门，俩人很热情让我喝点儿，我婉言谢免，说喝过了。正说着话，吴景昌先端起酒盅喝了酒，老伴儿不让了，还说自罚是赚便宜。我也劝不住。"干脆给我也拿个酒盅来。"我这么一说，他老伴儿气消了不说，还高兴了。与他们共饮一瓶酒，加上我在家的三四两，着实不少。

2017年春季，82岁的吴景昌于围场县医院谢世，他的3个儿女有两个早就从业于机械林场。

情书被拆

建场初期，由于男青年职工多，女的特别少，工作、劳动和学习之外就没啥事了。一部分男青年，连结了婚的也在内，总要发点儿馊，开个玩笑，闹个哈哈。尤其一有谈对象的，会引来赞慕和帮助成全，也会刺激一些年轻人的好动性。

一位中专毕业生与一位女教师在交往一段时间后，俩人坡前树下，滩前河边，倾心相誓，确立了恋爱关系。有几个小子看在眼里，挺眼馋的，算是窥眼望缠绵吧。

时值男方在外学习一段时间，两人当然不是一两次通信，内中话语必定情意绵绵，相互倾吐心里话。几个小子终于逮到女方要寄出的信，偷偷地拆看了信的内容，记住了两句话："泉兰有块荒草地，专等秦俭开荒郎。"两句比《诗经》的《子衿》"青青子衿，悠悠我心，纵我不往，子宁不嗣音？……挑兮达兮，在城阙兮。一日不见，如三月兮"更简练通俗，足见相思之深，写得也够情真意切的了。想来，实在是少女多怀春。

一个小子说："我娶个农业社的就行，有了孩子将来好接班。"几个小子封上信，隔一天的早上在食堂吃饭时，一个小伙子催促链轨车司机："快吃啊！我那儿有块儿荒草地儿，专等你开荒啦！"姑娘的脸"唰"地红到脖子。旁边的故意咳嗽一声，那个小伙子又催了："你快点儿吃，等草长高了就不好开荒了。"姑娘饭没吃完就跑了。后来，男方学习归来，两人终成眷属。

孩子五个月才见爸

卢成亮，1957年参加林业工作，1959年入党，一心扑在工作上。他在大唤起林场大梨树沟作业区当主任，经营面积9万多亩，造林等项任务都大。未出正月，他就顶着刺骨的寒风骑马上班去了，此时，妻子怀孕已经五六个月了。到作业区后，他首先安排组织造林劳力，然后安排搭窝铺、修窝铺和工棚，造林地块顺序，次生林抚育，还有苗圃生产的准备工作。有了人才有生产，所以要雇佣劳力。他带着两个施工员，路过场部没回家，直接去了围场；接劳力回来在场部站车仍然没回家。生产正常开展后，尤其造林开始后，他天天跑10多个工地，每天上梁、爬坡过沟，中午吃在工地，一天只睡五六个小时；参加林场半年的生产检查，好几次愣是没回家看看。期间人在山上，传来喜讯，媳妇又生个儿子，到了孩子满月，同事又几次劝他，领导甚至下命令，他都没回去看看。他就是一句话说："我是共产党员，这会儿不能离开生产第一线。"

秋天苗圃快起完苗，安排好次生林抚育，他才回一次家。到家天已经黑了。他黑黝黝的脸，早就瘦了一圈儿，媳妇看了看才认出是谁，腼腆地笑了，说："快看，孩子快 5 个月了。"接着话一转："还没吃饭吧？"他哑着嗓子说："你生 4 个孩子，我没伺候过一天，实在对不起你们娘 5 个。"他抱起小四儿想亲亲，怕胡茬子扎脸，又说："摇一个，摇摇。高一个，再高高一个。"

生活小乐趣

弄张羊皮兜上

上世纪 60 年代初，也就是塞罕坝刚建场那几年，分配来的大学生开始有结婚的，不乏有夫妻两地生活。这一年冬天，小肖怀孕看样已到大月了，尽管天气很冷，她也挺着肚子上班，从宿舍到千层板林场有半里地，还是逆风。这天早上，她慢慢地走着，碰见了爱逗嘻溜的老金头儿，小肖热情地向他打个招呼。笔者和老金头在七几年有过一次接触。我当时在木材加工厂工作，领导从总务科联系一匹马，让我到山上看木材。红马还不高，跑得也快，不一会儿就到了地点。我记下木材的大约数量和路线就回来了，向老金头交了马。第二天总场场长用电话把我叫去说："你骑马怎么把马镫骑丢了？"我说："我头一次骑马，马镫丢了还不把我摔坏呀！"这才知道是场长的小红马。场长说："没丢？我知道了，回去吧。"眼下，老金头对小肖说："这天贼冷，还不把肚子里的孩子冻坏了呀？"她说："那咋办呀？"老金头一眨眼，说："有法儿，你买张羊皮兜上，就冻不坏孩子了。"小肖挺感谢他。

没过几天，小肖胸前兜着托人买来的生羊皮上班。一出宿舍就有人看见了，有奇怪的，有乐得直不起腰的，有乐出眼泪的，这件事成了新鲜事啦！一个女职工说："你怕冻坏肚子里的孩子呀？再说羊皮也没熟（软化处理），抽抽吧唧，多难看呀，谁出的法儿？"小肖也没吭声，道上的人看见的，也觉得没见过。到了林场院子，有人乐得出了声，办公室里

213

的人擦玻璃上的薄冰往外看到后也大笑。等小肖进了屋，女会计过来问："准是老金头出的主意吧?"她点点头。事情传开了，老金头挨了一顿狠拖。没过几天，总场有事要向林业部请示，让小肖搭乘北京吉普回北京等着坐月子。知情人知道小肖怀孕已经8个多月了。

九几年时，知道她的夫君在中国林业报社工作，姓丁，名字很熟，因为塞罕坝曾经有个人与他同名，笔画一点儿不差。

人掉锅腔里

机械修配厂的一名工人结婚了。

媳妇大概是个农村的姑娘，看样子有点泼辣劲儿。他们在食堂里典了礼，发点儿糖，大伙喝点儿三毛钱一包的茶叶末沏的茶水，乱乱一会儿；简单地喝点儿一块钱一提子的散酒，就点儿缺油少肉的菜再吃点儿饭，尽管这样也算是对付一桌。搅房就拉倒吧。领导费好大劲给腾出两间小矮房子，个高的脑袋能高出椽子头儿；找人白天从锅腔子里把炕烧热，来不及整理就用报纸糊糊屋子。一套新被褥，还没褥单。一个土火盆，还有个菊子。

这两间房子居然成了洞房。只里屋有窗户，窗台2尺来高，门高一米六左右，进屋得低头，还得下半尺多高的坎子，黑土屋地，中间大椽上没有山花墙。俩人对坐着说了点儿甜蜜话。发电机快停了，点燃了煤油灯，也就休息了。屋外几个小子悄悄地听完了屋里说话，还听不太清，只是偷着乐；停电之后，他们把外屋门悄悄地拨开，进了外屋。听见好像有点儿动静，也发觉里屋有微弱的红光。一个大个子上了锅台，扒着大椽看，却不见人，比画上个人搭肩，没有锅和锅盖，只好"四蹄"

支着锅台，大个踩在背上，上去了。之前几个人就不出声地乐，这会儿大个乐得全身抽动，支撑的也偷着嘿嘿，俩人乐得不协调，劲儿不一样，鞋跟滑搁在了四条腿儿的肋部，他一痒痒一缩股转了180°，掉到锅腔子里头，腿和头搭卡在锅腔沿子上。因为炕烧得也不算早，大概灰下还有火，他嚷道："还有火呢，你快起来呀！别压着了，挺沉的。"几个人除了那个嚷的都乐出声了。屋里男的听出个大概都是谁，女的骂了两句。"等我光脚丫子出去。"他们急忙拽出锅腔子里的人，就往外跑，也顾不得乐了。

第二天，小两口儿遇见这几个小子问："谁掉锅腔子了？"大个指指右边的大个子，说："脖子磕破皮了。"新媳妇说："轻！等着，你结婚时好好收拾你。你们也不怕害眼。"大个龇牙乐了。

羊得挂掌了

某林场有个羊倌，文化不低，法律本科毕业，大概读书读呆了。听说干本行时，显出了温柔劲儿，审判时对犯罪的人说："老大爷，你慢慢说，你都干啥坏事了？"后来他就给弄到林场了。一来二去成了食堂管理员，开饭时总是先卖菜，后卖饭。职工买饭得排两次队，等买回饭，菜早已经凉了。那就当羊倌吧。放的是掺了群的绵羊和山羊，很尽心，背着干粮和水壶，早出晚归，好赖天都坚持。他在闲谈时说："林场跟班作业最多的是我，我是它们的领导。"

这一天，快中午了，多数羊在山坡下吃草，少部分羊上了砬子，不算离群。他坐在道边一块石台上要吃午饭，一个骑马的到了他跟前。他也看见了骑马的，说："啊，老金呀，跟我一起吃吧！"老金说："不了，到场部吃吧！"老金扽了一下缰绳，又让马停下，说："我说大刘呀，这羊得挂掌了，你看上山吃草的羊才几只哇！那些羊都不敢上去了，慢慢就掉膘了。"说完就走了。

晚上，林场班子正开会，他进屋了。场长问他："有事呀？"他说："这事挺重要，羊都上不去山了，羊得挂掌了。"参加会的人全乐了，场长呼地站起来说："我没听说羊还挂掌呢！是那个老金告诉你的吧？今天我看见他了。那年冬天，他告诉一个孕妇肚子上兜一张羊皮。"大刘说："羊掉膘不是我责任。"办公室主任逗他："你打听一下，啥时候铁匠炉不给牛马挂掌了，咱们再把羊赶去。"

"主任是我的！"

那时候，林场极少有可娱乐的活动，广播、收音机也没有。林场的电影队只有一部放映机、一个毛驴车、一个赶车的和两个放映的年轻人。几个月才放映一回电影，赶上冬天也是幕布露天一挂。一些人时常没事往一块儿一凑，就开哨。哨还分文哨和昏哨，昏哨至少是侃大叉，胡侃一气，甚至吹牛皮。

1968年某月中下旬的一天晚上，人又开始聚堆了。一个人开哨了："唉！今天说个真事儿，前些天县城搞防空演习，街道开会，说明天来'敌机'。大伙听见警报器响，不许点灯，不许出声，迅速往防空洞跑，15分钟到齐。早晨4点半警报器响了，二街道四组的一家5口人迟迟不到，街道主任急得不行。他们过了20分钟才到。主任问：'咋来这么晚？'大孩子说：'我妈把棉裤当棉袄穿上了，伸不出脑袋，直嚷。我爸点灯一看说，把裤裆剪开脑袋就伸出来了。我妈说，我

说伸不出脑袋还有味儿呢。等我妈穿好衣裳，就往这跑。'
这老娘们儿拧得孩子'哎哟'一声。老爷们说：'要不点灯，
这会儿脑袋也伸不出来。'"大伙接着又乐了一会儿。他刚说完，
一个人问："谁家的？"他没吭声。那个人问："准是你兄
弟媳妇吧？"他回答说："别逗了，真事儿，我中午听说的。"
在大笑中，另一个人张嘴了："大唤起有哥俩从沟门往沟里
搬家，一小牛车把家具全拉上了。哥俩坐在车上还仰脸朝天，
过了56号不远，老二反复地唱着'大姑娘美，大姑娘美，大
姑娘是秀林山中的水'。大概哥俩都在美滋滋的陶醉中，只
听'哐当'一声，也搭上'信牛由缰'，车翻到小桥下。哥
俩爬出来一看，二缸碎了，两只木筲砸坏了。老大说：'大
姑娘再美，不能当水吃。美呀？还美不？'"有人说，这个
侃得也不错。

　　这时宿舍的人满了，炕上、凳子上和小厨子上都坐了人，
还有抄着袖子站着的，大伙接着侃大叉。在瞎乱乱中，一个
人说话了。实际上，他一个人说了算："总场革命委员会已
经成立了，主任、副主任和常委一共才仨人。咱们成立个吹
牛皮协会，也主任制吧，不兴'长'字。先说好喽啊，不是
和革委会对着干啊。我身后这俩，里边坐凳子那小子任副主任，
坐着橱子的、炕梢旮旯那小子，还有给炉子添劈柴的也是常
委，剩下的是委员。"有人问了："我们有衔儿了，你当
办公室主任呀？主任谁当？"当初，称协会只知道别和委
员会这仨字犯劲，不看挨整。

　　至于他当啥，他说："我当主任呗。"话音刚落，走廊
里有人搭话了："什么你的？主任是我的！"话音未落，从
虚掩的门进来个人，是个当官的。大伙乐出了眼泪。他若有

所思地问："什么主任？"没人吭声，都大眼瞪小眼了。待了一小会儿，那个"主任"说："这个主任有主了。明天我成立个侃大叉协会。"有人说："那我们也过去。"

"不如不捡了"

在塞罕坝原来狍子、马鹿都是成群的，后来逐渐少了，但也会三五个成小群。上山捡一只或一对儿鹿角是时有的事。

东北林学院毕业的曹技术员，在千层板林场工作，有一天和同事上山检查生产，路过杨桦树林子时，在相距不远的两个地点捡了两支鹿角，是一对儿，都是三叉，接近一米高。这个意外收获，他高兴，同事们更高兴，窜腾他卖了，好喝顿酒。他们在作业区吃过午饭，去过最后两块作业地就打道回林场。但是坝上的供销社不收购那玩意儿。消息传到在总场科室的同学耳朵里，对方来了电话，祝贺他发财了，接着说："供销社不收，军马场那边收，我想法儿给你闹个车，明天去。"

第二天上班不大会儿，总场的北京吉普车进院了，老同学下车，喊他拿上鹿角。他刚要上车，有个人追出来，问中午喝酒还是晚上。曹技术员本来好喝点儿，请就请吧。说："中午吧，两桌。"车就启动了。在车上，老同学说："两桌就对了，好几个同学都等着呢！"

食堂大师傅和管理员开始准备了，也没啥准备的。只有土豆、酸菜、腌芹菜、腌芥菜疙瘩、两三斤猪肉。管理员着急，上哪弄东西去呀？他先去供销社买了一箱酒24瓶，两块多钱一瓶，但连肉罐头也没有。一个销货员回家给拿了两颗白菜，送食堂后，窜到总场招待所跟管理员"好个哈"（管理员姓哈，耳聋），紧套近乎说好的，又解决了5斤猪肉、5斤大米，米还是籼米。他们又到两个人家，强买到四只半大公鸡，六七个鸡蛋。大师傅勉强对付出16个菜，一桌8个。没有粉淀子，鸡蛋打清汤；籼米先下锅，后下小米捞二米饭。

11点半多点儿，开桌了，来祝贺的比"发财"的还高兴。大伙又见到肉了，喝得很开心。哎呀，还有鸡蛋汤呢；二米饭，大伙来塞罕坝还没见过大米呢！下午一点半钟庆贺宴会结束，人人喜气加酒气儿。好几个人舌头不好使地预祝着："老——同学预祝你再捡一两回啊！"食堂里管理员喊了："曹技术员，两桌90块钱，零头免了，算账。"老曹听了一愣神儿。那时除了总场几个十六七级的，就属他们本科毕业的月工资高了，45块钱。卖鹿角正好90块钱零两毛几分，超过俩月工资呢！他说："不如不捡了。"那个忙说："别不捡啊！不掏工资得了呗！你还剩两毛呢，还能买盒太阳牌儿香烟呢！预祝有下回！"话说回来，要是现在，一对鹿角再少也得卖3000块钱。不过，也很难捡到了。

"野狼"挠窝铺

上世纪70年代中期的一个冬天，某林场的木材加工厂几乎天天组织拖拉机和人力上山拉木材，天寒冷得要命，一部分人只能跟车去跟车回来。因为山上的窝铺小，只能挤住10人左右，白天只留一个做饭的。跟车来回的和住窝铺的，一个星期对换一次，住一宿冻得也够呛。说不上乐观精神，可也有乐呵劲儿。每天单程80多里，车到得把住窝铺的接上。大伙到山上再踏着尺深的雪，从大坡上一块一块地把木头拖下来，再装上车。下山怕出事，移动得几乎没有牛车快，把拖拉机送上两个大梁，还有六七里地远，再走回到窝铺天就黑了。

这天，离窝铺大约一里地远的时候，就有人琢磨事儿了！做饭的虽说是个蒙古族人，实际上人弱气，好像智力比常人也逊一等，最倒霉的是出身不好，好在其父是个转业军人。做饭的30多了才娶上个贫农出身的媳妇。有个人说，咱们吓唬吓唬他，但也别太过分。一个挺乐呵、快40岁的人会学狼叫，就叫起来了，离窝铺越近，狼叫声越真。做饭的早就毛了，大概手已哆嗦脸已变色。等到"狼"接近窝铺时，两三个洗脸盆已经敲掉瓷，不能用了；听声音"狼"叫着上了窝铺并且挠草了，他岔了声地叫喊，猛劲敲做饭用的大洋瓷盆，同样盆沿卷、盆帮和盆底瓷全敲掉了，汗也不知啥时出的，顺脖颈流。"狼"转到窝铺门子了，他虽然已经叫不出声，但仍嘶哑地叫，还知道再换一个大洋瓷盆。这时敲盆的工具是菜刀了，已经不是比斧子把细的烧火棍。"狼"大概也累了，稍歇一会儿，又挠门子了。他见还有一个盆装着米汤，没法敲，就掀开锅盖，用菜刀背磕锅沿。"狼"一听锅沿响，吓唬结束，喊做饭的开窝铺门，说没狭呆。他说："没这么吓唬人的！我敲坏了四五个洋瓷盆，只能敲锅沿。明天做饭盆不够用了。"有人说，你赔洗脸盆啊。他说，没把我吓坏便宜你们了。几个人吃完饭，帮他烤干了棉衣，窝铺的热乎气儿也要没了。

第二天上午，拖拉机带来些小米和稍粗的玉米面；土豆已如冻酸梨，好歹在家分别洗净了，要么得化雪水洗。现在的吃法只有两样：就冻烀，熟了还是面的；化了加盐煮熟，当咸菜。几个人琢磨土豆时，司机对做饭的说："尤某某，你媳妇在县城大车店出事了，跳洋井淹死了！"说完，他就进窝铺吃饭。人们忙着吃饭，好早点儿上山。有人要续饭，没人应声，也不见人。学狼叫的出去一看，他人在拖车上，正坐着自己的行李卷，冻得直哆嗦又跺踏脚，不停地呼气热乎手，手指已经弯弯得不能并拢了。学狼叫的乐不呲儿地骂道："你他妈的潮种，洋井头比碗粗，管子一寸半粗，能跳进去吗？他逗你玩儿呢！快出来俩人，把潮种架进去！要冻坏了！"然后他告诉司机："可别逗他了！昨晚送走你们后，就差点儿吓坏他。你看看，盆让他敲没了，差点儿把做饭的锅用菜刀背儿敲裂纹。明天给支5个洋瓷盆来，跟头儿好好说说，别忘了！"

裤子掉了

总场这片有十几个人爱钓鱼，多数是技术工人。夏季一旦星期天能休息，他们就出去钓鱼。还有为了戒烟的，多带点儿酒、咸菜疙瘩和玉米面饼子去远处。大多数去火泡子。这一天，三三两两搭个帮，也有单人去的。到地方后，他们各自选个点钓鱼。

机械修配厂的刘师傅来得最晚，他看到一处没人，就选那了，离别人稍远又肃静。头一条鲫鱼一两半左右，将近俩小时他钓了十几条。这时，他忽然内急，既怕耽误时间，又不得不方便，就干脆挪一步连拉带钓两不耽误。他还没便完，鱼又咬钩了，急忙蹲着往出甩鱼，哈！这条鱼估摸有小二两重；蹲着甩不起来鱼竿，更甭提摘下来鱼，人还得站起来，他往起一站，裤子掉到小半尺深的水里了，顿时全湿，也别想吸烟熏蚊子了。两邻那些钓鱼的笑得前仰后合，还有两个乐时后仰躺在了水里。这边，他一看见大伙笑自己不雅观，赶紧蹲下接着钓，裤子湿就湿吧！可是，蚊子逮着机会了，眼见十几只前来光顾加亲热，他又赶忙放下鱼竿，费功夫才提上湿裤子。他觉得站着不得劲，想坐着吧，湿裤子箍在身上还坐不下，蚊子叮的疙瘩发痒了，还没法挠。就想干脆回家，嘴里叨咕着："这两天连邻居的孩子都见着肉了。"那两个仰脸朝天的搭帮，裤子湿走路也费劲，差不多两个小时才到家，裤子也差不多干了，只不过染上了红褐色的水锈。

钓鱼掉到泡子里

火泡子是个钓鱼的好去处。这一天，去钓鱼的有十多个人，即便是头一回去钓鱼的也能有收获。有个人一个小时之后才到，他看见一处没人，是个向前突出、犹如一个小半岛的地方。心想就这了！

他与别人不同，带的是柳条筐，挎在左胳膊上，虽然带了马扎但没坐，站着钓。头一条鲫鱼足足有一两半，他摘下扔筐里，钓一条往前挪一步，钓一两条再向前挪一步，很快钓了20来条，他也没必要数挪多少步。别处钓鱼的盯着他，心想：快了，快掉下去了！他哪里知道危机要来了。钓的鱼，多多益善。他还在挪着往前钓，筐里已有20来条鱼了。当他挎着筐向前挪步时，"草舌"头很快就在他的脚下奔拉下去，他也顺着草坡儿滑下去了，还喝了几口泡子水。筐和鱼已经不在胳膊上，他双胳膊扑腾产生的水波推动着鱼筐飘向泡子深处，还能看到鱼在筐里跳动。他想把筐和鱼闹回来，却不会游泳，扑腾了几下，筐越来越远。早来钓鱼的人奔过来，把鱼竿伸过来，叫他往回扑腾抓住鱼竿。他抓住鱼竿时还不时地回头看筐，还在心疼那些鲫鱼。他随着岸上的拽劲靠到岸，几个人后面拽着把他拽上来。他坐在水草丛里说："可惜了我那 20 来条鱼哟，孩子们等着呐，两三个月没见肉腥了。"
然后粗喘了一口气又说："谢谢你们，耽误你们钓鱼了。"
之后他站起来扛上鱼竿，提着马扎和午饭回家了。

植苗桶床架

农村已经种完地。某林场小张的媳妇下了班车，近 70 里的路，她一步一踩沙子，一步一踩涝塔（草）头，顶着午暖还有些刺骨的寒风走到林场。他们正月结的婚，新婚燕尔不几天，小张的假期就到了。一个月后，他转工了。洞房花烛夜，金榜题名时，是年初两件大喜事。

小张正在山上施工，当然不知道媳妇来，知道也回不来。作业区主任临时把她领到一家休息，午饭在食堂吃的。主任是个热心肠的人，即刻骑上马上山找到小张，说："你媳妇来了，放你两天假。你们在我办公室外屋住，我来时让苗圃主任到种地的解放军那儿借个床板，搭个床，在食堂吃饭。你骑马回去吧，我顶班。"

苗圃主任是个一说话先露笑脸、眨一下眼的人。借床板时，借了块单人的，跟了俩人把床板抬到作业区。搭床时，他让人找管库房的借了 12 个植苗桶，两个桶口对口摞上，共 6 个"床腿"；床板罩上借来的 7 块多钱的浅粉色线毯，叫人把小张的行李搬来，铺开褥子，他神秘地一笑。小张回来了，对苗圃主任他们很感激。小张按按床还算牢固，然后去看媳妇啦，步子不小。

晚上快 9 点了，俩人还在说话。屋外苗圃主任几个人悄悄地在听着，等着，心想久别胜新婚，但生没动静。大约 10 点多，屋里的人要休息了。上床时"床腿"开始"嘎吱"了。

屋外的人开始偷着乐。过一会儿，里屋的"床腿""晃嘡"一声塌掉了。屋外的人笑出了声。屋里俩人滚落到地上后，借着锅台上微红的油灯站起来，女的说："真坏。"小张却说："身上有土，胡掳胡掳。"女的说："你身上也是。"原来，屋子的地上有一层土，还有踩破的莜麦穰子。紧忙从靠后墙的杆子铺上拿两件衣服穿起。这回他们长心眼儿了，只用6个植苗桶做床腿。他们重新铺好床时，外面已经没有偷着乐的人和笑声了。此时，大概后半夜了。

冒大雨下山

1980年前的一个7月，沙勒当林场四道河口作业区的人工整地完工了。这块宜林地距离作业区至少7里地，靠近撅尾巴河，河那边是牧场。

林场技术员、作业区主任和一个施工员验收，乙方是个年轻俊俏女子，个儿不算矮。从社员角度考虑，林场方面没有骑马，顺着沙荒道眼儿奔赴作业地的，道上歇了两次就到了。验收以技术员为主，作业区配合，验得细致，连测面积眼见结束。天空上从东面飘来一团云彩，不算太白，云彩在迅速扩大变乌，成了雨云；又转眼工夫大有倾盆之势，已有隆隆声，大伙得赶紧走。等技术员把记录放进三脚架的袋子里，罗盘仪装进盒子里，随着一道闪电和随之而来的"咔嚓"一声的响雷，箭雨"哗哗"地射下来了！此时，只剩下技术员和主任了。俩人衣服都湿透了，技术员怕浇湿了验收记录，倒抱着三脚架袋子。因为闪电和雷声不断，他们只能快走，不能跑，都说一跑着雷；也跑不起来，一步沙子一陷脚，拉直线跑就慌不择道了。衣服湿了，箍在身上迈步都费劲。乙方的姑娘在他俩前边 20 米左右，同样湿衣服箍在身上，线条还算清晰。主任是个有点儿猴儿、还爱开玩笑的人，他透着箭雨对技术员说："你看，她肩膀挺圆乎，腰挺细，俩屁股蛋儿滚圆儿。咱俩追上去。"技术员说："我个矮、腿短、裤子湿，你追吧！"7里地比去时走的时间还长，他们冷得浑身打冷颤了。最终也没追上前边的姑娘。快到作业区时，雨停了，还露出了夕阳。真是秀女湿衣显苗条，痴男腿箍开玩笑。

俩人在办公室里拢堆火，提着上衣烤，不时地转身烤，裤子只能穿着烤。技术员当晚回到家，为防止感冒，喝了一碗姜汤。

第二天，作业区主任回场部了。原来，他夜间发高烧一宿，回来后说啥也不打针，因为林场医生手哆嗦，知道第二次投针眼儿的事儿，害怕针扎到骨头或神经上。他一天吃了六七丸羚翘解毒丸，感冒好点儿了，可又拉了一天多肚子。脸更消瘦，眼珠更大却没神，嘴里不住地"哎呦哈"，露出两颗镶着的金牙，双手捂着肚子，弓着腰，只是膝盖弯弯着。

狗嚎两昼夜

都说年轻人好动，出个馊主意，使个坏，大多对着人。但有时候也对动物使个坏。有一个施工员 40 多岁，别看文化低，搞施工还真有招儿；遇见个啥事或者关系到自己，眼睛一眨就是个主意，让人很不理解，甚至家畜也对他不友好。中国人民解放军某部在林场种土豆，搞生产的带着一条狗，对他不是眼珠立愣就是不友好，总不至于他面相有点问题吧？照实说，他倒也没说过讨厌它。

没人注意到他啥时候预备了一截一尺多长的山苇子管儿，

直径足有 4 毫米长。有一天，可好那条狗奔作业区来了，几个人在说话，他进屋平拿着苇子管儿出来了，叫着狗的名字时已经蹲下，把苇子管儿的一头叼到自己的嘴里，另一头趁狗跟他摇尾巴近乎时送进狗嘴里，"噗"的一吹，只见狗立时嚎叫起来，就像挨了狠打一样，一边嚎叫一边跑回帐篷里，钻进床底下。原来他在苇子管儿的一头里放了些辣椒面，吹到狗的嘴里，肯定嗓子眼儿也辣了。连队的管理员生叫也叫不出来。这条狗不吃不喝地直叫了两个昼夜还多。从此，它一听见他说话声就咬叫一气。有人说他人闲狗不爱。

之前的一年正月，书记带有关人员上山，他的马生生两次站在高包上，仰起脖子，再猛甩下脖子，把他头朝下甩进刮风存下的雪里，只露两条小腿弹动。回场时，他怕马再算计他，撒开马，顶着寒风走着回家。

"东为大"

塞罕坝有一年要场庆，从三四月开始筹备，展览馆分建设成就、图片、动植物资源和电动沙盘四部分，责成 4 个人分别负责。因为有时间限制，各摊紧锣密鼓。一个科长负责沙盘制作。说不清他是学过几天《周易》，还是听别人说的，虽然连八卦有先天和后天之说都不懂，却在安排沙盘设置位时大声小嚷地"东为大"，把沙盘设置在东门一侧。原来，展览馆是由汽车库改建的，很宽敞，还有个西门。四摊子同时运作，只见他摆出伟人气势，而管得少。一个工人见他就骂，他抬腿就溜，怕挨揍；大伙有事找他，得去 4 个人一桌的家去找人。

再有一个月筹备就结束时，负责建设成就部分的人发现麻烦了。沙盘在东门，是开端，可东门是出门；参观的人从西门进，坏了！于是他把两个制作建设成就展板的人叫来，严肃又好声地说："拜托你们俩返工吧，改竖排展板。"俩人急了问："为啥？"负责的说："才反应过来，沙盘设在东边，我们管不着龙头，可得跟龙头保持一致呀！你们……"岁数大的站起来的同时大骂："我日他爹！我不干了！走，找场长去！"场长、书记不长时间来到展览馆，负责沙盘的刚支完骰子，被从桌上找来了。场长问他沙盘的事，他回答："东为大。"场长大怒："挪了！什么东为大？耽误时间你负责！"

他费劲地又把建筑工人找来，在西面策划了位置。干活的要破坏他们的劳动成果了，加上底部石头层足足有一尺半厚，又没少放水泥。一镐头一冒火星，渣子崩脸，半天才刨一个小坑儿，说不干了。另一个说："我来，这得骂着干。不涨价钱没门儿！"他举起镐头，下落时骂道："东为大，大你打麻将不和；东为大，大你爹个脑袋；东为大，大你个好说假话……"反复地连干带骂。他在跟前听着，要走。工头说："你要走，我们就不干了，你也没说重新打坑子呀，骗我们。"他只好在骂声中监工。干活的还说："东边填你那坑子就不冒火星子啦！"从刨坑开始，他好一段时间也没亮从电视上学来的：伟人左手顶着腰，右手指头夹着烟，稍挺肚子，横挥胳膊，一派高大气势的三手儿架势了。后来有人说："他打麻将总要坐东面，就说东为大。也难怪后来把他家的大门又往东挪了一门多。要是挪在正东，就是别人家的院子了。"

40年场庆之前，他官做大了，派势很足，一说话，一乐一挺肚儿；"七一"那天堂而皇之地在街上和家属赌钱。召开会议时，委员们齐了，他身子后仰，双脚还搭在办公桌上。研究场庆起始日子，他觉得会一锤子定音，郑重地提出定在8月18日，场长与参会人一致否决；他又提出9月18日，还是被压倒多数否决。会后有人说："他要接见红卫兵，不行就日本鬼子进东北，幸亏7月7日过去了。"场庆时，他没在职工队伍前面，却像散民一样可处逛游。

剃半拉脑袋

河北省塞罕坝机械林场将进行第二次采用农用飞机化学除治森林害虫30万亩。防治前的再次虫情普查、地面人员安排、调机联系确定的日期、确定领航和物资等，在春风乍暖又很不稳定的季节中准备结束，只欠"东风"了。

由于北京发生"政治风波（原政治定性为'反革命暴乱'），戒严禁空"。林场原定5月18日调机，5月20日~6月10日结束，后来总场场长带精干人员奔赴北京联络特别解禁。5月，北京的天气很热了，得跑不少手续，而且不在一个地点。森防具体负责人从虫情复查到各项具体工作的筹备，近3个月未理发，散乱的长发犹如乱毡子。当时他在北京已经跑了两三天了，路过前门街，见有个剃头挑子。司机说："返回来大约60~90分钟，按三下喇叭上车，要不警察扣车。"他问理发的："师傅，剃光头多少钱？"师傅瞥了一眼说："5块。"师傅就围上白围裙给洗头，水不热不行。剃头时理发的与别人不同，要先剃左半拉，刚要剃右半拉，三声车喇叭响。他们大概只盖一个戳儿，还是头一回省事儿，来回也就半个多小时。他说："别剃了！"然后站起来扔下5块钱，就飞奔小车。后边理发的吆喝："围裙！围裙！我的围裙！"车已经开走了。司机问："剃半拉脑袋5块钱，还搭一块围裙呀？"他一低头看了看说："这事闹的。"心想，换地方再剃吧！

找饭店吃饭时，他用那块围裙围着阴阳头，人们看着很异样；因为直擦汗不得劲，就摘了白围裙，大伙没有不乐的。服务员端上来一条鱼，等他们翻过来时明白了：半片儿，只左半片鱼。他们下午又跑了几个地方，事情也算顺利。

晚上住下了，打开电风扇，场长几人终于舒出口气，想想还有哪些环节不周，后天就能试飞；估计树上的幼虫二龄多了，担心已有三龄的。那也得睡一会儿。大伙早晨5点起床就往回赶。森防负责人最后一个出房间，因为得用昨晚求别人给买回来的花毛巾，包上阴阳脑袋。车已驶入隆化县地界，同座的同事一低头，问他："你咋还穿一只拖鞋呀？"车里人全乐了。原来，他在换鞋时还在想，5月27日正式作业比计划晚7天，怕完不成计划心急，外面车喇叭一响，那只皮鞋就忘了换。眼见中午，司机说到隆化县城吃饭，他赶紧说："到一百家子吃吧，乐我也没几个人。要不这半拉光秃儿，一只拖鞋，一只皮鞋。"等到家后，他急忙换了一双棉胶鞋，又上了车，直奔飞机场。本来，他想让媳妇用剪子给铰铰，可一想明天飞机就来了，再说，车还在外边等着。

5月27日正式防治，6月11日结束，只完成了计划的78%，但欣喜的是虫口减退率99.8%，虫口密度由每株5867条降到10.6条。将近20天，他的左半拉脑袋头发长起来了，右半拉脑袋的头发增加了近半寸。那天到家他也没顾得让媳妇用剪子铰铰，场里也没个理发的，反正塞罕坝凉快。在林间指挥地勤人员时，风一刮，他右半拉脑袋的头发飘起来，像是防区界边的角旗。有人开玩笑说："人家说'半部《论语》治天下'，你半拉脑袋治虫子。"他说："只有保林子最重要。"

大"木灵芝"

上个世纪 70 年代初，某林场技术员嫪廷博随场长和作业区主任检查春季造林成活率，过涝塔子，上梁爬坡，趟草滩，各的裤子刷刷响，黄胶鞋磨得鞋帮和鞋底要出窟窿了。好容易跨到小道儿，从内心高兴。他们接着走，再检查三两块造林地就可以野餐了，连说带笑加快了步伐。他个高腿长走在前面，透过 3 个圈儿的眼镜片看到左侧道边有一个直径大约十几厘米的绛红色木灵芝，高兴得不得了。他说给后边的人："快来，看这个木灵芝多大！"几个人围上来后，他蹲下用岔开的食指和中指贴地皮"挑"木灵芝，一挑灵芝挑豁了。手指伸进去时，已经感觉不对了，抬起时满手还拉着焦黄的粘丝，臭味儿直扑鼻孔。他"啊呀"一声，紧扬脖儿纵鼻子。原来，这是一摊人的粪便，晒上几天颜色便酷似紫色木灵芝。作业区的人说："成天跑山，哪有木灵芝长在道边草地上的，看中午你怎么吃窝头？"他反复薅草擦，臭味扩延到手腕子，又抠沙土搓，只是臭味犹存，喘气时苦笑着纵鼻子。他只好走在后边，扬头四处搜寻没见个水坑儿，味儿着吧，纵着鼻子吧，围着飞的苍蝇早就"增兵"了。

中午，该野外就餐了，过来人给拿出窝头和芥菜疙瘩。他因为手臭，没法自己拿着吃，又过来个人纵着鼻子喂他。喂的人说："要是有肉，还得帮你剔牙，得亏见不着肉。"

"就差俩字了"

某林场一个大龄青年，身高也就一米六，体魄弱气，文化低，成分还高，说媳妇成了难事。热心人不多，还有个原因是女的太少，怎么也得双向选择。终于有个职工愿意帮忙，他就黏糊上了，时常搭句话，递支烟卷，求得其帮忙；过了一段时间，就问介绍对象的进度。帮忙的说："人是农业社的，我看过了，长得还行，条件不太高，来信说了4个字儿。说过一个月再说。"求人的就问那4个字是啥。帮忙的没说，他知道4个字是"肯定不行"，只说别着忙，我再说说。挨到一个月后，他给了帮忙的两盒大境门香烟，问候几句便直入正题。帮忙的断断续续说："就差俩字儿了！"说起这俩人，一个让人同情，一个叫人诧异。

帮忙的比起求人帮忙的年长10多岁，文化不高，爱哨敢侃。几年前，他因为赶牛车送造林苗木砸伤了腿，走路有些左右晃荡，说话也反应慢了，但吐字还比较清楚。但也娶不上媳妇，老爹一想起这事就掉眼泪，哥哥嫂子说起这事干发愁。求人帮忙的在此之前，曾经人说合与某公社一个农村姑娘订了婚。过后，老妈费劲搏出许着有10斤的白面，给他拿上，去看看未来的媳妇、岳父和岳母。他去了后把白面吃净回来了。

眼下，有人想，求人帮忙也该实在点儿，说不定能成，别看帮忙的也是单身汉。那热心人就告诉求人的："两盒破烟能管事？你想法弄点好玩意儿请请他，要么拖到啥时候？"又一人说："我看够呛。"求人的认准了头一个说法。他想一个月工资咋也够了。开支了，满月工资29块钱，他去了供销社，可吃的肉食品没有，只有梆硬的饼干和点心，不能买，只好买了 5 盒新来的大天鹅烟，瓶酒没有了，只好用涮净的输液瓶子提了二斤散酒，一个 1.75 元，一个 2.7 元。爽来买了一个酒壶和仨酒盅子，共计 4 块 4 毛。吃的哪去弄呢？他托人从外面淘，等来俩肉罐头，15 块钱；听人说某某套了 3 只兔子，苦苦求援了一只；又听人说"仨菜给鬼吃"，不行，就把家里的公鸡偷出来，一起送到林场食堂，给大师傅上了盒烟，没要；尤其叮嘱公鸡保密，别让他爸爸知道。

在帮忙的火炕上，土火盆盖上一块不算宽的板子，摆上了 4 个菜、4 盒烟（又买了两盒烟）。那俩热心人赶上了，他又去买了俩酒盅，又灌了一瓶散酒。围坐后，满上酒，先敬帮忙的仨，然后共同干仨；如此重复不知多少次，菜下的速度算一般，兔子肉和公鸡肉大概都老，虽然不太烂，也算美美一餐了。大伙喝着、吃着、说着，第三瓶酒下去一半了，也眼见帮忙的舌头刚要发直，但从开始到这会儿，就是不说正事儿。第二个热心人把话引出来，求人帮忙的问："我那事儿行了吧？"帮忙的说："就——差俩——字儿。"另一个热心人问："那是行了？"帮忙的说："俩字儿——不行。再——寻摸吧。"干巴饼省下了。事后有人说，他能介绍对象？

"你还要看真亮了"

进入 21 世纪，塞罕坝机械林场所属各林场的各营林区才陆续通了高压电，林场和营林区的生活设施明显改观，不但有了电视，大伙还能时常地洗洗澡，还是淋浴呢。回想到 20 世纪 80 年代中后期，总场机关的水房才设了一个洗澡池子，几个月能洗一次澡，两三年洗一回也正常；多数情况下，林场和营林区的人一年两年也洗不上澡，有"搓莜面鮈鮈"之说。

出差的人还可以干净一回。

　　还是临 20 世纪末的几年，寒冬了，雪有几寸厚，风还刮着。有人跟后勤办公室主任说："该洗洗澡了。"他答复："烧水。"已经有人听见了。水烧好、兑好后，有人从后门进来喊道："洗澡了啊！"实际西厢房的几个女同志已经抢先占领了澡池子。只一大间，脱巴脱巴就洗上了，满屋的水汽，几乎看不清人，还有说有笑。一个人说："别没插门啊。"另一个说："插上了。"实际上，女同志只顾抢占澡池子，谁也没插门。玻璃窗挂了冰，恍惚看见外面有人过来，就谁也不出声了。一个人推开水房门，紧接着又推开澡池子屋门进来了。洗澡的说笑声已经戛然而止，可也全愣了。她们觉察出进来的是个男的，个子不矮，还戴着眼镜。眼镜片儿从低温骤然遇到高温，马上吸附热气，又迅速结成白蒙蒙的冰镜，他一进来还想，我是第一个，还没有人呢，也没有先擦眼镜。不管咋样，先把大袄脱了，随之摘下眼镜，要擦那似画有几个圈儿的眼镜镜片儿，擦完刚要戴上，有人说话了："你还要看真亮了？"几个女同志哈哈大笑。他这回比擦眼镜反应快："一帮老娘们儿啊！"转身戴上眼镜就出去了，又冲屋里喊："大棉袄！大棉袄！"又低着头进来，眼睛又白蒙蒙了，摸上大棉袄就窜出去了。又有人喊："关上门！怕夹着尾巴？"他转身关门之前，说："应该给你们通通风。"屋里的人哈哈乐的声音透到屋外，烧水的也哈哈乐。出来几步，迎面一个人问："某科长，洗完了？"他抹不开地回答："擦完眼镜片儿了，一帮老娘们儿先洗上了。"又来几个人都卷回办公室了。

　　夏天，林场的人洗澡就得另想法子，一些人下吐力根河，找一处相对水浅、僻静处洗一洗。当然，也不止就下河洗澡一个法儿。几个妇女干活休息之余，就下河了。一个男士到河边割柳条子赶到这儿，就想坐下扒皮儿，也没注意有人洗澡，更没看见一堆衣服。几个人只好猫在水里，等到干活的点儿了，有一个家属会下夜钩，第二天准钓到一条尺八的细鳞鱼。此时，她摸到一条六七寸的细鳞鱼，顺手撇出去正好砸到扒皮的脖子上，吓了他一跳，又高兴地想，脖子再疼也是飞来一条鱼。不想却从河里发出声音："你要不走就看看，管治闹眼睛的。"他想到上个月闹红眼病才好十多天，夹起柳条子紧跑，可没忘了顺手拿上细鳞鱼，嘴里还说："明天再来一条大一点儿的鱼啊！"后边传来嬉笑声，还传来一句："明天再来奶奶你！"的声音。

"就在这上边拉"

"文化大革命"期间，塞罕坝机械林场一部分被"立案"或"靠边站"的人需要外调。某林场派了两个人负责，领着几个大学生去外调，正赶上塞罕坝机械林场一年中最好的凉爽时节。一个是某林场的"革委会"副主任，姓温，领工资时会签字；另一个姓尚，没有文化，也头一次出去公干管理。

他们从承德上火车，一整夜火车10多里一停，不管起车还是停车都一哐当或一哏抪。到北京下车后才5点多钟，还得进站休息，就先在二楼大餐厅吃了早饭。约在七八点钟，中转签字之前，副主任要大便，问下属："茅楼在哪？"一位说："在洗脸间。"看样来得挺急，主任催快点儿。他说："快领我去吧。"留下俩人看包儿，领他到洗脸间，他又催，说："在哪？快点儿。"一个人指着洗脸的瓷器盆说："就在这上边拉。"

他问："这咋上去？"一个人说："抬上去。"两三个人把他抬了上去，他已经憋急了，也没顾得别人看他，没蹲好就便上了。这时，管卫生的来了，大喊一声："嗯！下来！谁让你在这上拉的？"他已经提起裤子，回答说："他们让的。"管卫生的问："你怎么上去的？"他回答："他们把我抬上来的。"他往左一看，几个小子不知哪去了。管卫生的会意地乐了。此时他们在门外正偷着乐呢！他跳下来后，管扫卫生的逼着他拧开已经没法沾手的水龙头冲洗脸池子，冲净了才放他走，没罚钱。他回到座位时只是比那几个小子晚几步，一脸怒气和晦气地说："没这么糟践人的，回去再说！"意思回去整你们。一个人说："温主任，别生气了，中午请你吃饺子和烤鸭。"两个大学生要去排队中转签字，另几个人走着先去前门逛逛，约好在那聚齐，再去永定门火车站。

几个人到了前门，去逛大栅栏。老尚说："我不买啥东西，不去了。"几个人想正好彻底放松，一个说："你就在这等着中转签字的。"那时，人也轰轰嚷嚷的，他像坚守岗位的，等着。坝上没有夏天，北京热辣辣的天，把他热得发困，大汗淋漓。猛然，有人喊："老尚！他们上哪了？"他一激灵，抬手指着大栅栏街大声说："就进这沟筒子了！"走路的人听见没有不异样的。他们一看一听就知道他是从山里来的。他们十数天外调回场，及时上交了证明材料。过了两天来通知说，材料有问题，公章好像是用大萝卜刻的。几个大学生听了很害怕。

出去的人回场后，在侃大叉时聊起那事，大伙儿笑得简直要流出眼泪，乐得肚肠子疼。有个人说："不赖呢，好赖没人人罚5毛钱呢！东边那林场外调派了5个人，要顺便逛逛天坛公园，一个人走在前面，一边走一边磕向日葵籽儿，皮儿吐到地上。"他喘口气接着说，"过来一个人递出一张小票儿，老先生以为门票呢，用手往后一指，说：'后边还有4个。'那个人又撕给4张小票，说'一共两块五毛。'钱给了。他等人来齐后说，'我买票了'，让他们看。一个人说：'你没看看，这是卫生罚款单，我们4个也没吐向日葵籽的皮儿呀！'他们只好又花了两毛五买了5张门票进去了。"

蛤蟆"抱蛋儿"

塞罕坝机械林场创业时期，物质生活很困难，在山上施工时多数时候不如职工家庭生活水平，更缺油少肉，甚至几个月见不着肉。职工那也坚持在作业区、巡山防火……这是上个世纪70年代初的一件事儿。

夏季了，还能添点山野蔬菜。某林场一个作业区的伙夫看大伙馋得嗷嗷的，用场部特批的普通粉和社员换了苦荞面，面食上能改善几顿，可闹点儿啥油性呢？他一边想，一边连抽了几烟袋锅子烟。忽然想起小时候到河边、草丛里抓蛤蟆，剥了皮放到见不到油性的豆角锅里。不但肉白，豆角还香。若擀面条，面板还露面，又想起把蛤蟆放在荞面疙瘩锅里，几乎要流口水。于是他就提个水桶去坎下的河边抓蛤蟆，弄了少半桶。一看天快中午了，剥皮不赶趟，干脆刻膛。锅里添水先烧上，和了约4斤面疙瘩，个儿头都比乒乓球小，是比照蛤蟆个儿弄的。水开了，他先下了疙瘩，待将熟后放了盐，接着倒入刻了膛的蛤蟆。此时，蛤蟆还未死，一着高温脊椎一弯，四肢一收拢，一只蛤蟆抱一个荞面疙瘩，头抬着有点儿像龙头，煞是好看。他用勺子尝了些汤，呀！有点咸啦！用筷子夹了一个，吹吹送进嘴里一嚼，当年的感觉回来啦！赶紧用水葫芦淘进大瓦盆晾上。

约过了三袋烟的功夫，作业区主任、施工员和护林员回来了。一个施工员问："啥味道？好像有点肉味儿。"伙夫站起来磕打磕打烟袋，回答说："土蟾抱珍珠，没吃过吧？"主任说："管他啥，吃吧，饿了！"一人一碗，大伙提拉秃噜地吃上啦！伙夫端上腌蕨菜。主任说："不要啦，就说咸盐二分钱一斤吧，你少搁点儿。下回别咸了啊！想着，下回把皮剥了，看着也白净。"伙夫说："顾不上啦，这才抽了五袋烟。"他又寻思寻思说："你媳妇不剥皮也白净。"连西屋的社员都乐了，真是汤足饭饱。

休息一会儿该上山工地了，临走前，主任冲着施工员说："嗨！提上两植苗桶河套水，要不然得渴死。老烧火棍，还我媳妇不剥皮也白净。等着！"护林员说："我得带两背壶水，要不7点钟回来就搂啦！"社员的工头说："你不会顺着小河游吗？还能抓点儿蛤蟆。"护林员说："下回一定白净。换个名叫蛤蟆'抱蛋儿'吧。还蟾，蟾三条腿，知道不？"伙夫回答说："见过，去年你爸爸拄一支拐杖，不是三条腿吗？"

附：建设者的追忆

部长唱了"落马湖"

张硕印

1962年春夏之交，建设塞罕坝的大幕已经拉开。沉睡上百年的荒漠，一片人欢马啸，热气朝天。原林业部副部长、时任国营林场管理局副局长的刘琨，刚刚四十出头，风华正茂。他是建设塞罕坝林场的倡导者，对林场建设十分关心，虽然建场前他已经几次到塞罕坝考察，但在条件十分恶劣的坝上建设如此大型机械林场，仍然有些担心。建场刚开始，他便和杨德兴处长一起来到塞罕坝。当时总场党委书记、场长尚未到任，几百名建设者便风风火火地干起来了。当时确定的建设方针是"边建场边生产"，就是要一手抓建场，一手抓生产，建场生产两不误。

那年春季造林之前，林场便从外地购进一批落叶松苗木，开始机械造林试验。当时的工作真是千头万绪。刘琨局长来场后，一面具体指导建场的各项工作，没白天黑夜地和大家一起忙，一面还要抽时间到野外做细致调查。他最担心的一件事，就是林场选择主要造林树种落叶松，在塞罕坝是否能栽活。一天，他叫办公室准备几匹马，让技术副场长张恩成和办公室主任邹焕章陪同，决定上山去考察。我是秘书，也一起随从。那天，考察路线是从总场出发，经长腿泡子过天桥梁，到阴河林场辖区头道沟至四道沟一带，往返行程约百里。主要考察次生林，特别是天然落叶松分布和生长情况。那天一吃过早饭，我的马驮上大家的干粮和两背壶水，就一起上马出发了。因为当时没有路，便一路荒山趟道直奔长腿泡子而去。

几匹马一阵小跑，一阵慢行。路上虽没有高山大梁，但草灌丛生，坑坑洼洼，地上布满了一片片"地羊堆"。然而，最叫人担心的，是头道沟门"涝塔子"不好过。那时还没修路，近二十米宽的"涝塔子"烂泥没过马肚皮，经常有骑马的人陷在泥水里。当行至长腿泡子前山，快过暖泉子那条小河时，几匹马争先恐后往前跑。突然，刘局长的坐骑一蹄子踏进"地羊堆"，马失前蹄跪在了地上，刘局长顺势一头栽到马下。几匹马距离只有几米远，刘局长落马的情形，大家看得真真切切，我们急忙勒住缰绳，跳下马前去营救，把局长扶起来时，见他前额擦了一道口子，鲜血也流了出来。邹焕章主任急忙掏出一块手帕，像网球运动员那样，把手帕扎在了局长的前额上。因为当时已经起风，怕伤口感染出现意外，大家建议返回总场，改日再去，但局长口中念念有词，直说没事没事，还要上马前行。只是一人拗不过大伙，最终调转马头返回总场，叫医生重新进行了包扎。

这就是部长当年建场伊始唱"落马湖"的一幕。今天，我把这一镜头重新回放，心情很是复杂。是回忆，是怀念，我也说不清。忆往昔，直觉感慨。

此事已过去四十多年，刘部长已从风华正茂变成耄耋老人。他离职后仍然十分惦记塞罕坝的建设，时常回来看看，每当林场有重要活动，必定前来参加。曾记得"文化大革命"后期，他刚刚被解放，第一件事便是急忙顶风冒雪来到几年不见的塞罕坝。如今，当他看到塞罕坝的建设成就时，就像看到自己亲手抚育长大的孩子一样，很是欣慰。但他每每叮嘱各届领导班子，要戒骄戒躁，不要满足，要多找工作中的不足和差距，放眼未来，把林场建设得更好。老人对塞罕坝的拳拳之心和殷切期盼，就是现在的一句话：塞罕坝林场要"与时俱进"。

（2003 年）

他在坝上冻掉双腿

张硕印

对于塞罕坝的年轻人来说，这是个鲜为人知的故事。这个故事告诉人们，老林业工作者，是怎样在塞罕坝艰难奋斗的。

今天，当有人沿着棋塞公路驱车进入塞罕坝国家森林公园观光时，第一个景点就是东坝梁的塞罕塔。此处海拔 1800米，是塞罕坝的第二制高点。登上塞罕塔，数十万亩人工林尽收眼底；可以领略"一览众山小"的美景，可以俯视百里外围场县城的锥子山峰。如今，这里公路方便，游人如织，高大的落叶松遮天蔽日。一顶顶蒙古包，一排排小木屋，在五颜六色的彩旗辉映下，一派生机。出售坝上土特产品的小贩的叫卖声，绕耳不绝，十分热闹。

可谁会想到，四十年前，就在这里有一位年轻林业干部，被冻掉双腿。

东坝梁小有名气，方圆数公里都是坡度很缓的坝上曼甸。1945 年日军投降前夕，苏联红军曾在这里空降过伞兵部队。建国后建立了阴河林场，归阴河林场管辖。为了防火，在这里盖了几间矮草房，成为"望火楼"，用于防火瞭望。

1957 年，两名张家口林业干部学校毕业的学生孟喜芝和凌少起分配到阴河林场，便被安排到东坝梁防火。

当时，这里满目荒凉，几十里没有人烟，只有狍子、黄羊、野兔和一帮帮的狼群不时出没。两位年轻人每天骑马巡山，时刻观察火情。四面透风的土草房，夜间经常被嗥叫的狼群包围。吃用的是涝塔子的浑浊积水，多少天见不到一个人。

十天半个月林场小牛车送一回给养。刚刚走出城市的青年，生活的孤独寂寞可想而知。塞罕坝冬天来得早，进入十月开始上冻，大风刮起来刺骨，裹着雪片，"白毛风"终日不断。这年，雪比往年少，始终没盖过荒草，不能解除火警。十二月了，才降了一场大雪。那天早晨，天空阴沉沉，寒风冷飕飕，不一会儿飘起了雪花，转眼之间就下起了鹅毛大雪，风雪交加。到了下午，地面积雪超过半尺深，还没有停的迹象，气温急剧下降。俩人心中高兴了，火警可以解除了，可以回林场了。于是便急忙收拾行装，准备天黑前返回林场。他俩抓紧时间草草地吃了口饭，戴好狗皮棉帽子，穿上皮大衣、登上高腰毡疙瘩，把行李驮在马背上，又紧紧马肚带，锁上门，骑上马出发了。这时已经是下午三点多了。

正常情况下，坝上坝下三十几里山道，两三个小时就能赶回阴河林场。可雪越下越大，风又刮个不停，风刮得雪填满了低洼处，浅地方没过马肚皮，天地一片混沌。没几里，马就走不动了，吆喝抽打都无动于衷。俩人在雪地里挣扎两三个小时，硬是没走完坝上的道儿。天黑了，往回返，马趟过的印没了，只能咬牙向前冲！他俩下了马，手里拽着缰绳，费劲地一步一步倒着走。此时，俩人已经冻得说不出话来了，马冻得浑身发抖。毡疙瘩本来保暖，现在行走却成了累赘，抬腿十分困难。孟喜芝换上了球鞋。此时，雪更大风更急了。天已经黑了，他俩迷失了方向，又拼命挣扎两三个小时，还是没下去坝。更糟糕的是夜已深，俩人走散了。孟喜芝倒在雪地里；凌少起连滚带爬，总算下了坝。他拖着不听使唤的双腿，爬挪到白水台子村，敲开一家的大门。站在社员面前的是一个雪人，棉帽子下只露出两只眼睛，周身上下全被雪封住了，已经不会说话，极吃力地抬手比画。这个社员有经验，知道他是冻坏了。社员没让他进屋，把他领到间冷屋，缓了好长时间，才能说话。凌少起告诉老乡，坝头上还有一个人，不知死活，请他们赶快报信给林场。

这位社员飞奔近十里地，到林场已是夜间 12 点。林场立即组织人马上坝营救孟喜芝，一面用电话向县林业科汇报。林业科指示场长南化文要不惜一切代价，必须把人抢救回来。由于风雪太大，天黑道滑，第一拨人马没冲上去，又组织第二拨人马，终于冲到坝上。救援的人借助手电筒找到一个雪堆，扒开一看，人已冻僵，一摸心窝还有点儿热度，急忙用马把人驮到白水台子一户人家抢救。他们用剪子把冻在脚上的球鞋一点点地剪碎，一块块地剥下来，然后把双腿下肢泡在冷水里，过了一个多小时，孟喜芝才缓过气来。泡在冷水里的双腿脱下了厚厚的冰壳。领导急忙把他转回林场，请当地医生医治。第二天，医生发现其双腿发黑，告诉转院。县里救护车把他接到县医院，但已经治不了，又连夜赶往天津。经诊断，其两腿下肢已完全坏死，必须马上截肢，不然生命难保，于是从膝盖处截掉下肢。

这就是 1957 年冬季，参加工作刚刚几个月、年龄只有 19 岁的年轻干部孟喜芝，在塞罕坝上冻掉双腿的一段悲惨故事。他虽然死里逃生，却永远失去了双腿，假肢和拐杖陪伴了他的一生。他的伙伴凌少起落下了遇见冷天就全身发抖的毛病。

后来，阴河林场领导和同志们回忆，那天雪下了一尺多厚，低洼处积雪超过半米，甚至超过一米；大风在六级以上，阵风超过八级，夜间最低气温接近零下四十度。大风刮得房门打不开，皮大衣在身上和光屁股一样。马冻得全身发抖，人在马上只能趴在马背上，不然喘不过气来。

孟喜芝，北京平谷人。他的父亲是广州市邮电系统一名领导干部。他听说儿子出事，急忙从广州赶到天津。但他只能一遍又一遍安慰孩子，然后自己却在一旁默默地流泪。

虽然塞罕坝林场名册上找不到孟喜芝的名字，但在建场之前，他在塞罕坝战斗过，并因此失去双腿。塞罕坝英雄谱应当记入他的名字。

（2003 年 7 月 5 日）

回忆在塞罕坝创业

杨明贵

2002年初秋，我收到邀请函，参加河北省塞罕坝机械林场建场四十周年庆典。9月初，我和夫人高素霞又一次从湖南湘西回到阔别二十年创过业的地方，又一次和曾在一起工作的战友相聚。大伙没握手和拥抱时，发现都已白发苍苍或两鬓斑白了。全没了青丝当年的朝气，都不约而同地回想到当年艰苦创业的场景。

之前，在没进山门时，我们第一眼就发现眼前的荒山早已变成郁郁葱葱的落叶松人工林了。等上了坝，我们几乎同声道："变了，变了！可不是当年的塞罕坝了！"到了沙胡同，都看不见去总场的路，早被长起来的树挡住了。快到总场时，又看见楼房耸立，规模比当年大多了，而且宏观耀眼。在有着四层楼的宽敞大院内，我们甚至辨不清当年总场的两排房子在哪个位置，唯一能看见的小礼堂还在。

大家为塞罕坝的建设成果高兴，为这颗绿色明珠骄傲。我想起一句话：事业发展不能忘记过去，未来更要发展。以下回忆几件创业时的亲身经历，来启迪后人。

一

我在上世纪六十年代初来到坝上，这里对于走出校门、跨入最荒凉寒冷地方的年轻人来说，也是最艰苦的地方。吃莜面苦力、代王、咸菜，没青菜，缺油缺肉，相对于南方人爱吃大米；亲手建造干打垒；住马架子窝铺，这是一张"考试卷"中的三道题，我们都答上了。

二

1962 年 3 月 31 日，我作为白城子林机校学生，和同学王太奇、赵凤文、胡志祥随张恩成、李光如由北京来到坝上。那年雪很大，从北京到坝上用了 9 天：到承德后来不了围场，到围场，上不了坝。记得崔师傅（中国籍日本人，原名山川左太郎）开着解放牌汽车接我们，从围场走，两天才到坝上。

当汽车开到石人梁，我们就看见丛山茫茫，白雪皑皑，立觉寒风刺骨。到御道口乡时黑天了，第二天开到御道口牧场时，已是下午 2 点。我穿着小棉袄，冻得已经下不了车了；胡志祥去买吃的，牧场食堂就有莜面代王。他问要不要，我让买五斤粮票的，四个人吃。胡志祥拿来时，我问这是啥？他回答："代王。"我们到下午 4 点才吃完。四月份，雪也没融化多少。我们正在修机具准备春造，这时围场庙宫水库 20 多名工人分配到林场，人气多了。八九月份，迎来承德农专、东北林学院、河北农大等校的毕业生，团队壮大了。大家互相鼓励，艰苦的直觉淡泊了一些。

三

1962、1963 年机械造林失败了，下马风大点儿了，当然不是这一方面的原因。那时，机械造林的苗木全部从吉林省松花江用火车调运，又从承德用拖拉机运到坝上，加上风沙大、根系失水，只有 8% 的成活率。

四

1963 年初，张恩成和东北林学院毕业的刘斌、赵长盛在棋盘山建立苗圃，全场扩建或新建苗圃，为机械植苗造林和人工造林奠定了先机。1964年春季，马蹄坑造林成功，成活率85%以上，给1965年造林带来了很大信心。

1965年春季，农场开始大面积机械造林，大战马蹄坑。我任7号机组组长，开7号拖拉机，王福明任指挥，住马蹄坑，造东坝梁两侧；王振华任6号机组组长，王尚海任指挥，造马蹄坑以西地段；10号机组由胡志祥任组长（一说是胡志祥任机组指挥），刘文仕任指挥，住正坑边（应是工地。）。

当年，我担任机务队二队长，和桂福振一起管理二龙泉、蔡木山、沙河套、夏汉（的整地），备于1965年春季的机造和人造。中途桂福振被派往作业区西部。我带领7号、8号两个机组住二龙泉。从二龙泉起，包括蔡木山，二、三、四道河口和杨树湾，我们共用五六年时间整地。机械造林于1971年转入羊场、十二座联营、烟子窑、长腿泡子等地。

机械造林主要是在"文化大革命"中度过的，但是机务队的老同志一直是顶梁柱。小青年们像周云鹏、刘文成、林桂君、付勤等也成了骨干，共同完成了整地、造林、机械抚育等工作。在这些年中，我走遍了坝上、山山水水、地形和面积，现在还印在脑海中。"文化大革命"时，我受到过冲击，"大字报"批我不抓革命，单抓生产。我还是干我的生产，坚持晚上搞革命。

1970年5月，我受丰宁县林业局张文忠（同学）邀请，为草原坝上林场指导了落叶松机械造林和苗木管理。1971年5月，我带一个机组去御道口以西，围多公路两侧长5公里、共50米宽地方进行机械造林。

五

1962~1964 年的雪怎么那么大，简直和我们作对一样，平地 50 多厘米深，有的地方 1 米，背风处 3 米多深。1963 年春节前，我开东方红—54（7 号）车送张义成、穆士荣的两台汽车下坝，第一天拖到前大脑袋（8 里多），第三天才拖到御道口。我和宋宝华住在石人 21 号梁大车店，等着汽车回来往回拖。那几年冬天记不清拖了多少趟汽车。别的不说，多少次我们整夜都在途中熬过。有一次，我和彭祖勋到长林子梁顶，车用的是 0 号油；天黑了还没运来，冻得他嚎啕大哭。

六

1964 年前，围塞的道还没开，春季决定开辟一条路。当时，也没测量，我们用链轨拖拉机从总场沿着羊肠子河南向东压道印。我开 7 号车，内坐李光如、10 号胡志祥、1 号马殿凯、11 号胡盛五随我车之后。我们压到马蹄坑，经现在的沙胡同 S 弯儿的下边上梁，奔上东坝梁后再返回来；人在两边挖边沟，基本形成了去围场的坝上一段路基。这段路到围场 170 里左右，比绕道少 100 里。

现在，我们看塞罕坝的宏伟业绩，再回顾那时候第一代人付出超出想象的困苦和奋斗，这一切太值了，接力棒已传递到第三代人了。

1982 年 12 月，我调回湖南湘西土家族自治州古文县政府工作，告别了苦苦奋战二十年的塞罕坝林场。现在，我又调回了湘西吉首市。

（2002 年）

付出年华的往事

尹桂芝

那天，我偶然翻开留言册，几段感人的留言映入眼帘："尹姨，多年来一直工作很好，我们在工作、在社会都得向尹姨请教。""向尹会计学习，学习你勤奋工作的精神，不声不响的工作态度，为林场早日腾飞作出贡献。""相聚十五年，难舍难离，在我的心中您永远是我的老师，祝您天天快乐。"读着读着，一件件往事浮现在我的眼前。

1962 年 8 月，我从承德农专毕业。8 个班几百名同学分配在即，大家的志向是：到艰苦的地方去，到祖国最需要的地方去！塞罕坝林场总场场长刘文仕等三人分别给我们做了报告，动员我们到塞罕坝去。我们 50 多名学生听从了塞罕坝的呼唤。

9 月初，我们在围场县招待所等了几天，13 日正是中秋节。那天早晨，我们坐上了总场派来接我们的大敞车，向北奔去。天已经有些寒风刺骨了，车一跑就更冷了。过了刀把子梁，有人问副驾驶还有多远。他回答了一句：一跑就到。原来这是句草原话，一跑至少几十里，多则上百里、二三百里。五六个小时我们才到总场。食堂预备的是早餐，早已过点，过中午了。饭后，我们四个女同学住进还没完工的小食堂的宿舍。呵！一间敞开的屋子，窗户还没上玻璃，炕上没炕席，还没烧干，门框上还没安装门。过了一会儿，会计秘成森来糊窗户，用的是毛头纸。我们找到场院抱了两趟莜麦秸铺在炕上，打开行李；想烧炕，找不着灶门。我们用车库的破大门挡住门框，人从三角缝隙钻。又找老冠头儿要个小药瓶借点儿煤油，他从棉袄大襟拽点棉花，搓了灯捻。夜里很早就睡着了，却让狼嚎叫醒了，赶紧又把门缝弄窄点儿。狼嚎不停，哪敢睡了，真是又冷又害怕。

开始上班了。生产科科长范林教我们筛土，填进圆仓里防潮，铺上苇席放莜麦。晾晒麦子或莜麦时，刘庆堂当把头师傅；晚上攒堆苫上，第二天露水干了后，揭开苫布，摊开粮食接着晒。当时我们天天冻手脚，冻耳朵。中秋节过后就降雪了。没电，就用拖拉机带动钢磨磨面，面里莜麦芒闪光儿。那时一天三顿苦力、代王、搓鱼子、窝头；一个星期两顿又黑又粘的白面馒头算改善。副食极缺，清汤寡油。

冬天，我被分配到千层板林场，担任出纳员和保管员，工作繁杂，还坚持参加劳动。1963 年春季，我参加了由肖永贵任技术指导的两间房落叶松和云杉的造林。此后，又积极参加场部八间土草房的建筑。我住进了“正式宿舍”。1964 年，我被分配到苗圃工作，担任记工员和保管员，除了早到晚归，坚持每日两次核对出勤，还抓时间参加劳动，学习各工序管理和技术。播种后，我也提起喷壶浇水，湿到裤脚也不停手脚；一年生幼苗很脆弱，一来风，我和职工、家属一样，四肢拄地挡风，之后莞尔一笑，因为身上脸上全是土。11 月，场长董林带领我们上山采伐。马蹄坑也不例外，雪近一米深。我们武装后，再带上工具，与东北的伐木佬一样。我们女工也拼命地干，打叉、造材、拖坡、归楞等工序样样不落。零下三十几度，手冻得不听使唤，仍咬着牙干，相互间笑的样子像哭，笑完接着干。下午四点多大家回到作业区，不管啥饭，最少吃一斤，一顿吃的比一天的指标还多。晚上，点灯添油地排练《红灯记》，预备元旦汇演。春节过后，我主动参加苗圃积肥，自己赶一辆小牛车，管它马圈、羊圈、厕所，全套活计一人干。夏季掏厕所，溅得身上都是粪，脸上也有，在所不辞。尽管我被熏得两顿饭都没吃饱，还是接着去掏粪，星期天也去。1973 年我加入了中国共产党。

结婚后，我就更忙了。丈夫长期工作在作业区，我工作之余还伺候有病的婆婆，抚育儿女，全套家务一样不能马虎。我每天往哄孩子的人家送周岁的孩子，孩子都哭，抓住衣服不松手，也是强搁下后跑步去苗圃。孩子逐渐大了，我仍然兢兢业业，直至退休。

从 1962 年至 1999 年，我工作 37 年，6 次调动单位，9 次搬家。尽管如此，我还是把心血注给了塞罕坝的事业。如今安居晚年后，也一直关注着塞罕坝的发展。

（2003 年）

创业在塞罕坝

崔广德

我是中国籍日本人，原名叫山川左太郎。17岁时，我被派往中国，战后，我没回本土。解放后，我与一个中国姑娘组成了家庭，很恩爱。

1957年，河北省政府决定在围场县坝上建立承德塞罕坝机械林场。在选址后的1958年4月初，由我开着新解放牌汽车，一行12人的先遣队奔赴坝上。当时有副书记谢光，副场长黄仲儒，会计李希义、张敬昌，林业技术和机械技术李庆隆。到围场县后，林业科孙科长带路辗转到了前大脑袋，但是进不到场址。我们冒着很冷的风雪，找东西架桥，费了好大的劲才把车开过去。一路只看见狍子、黄羊、马鹿等动物频频出现。住哪？我们只好借用武装护林队的破马棚。夜间，成群的野狼嗷嗷叫，真是又害怕，又冷又饿。

主食只有莜麦面、玉米面，副食没有。

4月，冰雪依旧，天气特别寒冷，整天飘清雪，刮着白毛风。为了建设塞罕坝，没人叫苦，干劲十足。第一位是搞建筑，我们先不分昼夜地搭建了几个窝铺。我开车，不分昼夜地干，星期日也奉献出去，去围场拉建筑物资，确保了围场建筑社的施工，建起了5栋房和机库。

边建场，边添员，招进铁匠、瓦匠、木匠等人才。我带人去接汽车、拖拉机、植树机、康拜因收割机等器具；又担负起培养各种机械使用和维修人员的重任。开车的有张义、陈金立、范德起，开拖拉机的有王钦，修理的有闫如录、王贵、王学才，开康拜因的有闵廷耀，还有记不起来的。记得我和闵廷耀去三道河口收割，没道，只好慢慢地开，就怕侧翻。

从坝下运苗进行人工造林，有了植树机（杨树机），就大胆地实践，造活了几块地。我和大家一样，心里那个高兴呀！

林场划入林业部，直属塞罕坝机械林场后，总场为减少文化生活上的寂寞，我年三十骑两轮摩托去围场取电影片子，再给大家放映。那一次，我就得了关节炎，咋治也不见好。

我在塞罕坝干了二十多年，任劳任怨，做出些贡献，是我成为一个中国人后应尽的责任。

一调动走了个瘪约"6"

高庆友

1962年年末，我们从东北林学院出发，奔赴塞罕坝机械林场。到承德市时，在地图上找不到塞罕坝这个地名。有人问送我们的学院的党总支副书记，他说："塞罕坝的草是绿的。"离塞罕坝还有五百多里，他就打道回府了。

我们乘坐的车在山路上不停地筛逛，虽尘土满身满脸，还有说有笑，但时间不长来事了，晕车吐的、没精打采的、被车颠醒了又睡的。进了山后，不少小孩子光着屁股看车。这地方真偏僻、贫穷。

到了大唤起林场，住进草房，工作才一个月，也就是11月初，我和几名同学分别被分配到总场和千层板林场。天更冷了，大家乘大汽车出发，返到围场，转西北过刀把子、半截塔，向北奔御道口，折向御道口牧场，最后才到总场。大概走了三百五六十华里，到御道口时就黑天了，人早已冻得牙打颤。车灯照着深深的白雪，两道灯光因车颠簸上下左右地跳动着，摆动着。灯光之外漆黑一片。半夜了，终于看见几栋房，细看还有草房，低矮得很。车停下后，知道到了总场。我们被安排在一间屋里，大通炕，炕凉屋子冷。在食堂每人吃了点儿莜面做的面片。回到屋里，打开行李，因为寒冷没敢脱衣服。外面狼给我们报着更，没吹灭煤油灯大家就睡着了。

后来我们知道，因为棋盘山到总场还没有路，林场人上下坝、物资运输，全走那条线，270多里左右。算起来，我们上坝又得返回七八十里路。那时没路，如果有路，大唤起林场场部到总场不过百里路。这一调动却走了个瘪约"6"型，绕了大半个圈子。真是"好事多绕道"。

莜麦被大雪盖在底下，要抢收回来。第二天，我就参加抢收生产。秘书张乐云看我穿着夹鞋，费了好大功夫给我找了一双后跟露底的毡疙瘩，垫上块儿羊皮，穿上挺暖和。这是我到塞罕坝得到的第一个温暖，至今没有忘记。

野外调查趣事两则

高庆友

两块月饼

野外调查距离场部很远，我们只好借住在社员家里，按规定我们交钱交粮票，吃农家饭。中午带玉米面或莜面代王、咸菜疙瘩，一壶溜锅水。农历八月十四晚上，场部发给队员每人两块月饼，表示节日关怀。尽管一两年没见过点心，我们还是想着留到明日吃吧，就馋着睡着了。

上山了，揣在兜里的月饼实在馋人，我工作了一会儿，蔫不唧地掰了一小块吃了，真好吃，没到中午月饼就掰没了。中午，大家你瞅我，我瞅你，突然大笑起来，又忘了带饭，溜锅水也喝净了。只好吃点撅根草棍儿，喝点儿山泉水，接着调查。

怎么老喝汤呀？

中午我们赶到老乡家吃饭。老乡特意给我们准备了麻籽（没油）熬豆角，拌粉条，还有点儿酒。围炕桌了，一人一碗米汤，边吃边喝汤，老乡又端来汤，问："怎么老喝汤呀？"我们也纳闷儿怎么没饭。老乡恍然大悟，赶忙从桌子底下拿出桦树皮缝的盒子，里面是莜麦炒面，说："汤是和炒面的。"这里的规矩，先拿出炒面盒子是撵客人。他以为我们不喝酒爱喝汤呢。大家相视一笑后，每人吃了两大碗和炒面。老乡告诉我们，要是有红糖更好吃，没菜也不挡吃，还就着咸菜疙瘩。

回忆当投苗员时

王慧钧

在塞罕坝机械林场展览馆的展板上，我看到了自己于1964 年在投苗机上投苗的照片，情不自禁地说了出来。周围的人围上来让给讲讲。

说实在的，我不是第一茬投苗的，十六年中，投苗的年轻人现在都成了老头老婆儿了。那是关系塞罕坝命运的一次战役，打赢了。机械造林的成功，创了国内机械植苗造林的先例，是技术上的一大突破。我觉得自己很幸运。

黑白照片上，有我们三个北京姑娘，除了我，还有侯淑琴、王敏策。我们穿着棉衣，外面套着帆布雨衣雨裤，戴着帽子和防风镜子。我坐在中间植树机上的左侧。机上有三条投苗标准线，投苗时时间很紧张，从取一株苗到植苗夹夹上只三秒钟，待到植入土壤，不超过六秒钟。出于防止根系曝光的需要，当时我们一次只能取一株苗。我们在颠簸中投苗，手冻得通红，甚至麻木；天稍好点儿，浑身出汗，镜子圈里的汗直杀眼，那也顾不得擦；半天下来双腿都不好使，甚至要抱下来；摘下镜子脸上全是黑白道道儿；天冷时，下了工一般都要先找热炕头暖和暖和再吃饭。

我没有赶上那个年代，早上向毛主席像请示，晚上向毛主席汇报再吃饭。之前，人们要先念几分钟毛主席语录，然后三鞠躬。那是轰轰烈烈又虔诚的年代。

父辈的创业往事

林树国

我是伴随塞罕坝浩瀚的森林长大的，从小就受到父辈创业的熏陶，耳畔时常响起"不经历风雨，怎么见彩虹，没有人能随随便便成功"这催人奋进的歌曲。总是犹如看见我的父亲林桂君和叔叔们绿化塞罕坝荒原的场景。

父亲已经六十开外了。他七岁随爷爷从山东逃荒到围场，给人放羊，给海蛮子耪过地；十五岁参加修建庙宫水库。父亲心灵手巧，勤快能干，老实本分，成为党组织的培养对象。1963年，父亲和一部分青年转入刚刚建立的塞罕坝机械林场，怀着绿化塞罕坝的初心，投入到艰苦创业的大军中。这是他人生中的大转折。

当时，总场下设五个林场，一个造林机务队（机务科）。机务队是机械化"部队"，我父亲是队员。他们是哪里要整地、造林，就先开赴哪里。他和刘文成、王学友、古庆云、张墨庄等人是响当当的机车驾驶员，下班和休息时间就不停地保养修理机车和机具。他们要提前两三年翻地，再休闲管理，披星戴月，成夜地干，狼群跟在机车后面，冷了就穿上皮大衣。轮班时，他们往窝铺里一蜷就睡。白天作业还是狼"作伴"。父亲曾亲眼见一只三条腿的白狼，因为饿极了，领着一群狼来围拢作业的机车。那时最好拢一堆火，但他们又怕着火，只好猫着腰开车。

造林和整地、休闲管理一样要重复地点。他们转战四个林场，二十几个地点，最远到四道河口，八十里地。父亲完整地参加了塞罕坝十六年的落叶松植苗造林。即使在那个年代里，父亲也曾对着造反派直说："你革你的命，我造我的林，'革命'不造林，能起来林子吗？"但他就是不参加造反组织。车迹和足迹之后，一片片落叶松茁壮长起，只是眼见着人人又黑又瘦。

只说风餐露宿，太简单了。虽然那时国民经济开始好转，但天天粗粮，苦荞面、莜麦面、小米，甚至煮莜麦粒，麦芒闪闪，吃上一顿普通面粉如过年。大多时候，他们饮用红色的涝塔子水，不烧开喝就拉肚子。记得父亲有一次回家，妈妈要给他改善一顿，他按着面袋儿不让："留给妈和你们娘几个吧。"全家六口人，只有他一个人吃供应，一个月才几斤普通白面，没见过标准粉啥样。那会儿我还是小学生。

上世纪七十年代中期，父亲被分配到三道河口林场。他是林场机务队的顶梁柱，众多的机务修理包括机械造林，全靠他们两个人。后来只他一个人，也有病了，当时说是癌症，他也没回家修养。有一次，他正在吃药，听说苗圃浇水的喷水管坏了，他嘴里含上药，端着水就奔向了三里远的苗圃，使20多亩刚出土的幼苗保住了。八十年代初期，父亲调到千层板林场苗圃，又成了机械修理顶梁柱。这时他也能在家住了。

我从学府毕业后回到了塞罕坝。父辈艰苦创业、不忘使命、勤于奉献的精神，是我步入林场创业学习的一项重要内容。

受访过年吃忆苦思甜饭

侯树亭

　　和我同岁数、69岁的张树珊来到我家，说明来意：想细致地知道我们家那时年三十吃忆苦饭的事，作为塞罕坝创业小故事之一，我欣然答应，他问我答的过程就免了，他还帮我整理材料。

　　1962年，我们家搬到第三乡林场。我爸爸侯庆山任书记、场长。他是老革命了，解放前的苦是不会忘记的，还要后代记住。我是家里的老大，才十二三岁。

　　那时生活水平低下，就不说了。年三十了，晚上我们吃忆苦饭。直到我爸爸被夺权后，这个惯例我家还坚持着。我们哥六七个，就盼过年，有好吃的。我看见妈妈做晚上的饭菜了，不敢言语，因为爸爸严厉。有弟弟问咋没肉呀？

　　我们围了炕桌。妈妈把"菜"一样样端上来了：拌灰灰菜（干儿）、拌蕨菜（干儿）、拌（腌的）柳树狗子（芽子）、拌（腌的）杏杨树叶儿、烀山药（土豆）、熬干白菜，还有腌的小芥菜疙瘩、芹菜；饭是土豆小米饭、菜叶玉米饼子。我们哥几个直眼了。妈妈对爸爸说："这是忆苦饭，你说几句吧。"

　　这一年的三十晚饭，爸爸把他的手枪摘下放在柜子上，开始致忆苦辞了：我几岁时没吃过这些好东西，十几岁就给地主扛长活，吃得像猪食。你们要记住不忘阶级苦。咱们家要年年坚持吃忆苦饭。爸爸停了一下又说：记住，不要浪费粮食。就是桌子上这些，过去也吃不上。吃啥？吃糠咽野菜，我打游击时连这个也吃不着呀。吃吧，年夜饭吃好的，包饺子炖肉粉条。我们几乎都吃饱了。

初一，我领着弟弟妹妹出去玩儿。同学问我昨天都啥好吃的。我说晚上吃忆苦饭，告诉他们都吃了啥菜饭。同学们异口同声地"啊"了一声。我接着说，年夜饭吃饺子、炖猪肉粉条，饺子里的菜是冻疙瘩白（甘蓝），这就挺好了。

我们家年年的三十吃忆苦饭，就传出去了，很多人称赞。我们在参加工作前，就知道职工和家属在创业期间生活水平啥样了。如今，我三弟弟都退休了，现在的生活水平不知比那时候好多少倍。只有在共产党领导的社会主义制度下，才有事业的发展和生活水平的不断提高。

"现在，餐桌上只能吃到蕨菜，是鲜的。"张树珊说，"九几年时在石家庄一个饭店见到过拌灰灰菜，四五寸的碟子，一碟卖七块钱。老板美名'绿色产品'，好在吃后没肿脸。"他和我都乐了。

（2018 年）

后 记

　　《塞罕劲风》成书问世了。我有点儿感慨。首先感谢出版社的同志为这本书的出版前后忙碌；其次，感谢领导、同事和亲人的支持；再次，乘了林业学塞罕坝精神的船，这股风鼓足了我的气儿，这也算退休后的一点作为吧。

　　想来宣传塞罕坝精神，我也有一份责任和义务，就在键盘上敲！这一敲不要紧，就敲出了这些文字，成了回顾过程，更强化了我刚退休时的一个想法。杨柳一定能遇到春风。这毕竟是塞罕坝的一份精神上的记忆呀。慢慢来，我还真等着了。

　　《锁沙》的创作是从2018年春季开始的，而实际上《创业小故事》从2017年8月就开始整理了，那时已有30余个。到结束敲键时，小故事已达96个，后来又进行了多次精简，以《附：建设者的追忆》形式呈现。虽然内容上仍存在重复之嫌，但也算了却一件心事吧。用遮丑话说，这是个印证。

　　我在林场工作了近40年，可以说是熟悉各方面的情况，尤其建场历程和艰苦创业的精神是比较清楚的。敲出来的文字，涉及负面的教训或事，我尽量点到为止。只记不评，宜粗不宜细，总结经验和教训，起到"鉴"的作用最好。这就完成了我刚退休时的想法，想整理关于塞罕坝建设的更系统的文字。我的想法获得了新一届党委的鼓励，也算为塞罕坝的历史和未来做点儿参考和奉献吧。人当有"老牛有志自抻套，不用扬鞭再奋蹄；辕牛掌路边套劲，耕耘不辍精史期"之精神。另外，我已于2018年末，按史志结合的形式整理出《1962~2000年的塞罕坝林业建设》，共5部分。

再说回来，《塞罕劲风》毕竟是个尝试，遗漏、失误难免，大家从事儿里看精神吧。

张树珊

2020 年 3 月于上海